CULTURBOOKS

Gärtnerstraße 122, 20253 Hamburg
www.culturbooks.de

Herstellung: Klaus Schöffner
Korrektorat: Christin Ullmann
Umschlaggestaltung: Carolin Rauen
Druck und Bindung: CPI – Clausen & Bosse, Leck
Printed in Germany
1. Auflage 2023
ISBN 978-3-95988-187-6

JAN KARSTEN (HG.)

HAMBURG NOIR

STORYS

INHALTSVERZEICHNIS

VORWORT DES HERAUSGEBERS

»Hamburg ist am Tage eine große Rechenstube und in der Nacht ein großes Bordell.« So pointiert brachte der Spötter Heinrich Heine vor gut 200 Jahren die prägenden Pole der Hansestadt Hamburg auf den Punkt: der freie Handel und die Freizügigkeit des Nachtlebens. Hinter dem Spott verbirgt sich die bis heute bestehende Realität Hamburgs als Stadt merkantiler, moralischer und sozialer Gegensätze. Oder wie Ingvar Ambjørnsen einmal schrieb: »Kaufen und Verkaufen, dachte ich. Darum dreht sich doch alles. Und ich dachte an alle, die nichts zu verkaufen hatten und sich folglich auch nichts kaufen konnten und die sich dennoch mit ihren blühenden Neurosen und farbenfrohen Psychosen dort draußen festkrallten.« (Die mechanische Frau, 1991)

Als im 8. Jahrhundert sächsische Siedler am Rande der damals bekannten Welt die Hammaburg errichteten, taten sie es in einer geografisch bestechenden Lage, eingebettet zwischen den Flüssen Alster und Bille, im Rücken das mittelosteuropäische Hinterland und vor sich die Elbe, diesen mächtigen Strom, Lebensader der Stadt und Garant ihres Aufstiegs.

Schon bald ein reger Handelsplatz wuchs die Stadt erst langsam und dann im Laufe des Mittelalters immer rasanter an. Nach der Gründung der Neustadt 1188 und dem Ausbau des Hafens wurde Hamburg zusammen mit Lübeck zum Motor der Hanse, zum Ausfalltor zur Nordsee und nach Westeuropa und schließlich gegen Ende des 18. Jahrhunderts zur bedeutendsten Handelsstadt Europas und zum gewichtigen Seehandelszentrum, das alle Erdteile miteinander verband.

In dieser Zeit vor dem kommerziellen Flugverkehr war Hamburg buchstäblich das Tor zur Welt. Jeder, der aus Nordeuropa in andere Länder oder die Neue Welt jenseits des Atlantiks aufbrechen wollte, musste dies von Hamburg aus tun. So war die Hansestadt sehr früh schon ein kosmopolitischer Schmelztiegel aus vielen unterschiedlichen Kulturen und Lebensweisen. Inzwischen haben fast 40 Prozent der hier lebenden Menschen ihre Wurzeln in über 170 Ländern.

Und auch heute noch ist der Hamburger Hafen einer der umschlagsgrößten der Welt. Mit seinen Schiffen und Kränen, seinem Menschengewimmel, den Möwenschreien, den Geräuschen und Gerüchen der Werften und Löschdocks und Lagerhallen ist er seit je identitätsstiftender Fixpunkt der Stadt. Ein Fixpunkt, der in der Geschichte immer wieder neue Metamorphosen durchlaufen hat: von den Koggen der Hansezeit über die Großsegler und Stückgutfrachter bis zu den modernen Containerriesen. Gerade wird mit der HafenCity rund um die 866 Millionen Euro teure Elbphilharmonie ein neues Kapitel der Stadtgeschichte aufgeschlagen.

Das ist die eine Seite der Stadt, wie sie sich in touristischen Hochglanzbroschüren präsentiert, von dem maritimen Breitwandpanorama an den Landungsbrücken über die charakteristischen Kontorhäuser im Unesco-Weltkulturerbe der historischen Speicherstadt und den herausgeputzten Nobelkaufhäusern rund um die Binnenalster, diesen glitzernden See im Herzen der Stadt, bis zu den Rotlichtklischees des Vergnügungsviertels St. Pauli.

Hamburg Noir möchte die weniger ausgeleuchteten Bereiche der Stadt in Augenschein nehmen, abseits der Superlative, die sich Hamburg als »schönste Stadt der Welt« so gern ans Revers heftet.

Zwar hat Hamburg keine exorbitant hohen Kriminalitätsraten, der Index liegt irgendwo zwischen dem von Chennai, Melbourne, Bangkok und San Diego, aber das Verbrechen war trotzdem nie die Ausnahme von der Regel, sondern stets integrativer Bestandteil der Stadtgeschichte. Da gibt es die skrupellosen Entscheidungen der Mächtigen, die ganz logisch mit einer Handelsstadt verschlungenen Verbrechen wie Schwarzmarkthandel und Schmuggel von Gütern aller Art (erst 2021 wurden im Hafen 16 Tonnen Kokain mit einem Straßenverkaufswert von bis zu 3 Milliarden Euro sichergestellt, der größte europäische Fund aller Zeiten) und nicht zuletzt die ganz alltägliche Drogen- und Beschaffungskriminalität und die sich meist unter der Wahrnehmungsschwelle abspielenden Verteilungskämpfe des organisierten Verbrechens, nicht nur im Rotlichtviertel.

Und dann sind da natürlich die ganz normalen Begleiterscheinungen des menschlichen Lebens, die Obsessionen und die folgenschweren Entscheidungen, die wir aus Liebe, Gier oder Eifersucht, aus Not und Notwendigkeit, aus Verzweiflung, Hass oder Wut treffen.

Denn Hamburg war immer auch ein Ort der Gestrandeten: der ausgemusterten Seeleute, der schief Abgebogenen, der gescheiterten Glücksritter und Traumjäger. Bereits im Mittelalter war die Stadt geprägt durch soziale Gegensätze. Reiche Reeder-Dynastien und wohlhabende Kaufleute auf der einen und Massenarmut, Hunger und Not auf der anderen Seite. So trafen die Kriege und Katastrophen der Neuzeit die Ärmeren ganz besonders: als etwa während der französischen Besatzung ab 1806 alle Hamburger, die nicht nachweisen konnten, genug Lebensmittel für vier Monate im Haus zu haben, die Stadt verlassen mussten und sich schließlich durch Flucht und Tod die Bevölkerungszahl halbierte. Oder als 1892 in den Gängevierteln, den damals größten Slums Europas, in denen die von der Hoffnung auf ein besseres Leben angelockten Menschen unter mittelalterlichen Bedingungen auf engstem Raum beieinander lebten, ein Cholera-Ausbruch mehr als 8500 Todesopfer forderte.

Andererseits zeigte sich bei aller Ungleichheit die Stadt Hamburg insgesamt im Umgang mit ihren Katastrophen meist pragmatisch und resilient. Als der Große Brand 1842 ein Drittel der Altstadt, inklusive Rathaus und Nikolaikirche, zerstörte, führte dies zu einem Modernisierungsschub und zu den breiten Straßen und modernen Gebäuden, die das Bild der Innenstadt zum Teil noch heute prägen.

Seine ganze Widerstandskraft, seinen ganzen Willen zum Überleben und Wiederaufbau benötigte Hamburg dann nach den verheerenden Bombenangriffen während des Zweiten Weltkriegs. Im Sommer 1943 starben bei den bis dahin beispiellosen Angriffen britischer und amerikanischer Bomber innerhalb von zehn Tagen mehr als 34 000 Menschen. Der Feuersturm der »Operation Gomorrha« zerstörte die Hälfte des Hamburger Wohnraums, ganze Stadtteile verwandelten sich in apokalyptische Trümmerlandschaften – nur der Turm des Michel blieb unversehrt. Wer die Bilder von damals sieht, kann kaum glauben, dass Hamburg nur 15 Jahre später wieder eine pulsierende Großstadt war. Bei allem Abriss, bei allem Auf- und Neubau bewahrte sich Hamburg doch stets seinen unverwechselbaren Charakter. So prägen nach wie vor die Türme der fünf charakteristischen Hauptkirchen die Skyline der Innenstadt, auch weil bis heute – einem ungeschriebenen, aber ehernem Gesetz folgend – kaum ein modernes Gebäude die 132 Meter hohe Michelspitze überragt.

Und noch immer zählt der Industrie- und Wirtschaftsstandort Hamburg zu den reichsten Regionen Deutschlands und ist das Zuhause der meisten Millionäre des Landes. Ein äußerst ungleich verteilter Reichtum, wie sich an den vielen verschiedenen Gesichtern der Hansestadt ablesen lässt: von den Kapitänshäusern und Villen mit Elbblick in Blankenese über die fast ländlichen Vororte, die sozialen Brennpunkte südlich der Elbe und im Nordosten, in denen teilweise jedes zweite Kind unterhalb der Armutsgrenze lebt, bis zu den urban verdichteten Hotspots in Altona, St. Georg und St. Pauli.

Hamburgs ambivalente, über die Jahrhunderte gewachsene Identität findet vielfältigen Widerhall in den Geschichten der vorliegenden Anthologie, die einige der besten und bekanntesten Autorinnen und Autoren Hamburgs versammelt, Spitzenkräfte der deutschen Krimi- und Literaturlandschaft, mehrfach ausgezeichnet mit dem Deutschen Krimipreis, dem Hubert-Fichte-Preis und vielen anderen. Relative Newcomer und etablierte Schriftstellerinnen und Schriftsteller mit einem teils Jahrzehnte umspannenden Werk. Wie Ingvar Ambjørnsen, der Mitte der Achtzigerjahre aus Norwegen nach Hamburg kam und in vielen seiner Romane den gesellschaftlichen Dropouts und Kleinkriminellen, den Prostituierten und Säufern so einfühlsam wie schonungslos eine Stimme gab. Wie Frank Göhre, eine der prägendsten Figuren der deutschsprachigen Kriminalliteratur, der Wirklichkeit und Fiktion zu schnell geschnittenen, assoziations- und dialogreichen Gesellschaftsstudien verdichtet und mit seinem milieustarken Werk eine viele Dekaden umfassende alternative Chronik der Hansestadt entwirft, die immer wieder deutlich macht, wie sehr politische und unternehmerische Macht, kleinkriminelles Milieu und Organisierte Kriminalität miteinander verschlungen sind.

Nora Luttmer nimmt uns mit in das sehr internationale Gewerbegebiet von Rothenburgsort, wo Tante Lien ihr kleines vietnamesisches Restaurant betreibt und ein stiernackiger Schutzgeldeintreiber das austarierte soziale Gefüge zwischen ghanaischen Händlern, senegalesischen Tagelöhnern, zwischen Afghan Bazar, Stehimbiss und Import-Export-Libanon bedroht.

Hamburg als Einwanderungsstadt der täglichen Ankünfte führt uns Jasmin Ramadan vor Augen, deren gerade in der Hansestadt angekommene sudanesische Kunststipendiatin auf der Suche nach einer verschwundenen Frau, in deren Wohnung sie wohnen darf, an einem unerwarteten Ort eine Ersatzfamilie findet: in einer Eimsbütteler Eckkneipe.

Es ist kein Wunder, dass in einer Hafenstadt Kneipen eine zentrale Rolle spielen: die Bars und Szeneläden, die Kaschemmen und Absturzkneipen an den Landungsbrücken oder auf dem Kiez, oft rund um die Uhr geöffnet und manchmal die einzige Konstante im Leben ihrer Besucher. So wie in Tina Uebels Nachruf auf das Clochard, eine Kiez-Institution, in der diejenigen einen Platz fanden, die sonst nirgendwo einen Platz finden, und die den Lockdown während der Pandemie nicht überlebt hat.

Doch nicht nur die Kneipen bestimmen den Rhythmus auf dem Kiez, Hamburg ist schon lange neben einer Feier- auch eine Musikmetropole. Hier wurde Johannes Brahms geboren, hier haben die Beatles ihre Karriere begonnen, hier locken die Musicals massenweise Besucher an den drittgrößter Musical-Standort der Welt. Aber vor allem haben die vielen kleinen Clubs (nicht nur) rund um die Reeperbahn die musikalischen Subkulturen der letzten Jahrzehnte geprägt, sei es Swing – während der Nazizeit unter sehr realer Lebensgefahr – Jazz, Rock'n'Roll, Punk, Avantgarde-Pop oder Hip-Hop.

Und so steuern passenderweise zwei Autoren Geschichten bei, die auch als Musiker seit Jahrzehnten bekannt sind. Bela B Felsenheimer erzählt mit viel schwarzem Humor von Kleindealern und Türstehern auf St. Pauli und einem Problem namens »Rocken Roll«, und Timo Blunck inszeniert ein tief in der Hamburger Geschichte wurzelndes »Grusical« als Parodie auf die Musical-Boomtown Hamburg, Serienkillerromane und den neuen Kochfetischismus der Mittelschicht.

Wie sich scheinbar ganz harmlose Begegnungen zu einer immer größeren Bedrohung verdichten können, zeigt Brigitte Helbling. Bei ihr erfahren wir von dem japanischen Aikido als Kunst, mit Gefahren umzugehen – wenn auch ganz anders als gedacht. Bei Kai Hensels Coming-of-Age-Erzählung im Schaustellermilieu ist es das Aufeinandertreffen zweier Jugendlicher auf dem Hamburger Dom, das für die etwas verunsichernde Erkenntnis sorgt, dass ein Verbrechen zu begehen nicht immer etwas Schlimmes sein muss.

In »Der Auftrag« macht sich Katrin Seddig mit literarischen Mitteln auf die Suche nach dem Wesen der Stadt. Wenn sie ihre Heldin durch eine fast expressionistische Stadtlandschaft voller infernalisch lärmender Ausfallstraßen, Zerfall und Großbaustellen flanieren lässt, in denen das »Neue, Schöne, Saubere« das »Alte, Versumpfte, Zugewachsene« verdrängt und überschreibt, dann ist das ein Echo vergangener Trümmerlandschaften, denn: »Das Wesentliche der Stadt ist tödlich.« Und natürlich ist Seddigs Geschichte ein Hinweis auf die Gentrifizierung als ständigen Begleiter einer Stadt, in der immer wieder darum gestritten wird, wer denn nun das Gesicht ihrer Quartiere bestimmt, die Menschen, die dort leben, oder einmal mehr Finanzinvestoren und Immobilienspekulanten.

Von dem Absturz eines modernen Finanzhais, der seine Private-Equity-Firma durch die Investition in Crypto-Währungen in den Sand gesetzt hat, erzählt Till Raether cool und lakonisch. Ein tiefer Fall, der den Verlierer des Crypto-Crashs auf die südliche Seite der Elbe führt, in die wenig glamourösen Industriehafenausläufer hinter dem modernsten Containerterminal Europas, wo Menschen in ausrangierten Lagerhallen leben, den unregistrierten Zwischenräumen der Stadt.

Egal wo in Hamburg man sich befindet, das Wasser ist nie weit entfernt. So auch bei Matthias Wittekindt, der seinen Kommissar Manz als jungen Beamten in den Siebzigerjahren im Osten Hamburgs ermitteln lässt, wo in einem Nebenarm der Elbe die Leiche einer jungen Frau gefunden wird, nicht weit entfernt von einem Segelflug-Club, in dem alteingesessene Hanseaten ihre Wochenenden verbringen.

Noch weiter in die Vergangenheit führt uns Robert Brack, nämlich zurück ins Altona von vor 100 Jahren. Damals noch unabhängig, war es eine Schlafstadt für die Arbeiterinnen und Arbeiter, die in den Hamburger Fabriken unter widrigen Umständen Tabak und andere Waren weiterverarbeiteten, die der Handel Tag und Nacht in die Stadt spülte. Lebendig und anschaulich erzählt Brack von Zigarrendrehern und Zigarettenstopferinnen, einer tragischen Liebe in patriarchalischen Zeiten und von einer aufrührerischen Arbeiterschaft, die den alltäglichen Drill auf dem »Exerzierplatz des Kapitalismus« gründlich satthat.

Wie sehr auch in der Gegenwart Klassengegensätze das Schicksal der Menschen bestimmen, zeigt Zoë Beck. Vor der Kulisse der Elbchaussee und des Hamburger Yachthafens inszeniert sie den Filz der so oberflächlichen wie abgründigen modernen Hamburger Unternehmer in einer Funken schlagenden Mikrodramedy, die auf bösartig-beiläufige Weise vor Augen führt, wie sehr auch heute noch Geld das Lösungsmittel ist, das alle Probleme zum Verschwinden bringt und Existenzen vernichtet, fast unbemerkt.

Die 14 Geschichten sehen hin, wo gute (Kriminal-)Literatur immer schon hingesehen hat: Sie führen in weniger bekannte Milieus und Lebenssituationen und immer wieder auch zu den Unangepassten, den Gestrandeten, den Machtlosen, die durch die Raster der Handelsstadt gefallen sind. So vielfältig wie die Hintergründe der Mitwirkenden, so unterschiedlich sind die Perspektiven auf die Metropole als bunte Menschenansammlung in einem hoch lebendigen Millionenstadtgetümmel, das wir hier breit gefächert vor Augen geführt bekommen. Zwischen Wasser und Schnaps, zwischen Macht und Ohnmacht, zwischen Traum und Wirklichkeit.

TEIL I

WASSER UND SCHNAPS

DIE AMEISENSTRASSE

Von Nora Luttmer
Rothenburgsort

Der Geruch von Zimt und Sternanis erfüllte die Luft. Heute stand *phở bò* auf der Mittagskarte. Nudelsuppe mit fein geschnittenen Rinderbruststreifen. Kaum jemand bestellte etwas anderes. Und das trotz der Hitze. Draußen herrschten für Hamburg ungewöhnliche 35 Grad, und mit jedem Gast, der kam oder ging, drückte heiße Luft in das kleine Bistro.

Lien stand hinter dem Tresen, wie immer in einem eng anliegenden schwarzen Oberteil mit Stehkragen, die Haare zu einem strengen Dutt aufgesteckt, und mischte Fruchtsäfte. Fast alle Plätze waren besetzt. Für einen Moment schloss sie die Augen und lauschte dem Wirrwarr der Stimmen, diesem Durcheinander der Sprachen, deren Klang sie liebte, ohne sie zu verstehen.

Vor einem Jahr war sie mit ihrem Bistro aus der Innenstadt hierher in die Billstraße umgezogen, mitten ins Gewerbegebiet von Hamburg-Rothenburgsort. Eine Straße mit Kopfsteinpflaster und aufgesprungenem Asphalt, auf der abends die Lkw in doppelten Reihen parkten. In Schuppen und Werkhallen hatten sich Großhändler niedergelassen. Nichts, was es hier nicht gab: alte Waschmaschinen, Matratzen, Hi-Fi-Anlagen, Fahrräder, Röhrenfernseher, Kühlschränke, Kronleuchter, Trödel aller Art. Und Dinge, die hierzulande längst als Schrott ausgemustert waren. Ein Großteil davon wurde nach Afrika verschifft.

Alle hatten sie für verrückt erklärt, dass sie ihren Laden in bester Lage hinter den Deichtorhallen hierfür aufgab.

Für Rothenburgsort, dieses vergessene Viertel, das geprägt war von Industrie, den Ausläufern des Hafens mit Anlegern und Schrottplätzen – und der Elbe und ihren Zuflüssen.

In der Innenstadt hatte sie zwölf Euro für eine Schale *phở* nehmen können, hier nur noch 5,90 Euro.

Aber sie war mittlerweile 66 Jahre alt, und sie hatte keine Geduld mehr für gestresste Innenstadt-Gäste, hippe Kreative, frustrierte Büromenschen. Es war ihr alles zu viel geworden.

Hier draußen, nur zwölf Busminuten und doch eine ganze Welt von der Innenstadt entfernt, war es entspannter, unaufgeregter. Hier fühlte sie sich wohl.

Lien hatte das Bistro von einem Polen übernommen. Der Gastraum war nicht groß, hatte aber eine breite Fensterfront zum Gewerbehof raus. Gegenüber war Mohammeds *Import-Export-Libanon*, wobei alles, was er verkaufte, ›Made in China‹ war. Schaukelpferde, Waschzuber, Eimer, Kunstrollrasen am Meter, Klobrillen ... Alles Plastik. In leuchtenden Farben.

Das Bistro hatte Lien belassen, wie es war: offene Küche hinter dem Tresen, weiße Wände, Tische mit Resopalplatten, schlichte Stühle. Sie glaubte, das Einzige, was zählte, war das Essen, nicht irgendwelcher dekorativer Schnickschnack. Nur der kleine Schrein mit den Figuren von *thần tài* und *thổ địa*, dem Heiligen des Wohlstands und dem kleinen Erdgott, ließen darauf schließen, dass es sich um ein vietnamesisches oder zumindest ein asiatisches Bistro handelte. Er stand auf dem Boden neben der Eingangstür.

Die Mittagszeit war um. Langsam leerten sich die Tische. Die Gäste zahlten, dankten mit einem Nicken, gingen. Lien griff nach einer der grünen Mangos, die sie heute Morgen gekauft hatte, ging um den Tresen herum und legte sie auf den Schrein. Dann goss sie für *thần tài* und *thổ địa* auch noch etwas Schnaps in kleine Tässchen und zündete Räucherstäbchen an.

Als sie sich wieder aufrichtete, sah sie durch die Scheibe einen Mann auf der anderen Seite des Hofs stehen, gedrungen und bullig. Er rauchte und sah zu ihr herüber.

Ma quỷ – Geister und Dämonen, fluchte Lien. Sie merkte, wie ihre Hände klamm wurden, das Blut ihr in den Schläfen hämmerte. Unbehagen breitete sich in ihr aus, und Wut. Ja, vor allem Wut. Der Mann da draußen wartete nur darauf, dass der letzte Gast das Bistro verließ. Dann würde er zu ihr rüberkommen, seine Forderung stellen. Ihr die Summe nennen, die sie bei ihm abzuliefern hatte.

Die Schutzgelderpresser, die seit Wochen Unruhe in der Gegend stifteten, arbeiteten zu zweit. Bisher war der hier noch nicht bei ihr gewesen, immer nur der andere. Erst letzte Woche wieder. Erik hatte er sich genannt, wobei er sicherlich anders hieß.

Vor wenigen Tagen hatte das Fahrradlager am Ende der Straße gebrannt. Die Rettungskräfte konnten das Übergreifen auf umliegende Gebäude nur mit Mühe verhindern. Niemand wusste sicher, ob das Feuer auf das Konto der beiden ging. Aber das war auch egal. Solange es nur alle glaubten, festigte es die Macht, die sie ausübten.

Lien sah zu dem Mann hinüber, erwiderte seinen Blick. Ihre Augen funkelten zornig, aber das konnte dieser Kerl auf die Entfernung natürlich nicht sehen. Am liebsten hätte sie einfach abgeschlossen. Nur war das leider auch keine Lösung.

Mit einem Seufzen griff sie nach dem Reisstrohbesen, der in der Ecke neben dem Schrein stand, und während ihr letzter Gast noch aufaß, fegte sie schon einmal die Essensreste zusammen, die über Mittag runtergefallen waren. Die Borsten schrappten mit einem harten Kratzen über den PVC, der hier vorne ausgelegt war. Lien erwischte auch ein paar Ameisen, die hektisch hin und her krabbelten, als hätten sie sich verirrt und fänden nicht zu ihren Artgenossen zurück.

Und dann, wie sie es vorausgesehen hatte, betrat der Mann das Bistro. Genau in dem Moment, als ihr letzter Gast ging.

Breitbeinig und mit vor der Brust verschränkten Armen baute er sich vor ihr auf. Sie roch seinen Zigarettenatem, in den sich der beißende Geruch scharfer Seife mischte. Lien schätzte ihn auf 25, höchstens 30 Jahre. Sein Gesicht war breit, fleischig. Er trug weiße Turnschuhe, wie alle heutzutage, Jeans und ein schwarzes Shirt, unter dem sich seine Muskeln abzeichneten. Im Fitnessstudio antrainierte Muskeln, dachte Lien, die nach etwas aussahen, aber zu nichts zu gebrauchen waren, außer zum Stemmen von Gewichten. Ein Schlangentattoo wand sich um seinen Unterarm. Seine blonden Haare klebten verschwitzt an seinem Kopf, Schweißperlen hingen ihm auf der Oberlippe, seine Haut glänzte rot.

Die Hitze stand ihm nicht.

»Wir haben bereits geschlossen«, sagte Lien wie nebenbei, als kenne sie nicht den eigentlichen Grund seines Kommens.

»Du schuldest mir 800 Euro. Für den letzten Monat«, sagte er mit rauer, heiserer Stimme. Er rauchte hörbar zu viel.

»Ach. Dann sind Sie der Kollege von Erik?«, sagte sie so, als sei Erik ein Freund.

»Kollege?« Der Mann schnaubte. »Ich bin Eriks Boss.«

»Ich hab Erik das Geld gegeben«, sagte sie. »Letzte Woche erst.« Lien lächelte so, wie sie dachte, dass der Mann es von ihr erwartete. Asiatinnen lächelten doch immer. Sogar wenn ein Schutzgelderpresser auf der Matte stand. *Was für ein Blödsinn.*

Der Mann trat jetzt von einem Bein auf das andere, seine Kiefer mahlten. »Is nicht bei mir angekommen.«

»Das kann doch nicht sein. Fragen Sie ihn! Ich habe es ihm ganz bestimmt gegeben.«

Der Mann schüttelte den Kopf. »Du gibst *mir* das Geld. 800, keinen Cent weniger.«

»Aber ... ich kann doch nicht doppelt zahlen.«

»Dein Pech.«

»Das ist zu viel«, sagte Lien in dem Versuch, die Forderung vielleicht doch noch abzuwenden. Oder zu mindern. »Das habe ich nicht.«

»Dann besorg's. Ich gebe dir zwei Tage.« Sein Ton erlaubte keine Widerrede.

Sie nickte vage. »Ich sehe, was ich tun kann.«

Er sog die Luft lautstark durch die Nase ein, seine Schultern hoben sich, sein Brustkorb wurde breiter. *Er plusterte sich auf.*

»800 Euro. Übermorgen.«

Damit drehte er sich um und ließ sie stehen.

Schwer atmend sah Lien zu, wie er sich langsam über den Gewerbehof entfernte. Einmal noch schaute er sich nach ihrem Bistro um. Ob er schon überlegte, wie er es am besten in Brand stecken sollte?

Was hatten seine Ahnen nur für Hundescheiße gefressen?

Das hier war ihr Reich und ihr Leben.

Konnte nicht einmal etwas problemlos vonstattengehen? Sie wollte doch einfach nur in Frieden ihren Laden betreiben. Ohne fremde Hilfe. Ohne Abhängigkeiten. Und verdammt noch mal ohne irgendwelche selbst ernannten Schutzgelderpresser im Nacken.

Kaum war der Mann verschwunden, stürmte Mohammed, ihr Hofnachbar, von hinten durchs Lager ins Bistro. Und mit ihm wehte ein unangenehmer Geruch in den Gastraum. Abgestandenes Wasser, Algen ... So zumindest erklärte Lien ihn. Niemand wunderte sich weiter. Das Lager hatte einen

Zugang zum Billekanal, und bei der Hitze konnte der ganz schön riechen, weshalb Lien immer darauf achtete, dass nach hinten raus alles geschlossen war.

»Tür zu«, rief sie nun auch sofort.

Aber Mohammed, der Lien mit seiner großen massigen Gestalt und dem freundlichen runden Gesicht immer an einen Bären denken ließ – einen nicht-bissigen Bären –, war viel zu aufgeregt, um zu reagieren. »Tante Lien«, stammelte er völlig atemlos. Obwohl er kaum jünger als sie war, nannte er sie *Tante*. Eine Respektsbezeichnung. »Bei dir war er also auch.« Es war eine rhetorische Frage, natürlich hatte Mohammed beobachtet, wer sich da vor ihrer Tür herumgedrückt hatte.

»Er hat gedroht ... meiner Tochter was anzutun«, redete Mohammed auch schon weiter, so schnell, dass sich seine Worte überschlugen und Lien Mühe hatte, ihn zu verstehen. »Wenn ich nicht zahle. Aber ich ... so viel ... schon wieder ... es ... wie soll ich das nur zusammenkriegen.«

Er schloss die Augen, und Lien ahnte, welche Bilder sich in seinem Kopf abspulten. Bilder davon, was passieren würde. Sie legte Mohammed eine Hand auf den Arm.

»Die reden nur«, sagte sie, ohne es selbst zu glauben. Aber irgendwie musste sie ihn ja beruhigen. Sie mochte Mohammed, und er tat ihr leid.

Er presste die Lippen zusammen, ganz blass. In seinen Augen lag die pure Angst. »Doppelt zahlen«, stammelte er verzweifelt. »Was können wir dafür, wenn dieser Erik einfach mit unserem ganzen Geld abgehauen ist?«

»Hat er das gesagt?«, fragte Lien überrascht. »Dass Erik abgehauen ist?«

Mohammed schüttelte den Kopf und zuckte mit den Schultern. »Das hab ich so gehört, draußen ... Alle reden darüber ...«

Natürlich. Was die Gerüchte anging, war es hier wie auf dem Dorf.

»Was soll ich nur machen?«

»Da kannst du nichts tun. Sieh nur zu, dass du das Geld zusammenbekommst«, sagte Lien. »Für deine Tochter.«

Was für ein erbärmlicher Ratschlag. Einknicken, sich unterordnen, aufgeben.

Aber was sonst sollte sie Mohammed sagen? Dass alles gut werden würde?

Mohammed trottete mit hängendem Kopf davon, wieder, ohne die Lagertür hinter sich zu schließen. Bevor sie heute zum Abend öffnete, würde sie noch mal gut durchlüften müssen. Aber nicht jetzt, noch war es draußen zu heiß. Und die Hitze würde den Geruch nur verstärken.

Lien nahm ihren Besen und fegte weiter. Es war fast meditativ: Die Bewegung, mit der sie den Besen über den Boden zog. Das immer selbe kratzende Geräusch.

Als sie mit dem Gastraum fertig war, machte sie im Lager weiter.

Auch dort hinten zu fegen, hatte sie sich zur täglichen Angewohnheit gemacht. Zwischen Reissäcken, Kisten mit Nudeln, 10-Liter-Flaschen Fischsoße und sonstigen Vorräten, die sie für ihre Küche brauchte, marschierten kleine schwarze Ameisen. Hier eine Ameisenstraße, dort eine Ameisenstraße, schön geordnet in Reih und Glied.

Mit dem Besen fuhr sie quer durch die Tierchen, die sofort auseinanderstoben. Sie schaffte es, einige in die Kehrschaufel zu fegen, die mit dem langen Stiel, sodass sie sich nicht bücken musste. Die anderen Ameisen sammelten sich wieder, marschierten weiter, als sei nichts gewesen. Sie wiederholte das Spiel. Aber es waren zu viele. Diese verfluchten Ameisen würden ihr noch zum Verhängnis werden.

Sie hatte versucht, die Löcher zu stopfen, durch die sie in den Raum gelangten. Erfolglos. Wenn sie einmal da waren, fanden sie immer einen Weg. Um die Säcke herum, unter den Kisten hindurch, an den Flaschen vorbei, bis unter die schwere Kühltruhe. Absolut zielsicher. Vielleicht war sie ja auch ein bisschen wie eine Ameise, dachte Lien. Zielsicher war sie auf jeden Fall. Allerdings marschierte sie nicht in Kolonne, sondern alleine. Immer alleine.

Sie hatte mal irgendwo gelesen, dass Ameisen zu den sehr frühen Leichenbesiedlern gehörten und sich vom Keratin in den Wimpern, Augenbrauen und den oberflächlichen Hautschichten ernährten. Was für eine Vorstellung.

Einen Tag später

Es war nicht viel los. Nur hin und wieder kam jemand herein, um schnell etwas zum Mitnehmen zu bestellen. Das Thermometer war am Mittag wieder auf über 30 Grad gestiegen. Zum Abend hin kühlte es nur geringfügig ab. Der Ameisen war Lien immer noch nicht Herr geworden.

Als sie das Bistro abschloss, war es längst dunkel draußen. Sie musste aufpassen, dass sie auf dem unebenen Kopfsteinpflaster nicht umknickte.

Wie jeden Abend ging sie zu Fuß nach Hause. Sie wohnte mittlerweile im Stadtteil, in einem, wie sie fand, etwas seelenlosen Neubau, rosa gestrichen, als hätte jemand händeringend versucht, dem Haus mit der Farbe Leben einzuhauchen. Aber dafür war sie ganz in der Nähe der Elbe, keine dreihundert Meter vom Fluss entfernt. Nachts hörte sie die schwerfällig tuckernden Motorengeräusche der Frachter und das metallische Quietschen der Züge, wenn sie über die Elbbrücken fuhren. Das mochte sie sehr.

Trotz der späten Stunde waren in der Billstraße noch fast alle Ladenrollos hochgezogen. Das für Hamburg so selten gute Wetter musste genossen werden, und sei es mit einem Klappstuhl vor dem Geschäftstor. Niemand wollte nach Hause in seine engen vier Wände. Auch Lien eigentlich nicht, aber sie war müde, und spätestens um fünf Uhr musste sie schon wieder auf dem Großmarkt sein, sonst wäre das beste Gemüse weg.

Vor dem Stehimbiss *Deutsche China Küche* standen senegalesische Tagelöhner, aßen billigen Reis mit Soße und tranken ihr Feierabendbier. »Hey Lien«, grüßten sie sie. Hin und wieder waren sie auch bei ihr zu Gast. Lien grüßte zurück.

Ein paar Meter weiter räumten mehrere Frauen die Lagerhalle von Jakobus, einem Ghanaer, nach dem abendlichen Gottesdienst auf. Sie schoben Verkaufstische zurück an ihren Platz und stapelten die Stühle in einer Ecke. Auch sie grüßten. Lien war keine Christin, nahm aber trotzdem manchmal an ihren Gottesdiensten teil. Es gab ihr ein Gefühl von Zugehörigkeit, und gleichzeitig lief sie nicht wie in der vietnamesischen Pagode Gefahr, dass man versuchte, sie zu eng einzubinden. Etwas, das sie nicht wollte. Sie war Einzelkämpferin, in allen Bereichen ihres Lebens. Auch ein Grund, warum sie das Bistro alleine betrieb, ohne Aushilfen. Denen musste man sowieso mehr hinterher sein, als dass sie eine Entlastung wären. Und im ghanaischen Gottesdienst war sie willkommen, aber doch auch eine Außenstehende, die man in Ruhe ließ.

Beim *Afghan Bazar* bog sie links in den Ausschläger Billdeich ab und dann noch mal links auf den Billhorner Deich. Die wenigen Straßenlaternen warfen mehr Schatten, als dass sie Licht spendeten. Hier war es um diese Uhrzeit mit Abstand dunkler und unbelebter als in der Billstraße, aber ein Kribbeln im Nacken verriet ihr, dass sie nicht alleine war. Jemand folgte ihr.

Sie streckte sich, ging erhobenen Hauptes weiter, drehte sich nicht um. Es brauchte nur die matte Spiegelung eines Kioskfensters, um ihr Gefühl zu bestätigen. Hinter ihr ging eine bullige, gedrungene Gestalt. Der namenlose Schutzgelderpresser. Es wunderte sie nicht wirklich. Sie hatte sich schon gedacht, dass er seiner Forderung noch einmal Nachdruck verleihen würde. Einfach, weil es ihm Spaß machte, andere einzuschüchtern, Angst zu verbreiten.

Er bewegte sich leichtfüßig und mit einer Geräuschlosigkeit, die Lien auch einmal eigen gewesen war, die sie aber mit dem Alter eingebüßt hatte. Dennoch, gespürt hatte sie seine Anwesenheit trotzdem. Eine Tatsache, die ihr eine gewisse Genugtuung verschaffte.

Sie ging an einer Gruppe Jugendlicher vorbei, die auf einer Bank saß und weder sie noch ihren Verfolger beachtete. Er war jetzt dicht hinter ihr, zog aber nicht weiter auf. Ihr war klar, dass sich das noch ändern würde.

Obwohl sie ihre gut gepolsterten Gesundheitsschuhe trug, schmerzte ihre Hüfte beim Gehen. Ein altes Leiden. Sie versuchte, es zu ignorieren. Bloß keine Schwäche zeigen. Weit hatte sie es nicht mehr. Nur noch durch die Grünanlage mit dem Hochbunker und dann rechts.

Die Außenwände des Bunkers waren von Flechten, Pilzen und Moos überzogen. Eine Ratte rannte im Schein einer Laterne an der Bunkerwand entlang. Auf einem der städtischen Mülleimer hüpften zwei Krähen und hackten mit ihren Schnäbeln auf eine mit was auch immer gefüllte Plastiktüte ein. Ihre Krallen schabten über das Metall. Der Weg war übersät mit leeren Dosen und fauligen Bananenschalen. Lien machte einen großen Schritt darüber hinweg und hätte fast aufgeschrien. Mit der Bewegung war ein stechender Schmerz durch ihre Hüfte geschossen, und sie musste mehrmals tief ein- und ausatmen, bis es wieder erträglich war. Eine Hand in den Rücken gestemmt, um den Schmerz abzufangen, ging sie weiter. Jetzt humpelte sie.

Und ihr Verfolger nutzte ihre Schwäche.

Er machte einen Schritt neben sie. »Schmerzen?«, fragte er. Es klang hämisch.

Sie ignorierte ihn, humpelte weiter.

Er packte sie am Arm, riss sie herum, sodass ihre Blicke sich trafen. Das Weiß seiner Augen war gerötet wie bei einem kranken Bullterrier. Ein amüsiertes Lächeln zuckte um seinen Mund. Er war wirklich einer, der es genoss, anderen Angst zu machen, dachte Lien. Da war er wie ihr Bruder, Hung, den alle nur den Gnädigen nannten, obwohl er alles andere als das war. Zu DDR-Zeiten hatte Hung als Vertragsarbeiter in einer Produktionsstätte für Glühlampen bei Karl-Marx-Stadt gearbeitet, nach dem Fall der Mauer dann wie so viele andere in Berlin geschmuggelte Zigaretten verkauft. Aber er war schnell in der Hierarchie aufgestiegen. 1992 war er schon einer der großen Bosse gewesen. In den späten Neunzigerjahren dann, als die Berliner Polizei verstärkt gegen vietnamesische Banden vorging, setzte er sich nach Tschechien ab, wo er sich als seriöser Geschäftsmann etablierte. Mit Marktbuden, Bistros, Import-Export. Aber er hatte weiterhin seine Finger in allen möglichen illegalen Geschäften.

Lien hatte darüber nachgedacht, ihren Bruder zu bitten, ihr wegen der Schutzgeldsache zu helfen.

Doch Schwester hin oder her – seine Unterstützung funktionierte wie ein lebenslanges Franchising-System. Man hörte nie mehr auf zurückzuzahlen. Und das wollte sie nicht.

Sie musste es alleine regeln.

»Ich besorge das Geld«, sagte sie und drehte ihren Arm aus der Umklammerung. Morgen würde sie einen dicken blauen Fleck haben.

»24 Stunden«, sagte der Mann und ging ganz gemächlich, ganz selbstsicher davon. Und sie stand zitternd da, mit schmerzender Hüfte. Sie ballte die Hände zu Fäusten, versuchte, ihre Wut zu unterdrücken. Was nahm dieser Kerl sich bloß heraus. Hier die ganzen sozialen Geflechte durcheinanderzubringen, zu meinen, alles mal so eben mit seinem Furcht einflößenden Gehabe aufmischen zu können. Es ärgerte sie unglaublich. Nach Hause konnte sie so jetzt jedenfalls nicht. Sie musste erst mal runterkommen, durchatmen.

Also ging sie am Bunker vorbei bis zum Entenwerder Fährhaus, einem kleinen Fachwerkhaus, das mit all seinen Anbauten und Verschlägen an eine Hexenhütte erinnerte. Gleich dahinter lag die Elbe.

Die Weiden an der Uferböschung zeichneten sich dunkel gegen den mondhellen Himmel ab, ein Frachter schob durch die Fahrrinne. Das Dröhnen seines Motors hallte zu ihr herüber. Wasser schwappte, irgendwo kläffte ein Hund. Möwen schrien. Nicht einmal sie schliefen bei der Hitze. Drüben auf der anderen Flussseite leuchteten die gelblichen Lichter der Industrieanlagen, in dessen Schein sich der Rauch der Schornsteine in dichten Säulen in den Himmel schraubte, um sich dann langsam in der Dunkelheit zu verlieren. Nur wenige Meter vom Ufer entfernt trieb ein kleines Boot. Nicht mehr als ein schwankender Schemen in der Nacht.

Lien atmete tief durch und sog den vertrauten, leicht modrigen Geruch des Schlicks ein. Und langsam beruhigte sie sich wieder. Die Elbe hatte diese Wirkung auf sie. Dieser Fluss, der sich so stoisch dahinschob. Seine unbändige Kraft unter der dunklen Oberfläche verborgen, aber deutlich spürbar.

24 Stunden später

Es war fast Mitternacht, und sie war alleine im Bistro, als er den Laden betrat.

»Deine Frist ist abgelaufen«, sagte er. Ein Spruch wie aus einem Film.

Lien nickte.

Sie hatte schon auf ihn gewartet.

Sie schloss die Kasse auf, hob die Münzbox hoch, nahm den vorbereiteten Geldumschlag heraus, reichte ihn dem Mann.

Er griff danach, setzte sich ihr gegenüber an den Tresen.

Während er nachzählte, stellte sie das Gas unter dem Topf mit der Rinderbrühe an, den sie extra für ihn zur Seite gestellt hatte, holte das Fleisch aus dem Kühlschrank und nahm das Messer vom Magnetstreifen an der Wand.

Sie schloss die Augen, konzentrierte sich ganz auf das Messer in ihrer Hand. Sie liebte diesen Moment, in dem die Klinge durch das Rindfleisch glitt, fast widerstandslos. Lien hatte das Messer vor Jahren aus Vietnam mitgebracht. Es war handgeschmiedet. Der Holzgriff war vom langen Gebrauch schon ganz schwarz und abgegriffen.

Sie sah wieder den Mann an, stellte sich vor, wie der weiche Stahl durch seinen Hals glitt wie durch Butter. Er würde nicht schreien, dafür würde ihm mit durchschnittener Kehle die Luft fehlen.

»Mit schön viel Fleisch«, sagte er. Es klang wie ein Befehl.

»Natürlich«, antwortete sie so unterwürfig wie möglich. Sollte er sich doch in seiner Selbstsicherheit suhlen.

Wenn er auch nur eine Ahnung hätte, wer sie war.

Dann würde er sie vielleicht nicht so unterschätzen.

1972 war Lien nach Deutschland gekommen, in die damalige DDR. Sie war für ein Studium ausgewählt worden – als demobilisierte Soldatin. Was das anging, waren die Kommunisten schon zu ihrer Jugendzeit ziemlich modern gewesen. Oder pragmatisch – wie man's auffasste. Sie hatten alle genommen, die für ihre Sache waren. Auch die jungen Mädchen.

Sie war bei der Frauenjugendbrigade gewesen, an der Front aufgetreten, um die Soldaten zu motivieren. ›Lauter singen als die Bomben‹. Nach drei Wochen an der Front war sie die einzige Überlebende der Truppe. Danach war sie an die Waffe gewechselt. Damals hatte sie schnell gelernt zu töten. Ohne zu zögern und ohne Mitleid. Obwohl es ihr, wenn sie heute darüber nachdachte, von Anfang an nicht schwergefallen war. Ihr Ziel war es, zu überleben, alles andere zählte für sie nicht. So ist es im Krieg gewesen, und so war es heute noch.

Sie schnitt weitere Rinderbruststreifen ab und legte dann mit einem gewissen Bedauern das Messer beiseite. Sie war zu alt, der Mann noch jung. Sie wäre nicht mehr schnell genug. Er würde sich wehren.

Sie nahm eine Schüssel aus dem Regal, warf eine Handvoll gekochter Reisnudeln hinein, gab Sojasprossen dazu und legte das rohe, frisch aufgeschnittene Fleisch obenauf. Mit einer großen Kelle schöpfte sie dampfende Fleischbrühe darüber, wodurch das hauchdünn geschnittene Fleisch sofort garte. Das Ganze bestreute sie mit Frühlingszwiebeln, Sojasprossen und den kleinen Blättern von vietnamesischem Koriander. Bevor sie die Schüssel auf den Tresen stellte, gab sie noch etwas Knoblauchessig dazu und drückte eine geviertelte Limone über der Brühe aus.

Der Mann nahm den Löffel, schlürfte vorsichtig von der Brühe. Nickte anerkennend. Immerhin. Es schmeckte ihm.

Jetzt war es Lien, der ein amüsiertes Lächeln um den Mund zuckte.

Sie stellte zwei Gläser und die Flasche *rượu thuốc* zwischen ihn und sich. »Selbst eingelegter Kräuterschnaps. Ein altes Familienrezept. Immer gut«, sagte sie und schenkte ein. Sie wollte mit ihm anstoßen.

Der Mann sah das Glas an, dann sie, dann wieder das Glas. Er zögerte. Er fragte sich, was da wohl drin war. Er war misstrauisch. Klug von ihm. Aber zu spät.

Lien hob ihr Glas. »Auf die Gesundheit!«, sagte sie und trank. Der Schnaps war scharf und brannte im Rachen.

Nun griff auch der Mann nach dem Glas, doch es rutschte ihm aus der Hand, noch bevor er es an den Mund geführt hatte. Mit einem Klirren zersprang es auf dem Boden.

Wäre er mal besser schon bei der *phở* misstrauisch gewesen. Nicht erst beim Schnaps.

Auch ein altes Familienrezept, das Gift, schnell und äußerst wirksam.

Der Mann riss erschrocken die Augen auf, wankte – sogar im Sitzen. Und begriff. Panik lag in seinem Blick, in diesem letzten Bruchteil der Sekunde, bevor sich seine Pupillen nach oben drehten und nur noch das Weiß zu sehen war. Schaum kam aus seinem Mund. Er sackte zusammen, sein Oberkörper fiel auf den Tresen, der Kopf schlug in die *phở*. Die Schüssel zerbrach.

Was für eine Schweinerei.

Lien beugte sich nah zu ihm vor, legte ihre Finger an seinen Hals, suchte den Puls. Er war schon schwach. »Gier führt stets ins Unglück«, flüsterte sie ihm ins Ohr, schenkte sich noch ein Glas ein, trank.

Dann ging sie um den Tresen herum, stieß den mittlerweile toten Mann vom Hocker.

Mit einem dumpfen Laut ging er zu Boden.

Lien packte ihn an den Füßen, schleifte ihn durch den Gastraum nach hinten. Sein lebloser Körper war höllisch schwer. Noch schwerer als der von Erik. Der Schmerz pochte in ihrer Hüfte. Jeder Atemzug stach in ihrer Lunge. Verdammt, sie war langsam wirklich zu alt für so was.

Im Lagerraum musste sie erst mal verschnaufen. Den Rücken vorgebeugt, die Hände auf die Knie gestützt, stand sie da. Um ihre Füße wuselten die Ameisen. Diesmal nicht ganz so geordnet wie sonst.

Ob die den Tod riechen konnten? Auf jeden Fall bogen sie von ihrem üblichen Weg ab und krabbelten auf den neuen Leichnam zu.

Lien wartete, dass ihr Atem wieder gleichmäßig ging, dann stemmte sie sich mit beiden Händen gegen die Kühltruhe und schob. Das Schrappen von Metall auf Beton jagte ihr eine Gänsehaut über die Arme. *Krrr, krrr, krrr.* Ein Stück noch, ein kleines Stück noch, dann hatte sie es geschafft.

Die Bodenluke lag frei.

Direkt unter dem Lager verlief ein gemauerter Schacht, etwa ein Meter Durchmesser, leicht geneigt, durch den Regenwasser von der Straße in den Kanal abgeleitet wurde. Und auch wenn Lien mal ihr Lager mit dem Schlauch aussprühte, floss das Wasser dorthin ab. Durch Rillen in der Luke. Sehr praktisch.

Mit einer extra dafür angefertigten Eisenstange, die vorne leicht gebogen war, zog sie den Deckel hoch und drückte sich sofort den Arm vor Mund und Nase. Es stank wirklich erbärmlich. Fürs Erste würde sie die Rillen wohl verschließen müssen. Gips, Silikon, Beton, irgendwas würde ihr schon einfallen. Das Natron, das sie im Großhandel bestellt hatte, war immer noch nicht geliefert worden. Und die kleinen Päckchen, die sie im Supermarkt bekommen hatte, reichten eindeutig nicht aus, um den Geruch auch nur annähernd zu neutralisieren.

Von wegen abgestandenes Wasser und Algen. Es war der süßliche Geruch von Verwesung. Schon verwunderlich, dass bislang niemand das erkannt hatte und alle ihre Erklärung mit dem angrenzenden Kanal schluckten. Aber gut, wenn man nie mit dem Tod zu tun gehabt hatte ...

Sie sah in den Schacht, konnte nichts als Schwärze erkennen. Erst als sie mit der Taschenlampe ihres Smartphones hineinleuchtete, sah sie die Ameisen. Und Erik. Sie fluchte.

Der Verwesungsprozess war noch nicht sonderlich weit fortgeschritten. Und so, wie er da lag, war kein Platz mehr für seinen toten Freund. Lien holte ihren Besen, schob den Stiel in den Schacht und drückte. Sie spürte das aufgedunsene Fleisch, wie es nachgab. Aber sie rutschte immer wieder ab, und Dutzende Ameisen kamen ihr über den Holzstiel entgegen. Sie schlug sie weg. Das fehlte ihr jetzt noch, dass die Viecher auch auf ihr rumkrabbelten und sie mit ihrem ätzenden Urin bepinkelten.

Aus der Küche holte sie sich die große Suppenkelle mit dem langen Stiel. Die hatte mehr Ansatzfläche, allerdings musste Lien sich dafür auf den Boden knien, um näher an den Leichnam ranzukommen. Wirklich, in ihrem Alter. Der Schmerz aus ihrer Hüfte zog mittlerweile bis in die Zehenspitzen runter, sie versuchte, ihn so gut es ging zu ignorieren. Der zweite Tote musste verdammt noch mal auch in diesen Schacht rein, irgendwie.

Den nächsten Schutzgelderpresser, der in der Billstraße aufschlug und sie und ihre Nachbarn bedrohte, würde sie im Wald erschießen, am besten da, wo es Moor gab, wo er direkt rücklings hineinfiel und versank. Ohne so einen Kraftakt hier. Sie war fix und fertig. Und klatschnass geschwitzt, ausgerechnet sie, die sonst nie schwitzte.

Mit der Kelle schaffte sie es schließlich, Erik ein Stück zur Seite wegzudrücken, weiter in das Rohr hinein. So weit, dass nur noch Schultern und Kopf zu sehen waren. Das würde reichen. Da würde Eriks aufgepumpter Boss jetzt draufpassen.

Schwerfällig stemmte Lien sich vom Boden auf, zerrte den zweiten Toten das letzte Stück zur Luke, schob ihn die Füße voran hinein. Kurz verkanteten sich seine Schultern, und sie dachte schon, sie müsste ihn wieder nach oben ziehen, aber dann trat sie nach und mehrere Fußtritte später sackte er das Stück nach unten, das es brauchte, um den Bodendeckel über ihm zu schließen.

Jetzt musste sie nur noch hoffen, dass die beiden Kumpane da in ihrem Schacht sich bis zum Herbst, wenn die ersten Starkregen drohten, so weit zersetzt hatten, dass das Regenwasser zum Kanal hin abfließen konnte. Nicht dass jemand auftauchte, um das verstopfte Rohr zu begutachten.

Bevor sie den Kühlschrank zurück über den Deckel schob, fegte sie noch die Ameisen in die Rillen. Damit sie schneller an ihr Keratin kamen. Irgendwie mochte sie die kleinen Tierchen ja doch. Sie waren sehr hilfreich, wenn auch verräterisch. Folge den Ameisen und du findest den Tod.

Und jetzt einen *rượu thuốc*. Den hatte sie sich wahrlich verdient.

ICH BIN SCHON FAST WIEDER WEG

Von Till Raether
Altenwerder

Stickler hat alles verloren, bis auf den Fünfhundert-Euro-Schein. Er hat eine vage Idee von einer Waffe und davon, wie er sie auf den Mann richten wird, der jetzt alles hat, was Stickler früher hatte. Die Frau, die Firma. Das Haus. Den Hund. Den Wagen. Das Haus an der Nordsee. Die Kinder.

Es gab Zeiten, die waren so: Der Geldschein kam an, fünfhundert Euro, fliederfarben, ganz frisch und knusprig, mit ein paar Zeilen von der Witwe seines Vaters, sucht euch selbst was Schönes aus. Hundert für jeden. Und dann wanderte dieser Geldschein in irgendeine Schublade. Die Kinder bestellten sich was im Internet, seine Frau und er kamen davon ab, man hatte ja alles. Viel zu spät schrieb man eine Karte an die Witwe seines Vaters, danke, wir haben uns richtig was gegönnt. Aber weil Stickler eine gut gehende Private-Equity-Firma hatte und die Kinder das Internet, dachte niemand mehr an den Schein, den sein Sohn mit scherzhaftem Respekt lila Kachel genannt hatte, und der einfach weiter in der Schublade lag.

Jetzt steht Stickler an der Straßenecke, Nieselregen an der Grenze zu Othmarschen, Tennisplätze, ein Altersheim, eine Schule. Seine Hand knistert mit dem Schein in der Manteltasche, er hat diesen Schein gerade aus der Krimskramsschublade im Durchgang zum Wohnzimmer gezogen, während Jutta am Kleiderschrank war, um den Kaschmirmantel zu holen. Ein Ablenkungsmanöver, damit Stickler an die Schublade konnte: Ich bin nur gekommen, weil ich den Mantel brauche. Ich geh gleich wieder. Ich weiß, ich weiß, dass ich mich dem Haus nicht nähern darf. Du siehst doch, ich bin völlig durchnässt. Den anderen Mantel habe ich bei Jürgen gelassen, aber der lässt mich nicht mehr rein. Wegen dem Geld. Danke. Ja, ich warte hier. Ich bin schon fast wieder weg.

Es stimmt, dass seine Sachen alle in der Wohnung von Jürgen sind. Jürgen hat erst gesagt, du wohnst bei mir, bis sich alles beruhigt hat. Dann ist ihm klar geworden, dass Stickler auch Jürgens Geld verloren hat. Du zahlst mir die hundertvierzigtausend, vorher kriegst du gar nichts wieder. Keinen einzigen Koffer. Du, es ist mir scheißegal, ob du da draußen im Regen stehst. Es reicht mir jetzt. Jutta sieht das übrigens genauso. Kann sein, dass für dich hundertvierzigtausend ein Scheißdreck sind. Aber ich brauch das. Das ist mein Geld. Das ist mein ganzes Geld. Du musst erst ganz unten sein, glaube ich.

Das sagte Jürgen alles durch die Gegensprechanlage. Ein Hörspiel für die ganze Nachbarschaft.

In der anderen Manteltasche hat Stickler ein kaputtes Telefon, das war auch in der Krimskramsschublade. Komplett tot. Aber vielleicht kann er das jemandem andrehen. Sein richtiges hat Jürgen einkassiert, als Pfand. So redet der.

Weil Stickler klar wird, dass er nichts mehr hat außer der lila Kachel, dem toten Handy und dem Kaschmirmantel, fällt was von ihm ab. Hoffnung ist ein Ballast. Jetzt ist es egal, was passiert. Es fühlt sich an wie ein Fortschritt.

Er hat Hunger und sucht sich an der Tankstelle Bernadottestraße einen Käsekuchenriegel und eine Dose Red Bull aus. Der Tankwart winkt die lila Kachel weg, er nimmt nichts über hundert. Sticklers Brieftasche ist in Jürgens Wohnung, aber die Karten sind eh alle gesperrt, die Konten leer geräumt. Für irgendwelche Gläubiger. Deren Geld er falsch investiert hat. Falsch? Es sind immer nur Momentaufnahmen. Es hätte ja eine Revolution sein können: Stickler, der Erste in Hamburg, der mit Private Equity in Crypto geht. Und nicht der Erste, der das Geld, das Leute ihm anvertraut haben, komplett in Luft auflöst. Jutta hat gesagt, wenn du das machst, bin ich weg. Den Leuten sagen, du gehst in Blue Chips, und dann machst du Crypto. Sein Fehler war, dass er ihr von seinen Plänen erzählt hat. Wenn er nichts gesagt hätte, hätte es dieses Ultimatum nicht gegeben. Ihre Liebe zu Ultimaten kennt er ja. Wenn du dich nicht zwischen Xandy und mir entscheiden kannst, hau ich ab. Das war vor fünfundzwanzig Jahren. Wenn du keine Kinder willst, such ich mir einen anderen. Vor zwanzig Jahren. Und immer so weiter. Stickler fand das damals motivierend. Inzwischen findet er es Erpressung. Jürgen und Jutta sind sich einig: Stickler ist selber schuld. Sie sagen: Es war richtig, sich der Staatsanwaltschaft zu stellen. Falsch, die weiteren Termine nicht wahrzunehmen. Abzuhauen. Sich bei Jürgen zu verstecken. Zu lügen und nicht mehr damit aufzuhören. Jürgen, du kriegst dein Geld. Jutta, ich hab das unter Kontrolle. Bald führte Jürgen die Verhandlungen mit dem Konkursverwalter und mit Sticklers Anwälten. Jetzt gehört Jürgen, was von der Firma noch übrig ist, und Sticklers Anwälte haben das Mandat niedergelegt, weil Stickler sie nicht mehr bezahlen kann. Und Jutta gehört jetzt Jürgen, weil Jürgen jetzt alles gehört.

Hast du von Hartz IV gehört? Juttas Frage. Sie hat es nötig. Ihr Leben lang nicht gearbeitet.

Stickler lässt den Käsekuchen und die Dose auf dem Tresen liegen. Er fährt im Bus zum Bahnhof Altona, zum ersten Mal seit dreißig Jahren, schwarz. Er läuft durch die Fußgängerzone zum Pfandleihhaus, Kohle für den Kaschmir. Aber keine

Chance: Keine Textilien, sagen sie. Ob er es mal in dieser oder jener Boutique versucht hätte, Vintage Mode. Dort kriegt er für den Mantel nur mitleidige Blicke. Vintage, na gut, Mode, na ja. Ob er den Humana kennen würde, hinterm Bahnhof.

Scheiß auf Bargeld, denkt Stickler. Die lila Kachel muss reichen. Für meine Zwecke.

Seine Zwecke: Eine Waffe auftreiben. Jetzt, wo er nur noch mit sich selber spricht, fliegen ihm Fetzen alter Unterhaltungen durch den Kopf. Jemand, der mal gesagt hat: Der oder der hätte sich eine Waffe besorgt. Um anzugeben. Und Stickler, der nachhakte: Eine Waffe besorgt, wo denn? Na, auf dem Kiez. Da fragst du ein bisschen rum. Das dauert nicht lange.

Früher Abend, als er an der Reeperbahn aus der S-Bahn und dann aus der Erde steigt. Bei zwei Kneipen fliegt er raus, weil er nach einer Waffe fragt. Einmal werfen ihn die Barfrauen raus, nur mit Blicken. Einmal der Türsteher, jemand muss Stickler verpetzt haben. Oder, weil er nichts bestellt. Er merkt selbst, wie dumm er sich anstellt. Hockt sich hin, sucht einen Blick, rückt näher, fragt einfach.

Peinlich.

Aber man gewöhnt sich dran. In der dritten Bar, paar Straßen weiter hinten, im Dunkeln, reagiert einfach keiner. Als Stickler aufgefordert wird, endlich was zu bestellen, geht er raus, als wäre ihm gerade was eingefallen. Das kaputte Handy am Ohr, was zum dran Festhalten.

An der nächsten Straßenecke merkt er, dass ihm eine Frau gefolgt ist. Undefinierbares Alter, im Gegensatz zu seinem. Was er denn braucht. Er bleibt stehen und erklärt es ihr, Kapuzenpulli, uralte Doc Martens, er würde in Anführungszeichen von Migrationshintergrund reden, wenn er noch jemanden zum Reden hätte. Sie sagt, der Preis sei sechzehnhundert. Stickler stöhnt. Na ja, mit ohne Seriennummer, mit ohne alles. Sauber. Einweg. Die könnte er, sagt sie, sogar direkt daneben liegen lassen.

Stickler sagt, dass er fünfhundert hat. Ihm läuft die Zeit weg. Also die Geduld. Ehrlichkeit kürzt ab.

Sie überlegt und sagt: In zwei Stunden am Teich. An welchem Teich? In Altenwerder. Die Holzbank an der Nordseite. Er hat eine vage Vorstellung, wo das sein könnte, und guckt reflexhaft aufs Telefon, Google Maps. Das Telefon bleibt kaputt, der Bildschirm gleichgültiges Anthrazit. Als Stickler wieder aufblickt, ist die Frau weg.

Er will zur nächsten Kneipe, weiterfragen, aber er weiß, näher kommt er der Sache nicht mehr. Die Sache: Mit der Pistole auf Jürgen zeigen. Also: Was ganz Verrücktes tun, so eine richtige, wie sie früher anerkennend gesagt haben, Schwachsinnsaktion. Aber eben auch männlich. Ultimativ, endgültig. Danach kann nichts mehr kommen. Und weil eh alles weg ist, ist es dann auch egal, was jetzt passiert. Er wird die Pistole auf Jürgen richten und sagen: Gib mir alles wieder. Jürgen wird einen Schreck kriegen, dann wird er lachen und sagen: Hübsches Spielzeug. Oder so was. Und dann schießt Stickler. Einmal abdrücken, das wird ihm reichen. In die Wand, in die Decke, oder Jürgen ins Bein. Spontan, je nach Stimmungslage. Weil alles weg ist. Aber dann ist wenigstens für einen Moment der Respekt wieder da. Und wenn es vielleicht nur ein Sekundenbruchteil ist. Stickler hofft, es kommt ihm dann vor wie eine Ewigkeit. Und vielleicht scheißt Jürgen sich in die Hose, Bonuspunkte.

Er stellt sich an eine HVV-Haltestelle und ahnt beim Studium des aufgehängten Stadtplans, dass es sogar einen Bus dahin gibt, Süderelbe, Altenwerder Hauptstraße. Industriegebiet, hinterm Hafen. Als die Bustür aufzischt, fragt er den Fahrer. Der sagt zwei Buslinien, die Stickler sich nur so lange merken kann, bis der Busfahrer ihn, den Fuß schon im

Bus, nach dem Fahrausweis fragt. Stickler lässt sich wieder zurückfallen, beide Schuhe in einer Pfütze.

Stickler wartet, bis alle Taxis weg sind, die das gesehen haben. Dann wedelt er mit den Schößen seines Kaschmirmantels. Das übernächste Taxi lässt ihn einsteigen, der Fahrer ist noch älter als er. Altenwerder Teich, sagt Stickler. Um die Zeit? Da ist doch keiner. Gleich dieses Misstrauen. Stickler holt sein totes Telefon raus und schaut aufs Anthrazit, als wollte er eine Verabredung checken. Ja, doch. Dabei lässt er den Fünfhunderter aufblitzen. Das Taxi fährt los. Königsstraße, Bernadottestraße, schon wieder, weit ist Stickler nicht gekommen, Kreuzkirche, Autobahnauffahrt Othmarschen, Elbtunnel, Stau, Stau, Stau, Stickler atmet flach, der Taxifahrer hört Udo Jürgens. Am Handschuhfach sind weiße Fingerabdrücke. Stickler zieht es in der Brust. Er kennt diese Spuren. Woher? Von seinem Vater. Erst, als die A7 unterm Elbtunnel wieder aufwärtsgeht, wird ihm das klar. Sein Vater hat Zitronenbonbons von einer englischen Firma in einer falschbronzefarbenen Dose mit grünem Aufdruck gelutscht, immer nur im Auto, das waren die Autobonbons, und die Bonbons waren in einer Art Puderzucker, vielleicht, damit sie nicht zusammenkleben. Man konnte sie nicht essen, ohne weiße Fingerabdrücke zu hinterlassen. Auf dem Klavierlack im Benz, auf der Bundfaltenhose aus Flanell. Auf den Jinglers-Jeans mit Knieflicken.

Will er auch einen? Der Taxifahrer hat kurz vor der Ausfahrt Waltershof die Klappe zum Handschuhfach aufgemacht, alte E-Klasse, und hält Stickler die Dose hin. Stickler hat so schrecklichen Hunger. Er versucht, zwei zu nehmen. Er kriegt einen zu fassen und steckt ihn sich in den Mund. Im Rückspiegel sieht er weißes Pulver auf seinen Lippen.

Es wird endgültig dunkel. Der Horizont in Altenwerder: Lagerhaussilhouetten, Windräder, Hafenkräne. Rechts von der Straße Containerreihen, Containerstapel und Autos auf Halde. Links Logistikzentren, ganz wenig Fenster, dahinter einmal aufgerollte Matratzen in zehn, fünfzehn Metern Höhe. Abgeparkte LKW-Anhänger auf den Seitenstreifen, keine Menschenseele. An einer Straßenbiegung hält das Taxi, hinter dem leeren Gehweg der düstere Schlund eines Naturschutzgebietes. Vage Reflexe auf trübem Wasser.

Siebenundzwanzig achtzig. Zweiunddreißig und eine Quittung, sagt Stickler. Der Taxifahrer beugt sich vor und sucht den Quittungsblock, während Stickler so tut, als würde er Geld aus der Tasche ziehen. Dann ist Stickler mit einem Satz vom Rücksitz und die Böschung runter. Links der Teich, hinter einem dunkelgrünen Metallzaun, zwei Meter hoch. Rechts ein Trampelpfad, verfilztes Schilf, hinter einem Wehr ein Zufluss aus dem Nichts, zerrupfte Sträucher. Nach drei, vier Schritten kann Stickler sich kaum noch orientieren. Der Lärm von der A7, vielleicht dreihundert Meter entfernt, lauter, als wenn man im Auto sitzt. Er trauert um seinen Kaschmirmantel, als er auf die Seite rutscht. Der Boden bietet keinen Widerstand, Sticklers ganze rechte Seite ist Schlamm. Er hört den Wagenschlag und eher erschöpfte Protestrufe: Was fällt dir ein, und so weiter. Seine Hoffnung: dass der Taxifahrer keinen Notruf abgesetzt hat. Stickler schätzt, dass er noch über eine Stunde hat, bis die Frau mit der Pistole auftaucht. Warum gibt der Taxifahrer nicht einfach auf. Verliert der nicht viel mehr Geld, wenn er jetzt hier rumläuft oder auf die Polizei wartet, statt einfach weiterzufahren. Stickler duckt sich in die Dämmerung und den Schlamm. Core muscles anspannen, pull your navel in, wie beim Yoga mit der kanadischen Trainerin, als er sich so was noch leisten konnte. Wegen der Körperspannung rutscht er den kleinen Böschungshang noch weiter weg vom Weg, jetzt sind seine

Füße im Wasser, dann die Unterschenkel und Knie. Das muss der Zufluss von diesem Teich sein.

Die Schritte des Taxifahrers auf dem Weg. Schnaufen. Ein letzter Schatten des Tages fällt auf Stickler. Er hält den Kopf weiter nach unten, Nase fast im Gras, als könnte der andere ihn nicht finden, solange Stickler ihn nicht sieht. Aber der Schatten ist spürbar. Dann tauchen die Hosenbeine des Taxifahrers in seinem Gesichtsfeld auf, vernünftiges Schuhwerk.

Stickler packt zu und reißt den Taxifahrer von den Beinen. Der Taxifahrer stürzt über ihn, rutscht in den Schlamm und klammert sich seinerseits an Sticklers Unterschenkel. Gemeinsam rutschen sie tiefer in den Zufluss, Stickler weiß nicht, wie lange das dauert. Er tritt und tritt, weil ihn das Gefühl stört, dass jemand an seinen Beinen zieht. Er ist jetzt bis über die Hüfte im Wasser. Er tritt noch mal. Der Taxifahrer soll einfach aufhören mit dem Ziehen und Zerren. Stickler braucht kurz Ruhe zum Nachdenken. Das Wasser ist kalt und hart. Sein Unterleib zieht sich zusammen. Er kommt auf etwas Festem zu stehen, vielleicht der Oberkörper, vielleicht der Kopf des Taxifahrers. Nach einer Weile wird es ruhiger unter Wasser. Dann ist es nur noch Stickler, der ein Planschen und kleine Wellen verursacht, weil er auf dem Torso oder dem Gesicht des Taxifahrers die Balance zu halten versucht. Er hört auf damit und zieht sich am Schilf den Hang zum Weg hinauf. Das Schilf ist trocken und zerschneidet seine Hände. Stickler hat einen Geschmack von Zitronenbonbon im Mund. Der Taxifahrer taucht nicht wieder auf. Stickler blickt so lange auf die von Abfall und alten Pflanzen durchbrochene Oberfläche des Zuflusses, bis er sich ganz sicher ist. Er geht mit quietschenden Schritten zum Taxi, bis zur Körpermitte eiskalt, als wäre er in ein anderes Universum eingetaucht. Er parkt den Wagen richtig ein, zieht den Schlüssel ab und findet die Geldbörse des Taxifahrers nicht. Sicher noch am Mann. Stickler will nicht wieder ins Wasser. Er nimmt sich eine Handvoll Zitronenbonbons und steckt sie sich in den Mund, staubig und sauer. Er knallt die Tür zu. Piep-blink, Zentralverriegelung. Er setzt sich auf die Bank und kaut Zitronenbonbons, um die Geräusche von der A7 und seine Gedanken zu übertönen. Hier wohnt niemand, hier arbeiten Maschinen. Zwischen ihm und der Autobahn sind Rangiergleise und Prellböcke. Container auf Lastwagen, Container auf Güterzügen. Es tut ihm leid, dass der Taxifahrer gestorben ist. Erleichtert stellt er fest, dass es nicht das schlimmste Gefühl ist, das er je hatte. Am Ende war es eine Art Unfall. Wie alles, wenn man so will.

Die Frau kommt aus der anderen Richtung, von da, wo ein rangierender Zug die Dunkelheit im Schritttempo hin und her bewegt. Stickler ist ein wenig erstaunt. Sie sagt, dass sie hier wohnt, als er sie fragt, wie sie auf den Teich gekommen ist, als Treffpunkt. Er zeigt fragend mit dem Kinn auf den Teich, ein eingezäunter Hektar stehendes Gewässer im Niemandsland, früher war das ein Dorfanger. Quatsch, nicht am Teich, in einem der Lagerhäuser. Stillgelegter Bereich. Die Ware ist ja inzwischen fast nur noch auf der Straße. Billiger, Lagerhäuser, die keiner mehr nutzt, leerstehen zu lassen, als sie abzureißen.

Stickler braucht von ihr keinen Vortrag über Stadtentwicklung.

Sie hält ihm einen in Tuch eingeschlagenen Gegenstand hin. Als er zugreifen will, zieht sie Tuch und Gerät zurück in die Dunkelheit ihrer Silhouette. Erst das Geld. Er hält ihr den nassen Fünfhunderter hin. Sie macht ihn fertig, indem sie einen Marker und einen laserpointergroßen UV-Strahler rausholt. Sie kennt ihre Pappenheimer. Im falschen blauen Licht sieht er, dass sie um die vierzig sein muss, schwarze oder ganz dunkle Augen. Sobald sie sich überzeugt hat, dass die lila Kachel echt ist, bekommt Stickler das Eisen im Tuch. Er packt es aus und merkt schon an den Fingern, dass die Pistole völlig verrostet ist, die Oberfläche rau, als hätte das Metall jahrelang im Wasser gelegen. Nicht dein Ernst, sagt er.

Ich hatte dir ein Angebot für sechzehnhundert gemacht. Das ist die Ware, die du für fünfhundert kriegst.

Sie hat ja recht.

Weil er die Waffe so nah an sein Gesicht geführt hat, riecht die Luft nach altem Wasser, Rost und Autobahn. Nach dreckigem Öl. Nach seinen ungewaschenen Fingern, nach dem Schilfblut. Irgendwas raschelt. Der Geist des Taxifahrers. Aber es ist nur eine Wildgans, die aus dem Unterholz bricht und sich, als wollte es ihr kaum gelingen, in den Abendhimmel schwingt. Dann eine zweite. Stickler lässt die Waffe in seinen Schoß sinken. Die Frau sitzt neben ihm, als wäre sie neugierig, was jetzt passiert. Da sind sie schon zwei.

Stickler findet mit dem Daumen die Sicherung, löst sie und hebt die Waffe, von der Form her eine Walther, früher hatte man so was als Spielzeugpistole. Hundertmal leichter waren die. Er legt die rostige Mündung an seine Schläfe, weg von der Frau, die ja auch längst hätte gehen können. Er drückt mühsam ab, der Abzug wehrt sich mit allem, was er hat, seine Feder besteht nur noch aus Widerstand. Das Klicken ist mehr ein Ereignis als ein Geräusch. Stickler lässt die Waffe wieder sinken.

Du hattest nicht gesagt, dass du auch Patronen willst, sagt die Frau.

Ja, nee, sagt Stickler. Ist schon gut.

SCHWARZDORN

Von Matthias Wittekindt
Billwerder

I

Bergedorf, 1. November 1972.

Ein dunstgeschwängerter, im Gesamteindruck senffarbener Raum von zwölf Quadratmetern bei vier Metern Deckenhöhe, dessen durch Kreuze geteilte Fenster so stark beschlagen sind, dass innen herabrinnende Wassertropfen lange Spuren ziehen. Der Raum ist mit 23 Grad eindeutig überheizt. Zu all dem addiert sich der seit Dekaden durch den Fußboden diffundierende, durchaus wahrnehmbare Geruch von Pommes frites und dem dazugehörigen Fritteusenfett.

Kurz: Ein Liebesnest.

»Es war Absicht!« Die Stimme von Christine Manz klingt herausfordernd.

»Das will ich hoffen«, antwortet ihr Mann in leichtem Tonfall. Er blutet. Rote Tropfen zerplatzen auf weißer Keramik. Sein Blick geht hinab ins Waschbecken. Er betrachtet, was mit seinem Blut geschieht, wirkt zufrieden. Er ist nackt. Von seinem Penis nur eine Ahnung. Halb verdeckt vom ölfarbigen Bronzeschatten des vorderen Schenkels.

»Du hoffst, dass ich dich absichtlich gebissen habe?«, will Christine nun wissen. Sie ist drei Jahre älter als er, also 29. »Schatz, woran denkst du?«

»Ich frage mich, wie solche Waschbecken wohl hergestellt werden.«

»Das glaub ich dir nicht.«

Christine Manz liegt auf dem Bett. Nackt. Mit gespreizten Schenkeln. Eine schmale, türkisfarbene Bettdecke ... nein, falsch, es ist ein ... *Seide imitierender Schal* ... von enormer Länge. Er hat sich oben um einen ihrer Schenkel gewickelt, bedeckt teilweise die Scham. Von dort fließt das Türkis weiter nach rechts. Es entsteht das Bild eines trägen Stroms, denn der Schal ergießt sich zunächst leicht gewellt und wie Naturseide schillernd über die zerwühlten Bettlaken und anschließend einem Wasserfall gleich vom Bett hinab auf den brombeerfarbenen Boden, wo der sich nun auffächernde Stoff ein Delta formt, das sich in den Schattenpartien einer dunklen Unendlichkeit auflöst. In der Malerei würde man von einem liegenden Akt mit langem Schal sprechen.

Blick, Gegenblick, eine Spiegelung. Christine betrachtet ihren vom Licht einer schirmlos hängenden Glühbirne mit 25 Watt Leuchtkraft beschienenen, bronzefarbenen Mann, der noch immer vor dem Waschbecken steht. Er blickt in einen partieweise blinden, seitlich angebrachten uralten Spiegel, versucht, die Blutung an seiner Unterlippe zu stoppen. Im Fleckbild des Spiegels sieht er nicht nur seine Lippe, sondern auch seine Frau, auf dem Bett ruhend.

Manz' Unterlippe wurde also aufgebissen. Wohl in einem Moment großer Intensität. Es ist noch zu früh, näher auf die Stadt einzugehen. In Innenräumen wie diesem wasserdunstigen Boudoir, eingerichtet Anfang der Dreißigerjahre, ist anderes wichtig. Auch von der toten Frau im Wasser und ihren frei zwischen Schwarzdorn flottierenden, orangeroten Haaren soll noch nicht die Rede sein, weil ...

»Du hast einen schönen Po.«

Keine Antwort von ihm, er ist mit seiner Unterlippe befasst.

»Wenn ich dich auf einem Markt anbieten würde«, fährt sie mit dunkler Stimme fort, »ich denke, ich könnte auf Einnahmen zählen.«

Seit vier Jahren sind die beiden verheiratet, zwei Kinder, sie verdient mehr als er, weil ... sie arbeitet geistig. Er ist bei der Polizei. *Kripo immerhin!*

»Und einen schönen Bauch hast du ...«

Kleine Drehung. Er wendet ihr nicht nur den Kopf zu. Auch sein Penis, bronzefarben, schattenblau überhaucht, ist jetzt besser zu sehen. Ein Fragezeichen in einer Denkblase.

Sie erklärt sich genauer: »Soll heißen, dass du keinen Bauch hast.«

»Wie viel, glaubst du, würdest du einnehmen, wenn du mich anbietest?«

»Hundert? Zweihundert?«

»Pro Nacht?«

»O nein. Pro Nacht würde ich mehr verlangen.«

Etwas Zeit ist ohne Handlung vergangen. Noch immer sind sie in ihrem Bergedorfer Boudoir. Hamburg-Bergedorf. So steht es nicht weit entfernt in der Mitte des grauen Bahnsteigs auf einem emaillierten Schild. Regelmäßig ist das Scheppern einer schlecht gebauten Eisenbahnbrücke zu hören. Christine besucht ihren Mann nicht zum ersten Mal. Sie liebt es, wenn er sie vor dem Tanzen in solche Räume führt. Hamburg-Bergedorf, um noch kurz etwas zum Stadtbild zu sagen, besteht aus stark verschmutzten, zu Häusern zusammengewürfelten roten Backsteinen. Eine Architektur des täglichen Gebrauchs, der niemand ein in sich geschlossenes ästhetisches Wollen unterstellen würde.

Man hat Manz von Berlin nach Hamburg ausgeliehen. Die Polizei macht so was. Menschen ausleihen. Die Ausbildung zum höheren Dienst steht noch aus, denn er ist jung. Mächtig aufgeschossen, das ja, muskulös auch, aber noch jung.

Christine hat seine Ausbildung zum höheren Dienst bereits ins Auge gefasst. Sie hat die nötigen Verbindungen. Kennt Leute. Sie möchte, dass sein Wert steigt.

»Und? Woran arbeitet ihr gerade?«, fragt sie, um auf etwas Neues zu kommen.

»Eine Ermittlung unten in Boberg. Zwei Jungen haben eine Tote in einem Fischteich gefunden.«

»Und die Aktendeckel?«

»Bitte?«

»Ihr gebt doch euren Fällen immer so komische Namen ...«

»Schwarzdorn.«

»Schwarz-Dorn ...«

»Mhm. Aber es sind nie Fälle, stets Vorgänge. Die Sache ist in Bewegung.«

»Schon jemanden in Verdacht?«

»Ich fahr morgen noch mal hin, Zeugen in einem Club für Segelflieger ein zweites Mal befragen. Die drehen da über den Boberger Teichen ihre Kreise.«

»Wo du das sagst. Gehen wir jetzt tanzen?«

Ein kalter, herbstlicher Wind. Die Eisenbahnbrücke über ihnen scheppert im Rhythmus des Zugs. Manz führt seine Frau eng am Körper zum Wagen. Sie steigt als Beifahrerin in den Ford 12M. Der ist beige, mit dunkelgrauem Dach.

II

Der *Vorgang Schwarzdorn* begann mit dem Anruf einer Mutter. Ihr Sohn und sein Cousin hatten eine Tote gefunden. Von diesem Fund abgesehen galten Uwe Börnsen und sein Cousin Till aus Ratzeburg in der Familie nicht nur als notorische Lügner, sondern überhaupt als charakterlich unausgegoren.

»Wenn Till anfängt zu palavern, zieh ich immer gleich 90 Prozent ab.«

So äußerte sich Uwes Großmutter. Ungefragt. Als Manz' Vorgesetzter, Kommissar Böll, die Jungen auf dem Bauernhof von Uwes Eltern zu sich bat. Unten in Billwerder war das. Im Elbe-Urstromtal. Am Billwerder Billdeich. In einem großen Raum mit niedriger Decke, unter speckschwartigen Balken.

»Wir dachten, am besten in der Stube.« Mit diesen Worten hatte Uwes Mutter, eine Frau mit sehr langen beweglichen Fingern, den grandiosen Raum bäuerlichen Wohlstands angekündigt. Und im knackheißen Bullerofen waren an diesem kalten Montag Birkenscheite und Tannzapfen am Bullern und Knallen.

Kommissar Böll befragte die beiden, Manz schwieg. »Dann mal los, *Jungs.*«

Die *Jungs* waren an diesem 30. Oktober, dem Tag, an dem sie frühmorgens die Leiche von Nerine Böge fanden, dreizehn Jahre alt. Sie trennten nur drei Tage. Was niemanden wundern sollte, waren ihre Mütter doch Zwillinge.

»Till und ich wollten auf Hecht gehen. Heute Morgen. Drüben in den Boberger Fischteichen. Am Stich.«

»Stich?«, fragte Böll.

»So nennen alle die Bucht. Weil sie schmal ist und lang wie ein Kanal. Ist nicht weit mit dem Fahrrad.«

»Angelschein ist vorhanden?«, hakte Böll nach, was Manz wenig zielführend fand.

»Angelschein brauchen wir nicht, wir wohnen ja hier. Und wer hier wohnt, darf ohne.«

»Ist das so?«

»Denke schon.«

Till grinste auf Uwes Worte.

»Dann mal weiter.«

»Na, wir hatten einen Blinker angehängt, weil ...«

»Hecht«, ergänzte Böll, woraufhin beide Zeugen wie einer nickten. Kommissar Böll wusste, wie man auf Hecht geht. Er war selbst passionierter Angler und zudem im Vorstand des Dachverbands Hamburger Angelvereine, zuständig für Schwarzangler.

»Wir haben eine halbe Stunde gedrillt«, fuhr Uwe fort. »Im Nebel. So gegen acht war das.« Kurzer Blick. Till nickte. »Dann hat sich Tills Blinker beim Einholen verhakt. Er hatte ihn zu weit nach rechts ausgeworfen, und ich hab gleich gesagt: ›Viel zu weit rechts, bin gespannt, wie du den wieder rauskriegen willst.‹ Ich hatte diesen komischen Berg aus Gesträuch schon gesehen. Schwarzdorn, wie sich dann zeigte.«

Im Ofen bullerte es erneut. Fast klang es wie eine Explosion. Uwes Mutter sah kurz rüber. Auf ihrem Gesicht mit den schwarzen Augen glänzte Schweiß, die langfingrigen Hände in der Schürzengrube zwischen ihren Schenkeln waren miteinander im Spiel, weil ... ihr Bub, eine Frauenleiche und zwei Bullen im Haus. Für ihre begierigen Nerven war das wie Futter.

»Tills Blinker«, fuhr Uwe fort, »hing also fest. Rechts von der Bucht, in der wir standen.«

»Ihr standet beim Drillen im Wasser?«

»Gummistiefel natürlich.«

»So ein Blinker kostet Geld«, sagte Böll, um das Gespräch anzufeuern.

»Klar, wir wussten, ziehen wir, reißt der Blinker ab. Also Stiefel, Socken, Hose aus und rein.«

»Wie tief?«

»Oberer Rand Unterhose. Und da sah ich die Haare. Unter dem Schwarzdorn. Abgeschnittene Zweige, wie sagt man ...?«

»Schwarzdornabschnitt«, erklärte Böll.

»Ich dachte, das ist eine Perücke. Die Leute schmeißen oft Müll in die Teiche oder ihre Gartenabfälle. Ich dachte, dass man so eine Perücke vielleicht verkaufen kann oder für Julklapp, falls ich ein Mädchen ziehe. Ich hab mir total die

Arme zerkratzt, an den Stacheln von diesem ... wie heißt das noch mal?«

»Schwarzdornabschnitt.«

»Als ich endlich dran war an der Perücke und sie rausziehen wollte, kam es hoch. Das Gesicht. Ich wusste sofort: Leiche. Und bin raus.«

Till nickte, sein Gesicht war voller roter Flecken, seine noch nicht voll ausgewachsenen Hände mit den kurz geschnittenen Fingernägeln zitterten.

»Wie alt seid ihr?«, fragte Böll.

»Dreizehn.«

»Ein Angelschein kostet für welche in eurem Alter nur drei Mark im Jahr.«

»Geht eigentlich«, sagte Uwe. Auch er bekam jetzt Flecken im Gesicht.

»Ihr müsst allerdings eine Prüfung ablegen. Der Vorteil: Ihr seid dann im Verein, bekommt Tipps und lernt was über Gewässerschutz.«

»Ich glaub, wir wissen, wer die Tote ist«, konterte Uwe. »Könnte nämlich die Tochter von Frau Böge sein. Nerine heißt die und ist 17. Die treibt sich rum. Mit drei Typen aus Mümmelmannsberg. Kann sein, dass das Bauarbeiter sind, weil, der eine hat oft Beton an der Hose und ...«

»... oben in Mümmelmannsberg wird gerade mächtig was hochgezogen«, ergänzte Till mit verschleimter Stimme.

»Frau Böge war gestern an der Bushaltestelle und hat gefragt, ob wer Nerine gesehen hat. Die bleibt öfter ein paar Tage weg. Und Nerine hat rote Haare.«

»Genau, und die drei, die Nerine oft abgeholt haben, fahren einen roten Ford Capri. Zwei Antennen. Eine mit Fuchsschwanz. Falls das die Mörder ...«

Weiter kam Till nicht. Seine Stimme blieb in sehr viel Schleim stecken, es sah aus, als müsse er würgen. Dann ging es los. Das Zucken seines noch kindlichen Brustkorbs. Tränen. Plötzliche Furcht, als ... Ja, als sei ihm erst jetzt klar, was geschehen war. Uwe dem Hechtangler ging es nicht besser. Die Hände seiner Mutter kamen aus der Schürzenmulde. Ihre Finger wurden länger und länger. Kommissar Böll, das war klar, hatte hier nichts mehr zu melden. Sie griff sich die Buben, hob sie leicht an und brachte beide in die nach Zimt duftende Küche zu Marmeladenbroten und Kuchen. Die Knirpse wirkten in ihren großen weißen Engelshänden wie Neunjährige, schlotternd vor Angst. Offenbar hatten sie erst jetzt begriffen. *Leiche* hatte Uwe eben noch leichthin gesagt.

III

Es dauerte nur zwanzig Minuten, bis Manz und Böll den Fundort erreichten.

Die Spurensicherung war noch bei der Arbeit. Am Ufer lag ein riesiger Berg aus triefnassen, sauber abgeschnittenen Schwarzdornästen. Ein Mediziner saß in seinem Wagen – Ford Granada, dunkelblau hingetuscht – bei weit geöffneter Tür, ein Bein draußen. Er schrieb etwas auf ein Blatt, das auf einem Klemmbrett befestigt war.

»Sie hat einen Schlag auf den Kopf bekommen. Aufs Scheitelbein.«

»Heißt?«

»Von oben. Als wär's ein Riese gewesen.«

Weiß. Der Nebel begann sich zu lichten.

Schwarz. Der Leichenwagen brachte die Leiche weg.

Aufregung war nicht zu verspüren.

So standen die Kommissare Böll und Manz eine Weile schweigend am Rand eines herbstlich anmutenden Gewässers. Goldene Blätter schwammen auf der diffus weißblau getuschten Wasseroberfläche, zwei schwarze Blesshühner mit weißem Hornschild über dem Schnabel trauten sich zurück ins Revier.

Manz begann zu frösteln, sah auf die Uhr.

»Schon was Tatrelevantes gefunden?«, fragte Böll einen von der Spurensicherung, der eben ein durchlöchertes, rostbraunes Objekt betrachtete.

»Bis jetzt nicht.«

Oben, das war bereits zu sehen, würde sich nach Abzug des Nebels ein eiskalter, hellblau herbstlicher Himmel zeigen. Dann ... hörte Manz ein ... *Sirren* ... gemischt mit einer Art ... *Rumpeln.* Er drehte sich um, sah und dachte ... *Blitzweiß und pfeilgerade.*

Das Segelflugzeug rumpelte, von einem Stahlseil gezogen, über eine Piste aus hellem Sand zwischen Flecken kurz geschorenen gelbbraunen Grases.

Und los geht's.

Am Zug des Stahlseils, die Flügel parallel ausgerichtet, hüpfte der Flieger zweimal kurz hoch, fing dann Wind, und schon ging es steil nach oben.

»Ich rede noch mal mit Kollmann«, sagte Böll. Kollmann war der Name des Gerichtsmediziners im Granada, dunkelblau.

»Dann seh ich mich ein bisschen um«, brummte Manz und blickte weiter nach oben. Hoch, höher, zuletzt sehr hoch, dann ... wurde *ausgeklinkt.* Der Haken hing an einem kleinen *Fallschirm.* Manz hatte so was noch nie gesehen. In Berlin hielt sich die Segelfliegerei 1972 in Grenzen. Das hatte was mit der Unberechenbarkeit von Wind und Thermik zu tun – und den Russen.

Eine Winde oder etwas Ähnliches, klar, zog den Fallschirm, der nun vom Wind erfasst samt Haken seitlich abtrieb, bis zu einem Punkt, der für Manz hinter einem kleinen Birkenwäldchen mit herbstlich gelben Blättern verborgen lag. Der

Ausklinkhaken schien Gewicht zu haben, denn als er hinter den Bäumen einschlug, gab es eine Erschütterung.

Als Manz das kleine Wäldchen durchschritten hatte, erblickte er am Ende der Startpiste ein Gefährt. *Wuchtig.* Es sah aus wie ein uralter Laster, bemalt in exakt der mattroten Farbe wie die des Feuerschiffs Elbe 1. *War vielleicht mal ein Abschlepper oder was von der Feuerwehr.*

Hinten auf dem Gefährt stand eine riesige *motorisierte Winde,* auf einen ebenfalls steinalten *VW Käfer* ohne Türen wurde gerade von zwei kräftigen Männern der Haken nebst Minifallschirm auf eine Art Gestell verladen.

Und schon raste der Käfer los, den Haken zum nächsten startbereiten Segelflugzeug zu bringen.

Der Blick von Manz schwenkte langsam nach rechts und dort ... präsentierte sie sich: Die aus unbehandeltem Holz gefertigte *Baracke* war grau, aber es war ein erlesenes Grau. Sie wirkte alt, aber es war eine sehr wertige Form von alt. Ergänzt wurde das alles durch eine geräumige, überdachte Terrasse mit Geländer. Ein Gebäude, das Manz an alte Wildwestfilme erinnerte. Solche, bei denen die Ausstatter ein großzügig bemessenes Budget zur Verfügung hatten.

Am Terrassengeländer lehnten Männer und Frauen. Alle Frauen trugen eierschalenfarbene Hosen mit Schlag, eine hatte sich für einen knallgelben Seidenschal entschieden, eine zweite für einen in Rot, die dritte schien Türkis zu mögen und so weiter. Die Männer trugen safrangelbe, mohnrote, himmelblaue und grasgrüne Blusen. Schillernd wie Seide. *Jockeys auf Pferden tragen solche.*

Neben der Baracke sechs Liegestühle in einer sauberen Reihe. Gen Sonne, gen Startplatz gerichtet. In jedem eine exakt gleich positionierte Frau. Alle schlank, riesengroß, die schillernden Pilotinnenbrillen hochgeschoben. Alle mit eierschalenfarbenen, eng gegürteten Hosen mit Schlag, plus:

polarfuchs-weiße Pelzjäckchen, plus: englisch-grüne Lederstiefel mit extrem hohen Absätzen aus Messing, plus: tabakfarbene Seidenblusen, plus: auffällig große Schals in reinsten Farben ... PLUS, PLUS, PLUS! Und all diese liegenden Frauen hatten sich zudem mit schweren schwarzen Ferngläsern vor Augen gerüstet. *Form follows function.* So hätten Architekten einer längst verstorbenen Generation diesen Anblick beschrieben. Wobei stets etwas Sozialpolitisches mitschwang.

Manz zählte dreißig Personen. Zwei blonde Hünen in dänischer Tracht trugen Tabletts mit perlendem Sekt und hellen Häppchen.

Summa summarum ergab sich ein Bild mit viel sandfarbener Tönung, sehr großen Frauen, einigen gelb leuchtenden Birken, einer grauen Baracke und Menschen, die Farbtupfern glichen. Es war, Manz blieb bei seinem ersten Eindruck, ein Bild, das etwas *Amerikanisches* hatte.

Warum nicht? Hamburg war 1972 eine Stadt mit internationalem Flair und einigen dunklen Ecken. Es gab dort mehr als einen Hafen, auf dem kleine Schaluppen mit winkenden Tagestouristen die Elbe mit ihren kreuzweise flanierenden Wellen querten. Mehr auch als die expressionistischen Großbauten von Fritz Höger, die Reeperbahn, den Michel mit seiner Bachorgel oder die markanten Trockendocks von Blohm + Voss. Aufgelassene Kiesgruben zum Beispiel gab es dort, Fischteiche, in denen dreizehnjährige Buben ohne Angelschein angelten, riesige, wohl zweihundert Jahre alte, blau glasierte Bauernhäuser hinter mächtigen Ulmen und hochgewachsene Frauen in englisch-grünen Lederstiefeln, die nach oben blickten. Drei blitzsaubere Segelflitzer kurvten bereits dort unter dem kalten Blau, der nächste, *knallweiß,* stieg gerade steil auf, und die Flügelspitzen dieser *Flitzer* blitzten jedes Mal *silberhell,* wenn die Pilotinnen sie, gen Westen drehend, in eine *scharfe Kurve* legten.

Manz, ruhigen Schritts schreitend, tippte sich kurz an die Brusttasche seiner Lederjacke. Eine Marotte. Natürlich hatte er seinen Dienstausweis dabei.

Als Erstes sprach er mit einem Dr. Andreesen, der ein unangenehmer Aufschneider war, dann mit einer Ina Schmidt, die Loki Schmidt tatsächlich recht ähnlich sah, einer Frau Tönning und einem Herrn Reese, der im Thalia Theater viel zu sagen hatte und Zigarillos ›Original aus Kuba!‹ rauchte.

Niemand hatte etwas beobachtet, das mit der Tat in Verbindung stand.

»Sie könnten, wenn die beiden wieder auf dem Damm sind, noch mal Herrn und Frau Maurer fragen, die den Vorstand unseres *Aviatic-Club Boberger Segelflieger* präsidieren«, schlug Reese vor, »aber«, er zündete sich einen Zigarillo an, blies weißen Rauch nach schräg oben vor das Blau, »ich schätze, auch die Maurers haben nicht mehr gesehen oder gehört als wir.«

Im Hintergrund, *sirr, sirr, sirr* und *blitzweiß*, stieg wieder steil ein Flitzer hoch ins Blaue. Die sechs Frauen in ihren Liegestühlen verfolgten in exakt synchronisierter Manier den Aufstieg mit ihren Gläsern. Kurz darauf, *wums*, kam der Haken runter und schlug eine weitere Kuhle in den Sand.

Die Frauen des *Aviatic-Club Boberger Segelflieger*, das noch kurz nachzutragen, sahen Manz mit unverhohlenem Interesse an. Drei begannen zu züngeln in der Manier der südamerikanischen Anakonda, bei einer vierten wuchsen die spitzen Eckzähne wie bei einer Mexikanerin des gehobenen Mittelstands, einer fünften floss ohne Unterlass Sekt aus dem Kelch.

Warum auch nicht? Manz war jung, schlank, er trug Leder, war zwei Meter groß. Dazu kamen schwere, fast möchte man sagen träge Augenlider, füllige, männliche Lippen, die beim Reinbeißen schnell aufplatzen würden. Lippen also, die

die Fantasie der Frauen auf der Terrasse dieser Hamburger Westernbaracke beflügelten. Und da waren Manz' ruhige, dunkle Art zu sprechen, sowie ein Kinn wie das von einem, der es gewohnt ist, mit Kopf und Schultern gewaltsam verriegelte Türen gleich welcher Bauart zu öffnen. Kurz: Der junge Manz zeigte sich als ein Mann, der so tut, als habe er, wie der heranwachsende Knabe, seine Wirkung auf Frauen noch nicht erkannt, als gäbe es seinerseits kein Bewusstsein und Wollen, als hinge er in seiner ganzen brisanten Ästhetik an unsichtbaren Fäden, die zu ziehen Frauen nötig wären. Pure unbewusste Schönheit. Der aus Bronze gegossene David des Donatello. Aus dem Blick das Offensive herauszunehmen, ist keinesfalls nur eine weibliche Kunst.

Auf der anderen Seite des Spiegels sahen alle diese hochgewachsenen Hanseatinnen mit ihren aus türkis eingefärbten Knochen fabrizierten Halsketten aus, als kämen sie eigentlich aus Kuba, Mexiko oder Südamerika. Wie soll man sagen? Hamburg war schon im siebzehnten, achtzehnten, neunzehnten Jahrhundert eine Hafenstadt. Geriggte, seepockenverkrustete Viermaster, schwanger von Fässern, gefüllt mit Salpeter und Menschenfleisch, lauwarme Dünung vor Madagaskar, Möwen im Sturm vor Kap Hoorn, und bei Nacht sind alle Katzen grau.

Beim Gehen riskierte Manz einen letzten Blick und *ach!* an der Westernbaracke, die alles, nur ganz gewiss keine Baracke war, lehnte ein Schuppen. *Abgeschlossen.* Manz linste zwischen Brettern hindurch. *Bier und Wein* lagerten dort. Keine Fässer mit Kaviar. Fast hätte man es glauben wollen.

IV

Ermittlungen sind nicht per se kompliziert. Vor allem dann nicht, wenn die Zeugen ein Auge für Autos und Details haben. Uwe und Till behielten recht. Die drei Männer, die Nerine Böge öfter in einem roten Ford Capri mitgenommen hatten, waren Bauarbeiter. Sie wohnten in Mümmelmannsberg in einem Bauwagen, arbeiteten auf einer der Baustellen, und ... einer fuhr einen roten Ford Capri. Zwei Antennen, eine mit Fuchsschwanz.

Ihre Namen: Stefan, Horst und Miron. Miron klang polnisch, er war aber kein Pole, sondern Deutscher. Böll entschied, sie gemeinsam zu befragen, was Manz wunderte. Es war niemand von der Staatsanwaltschaft anwesend. Und ein Verteidiger? »Brauchen wir nicht«, hatte Horst gleich zu Beginn großmütig erklärt. »Weil, wir haben nichts gemacht mit ihr.«

»Mit ihr?«, hakte Böll sofort nach.

»Na, die Tote im See. Nerine. Stand ja in der Mopo.«

»Wann habt ihr sie zuletzt gesehen?«

»Am ... weiß nicht.« Blicke. Achselzucken. »Der letzte Freitag im Oktober. Wir waren pleite, weil«, ein hartes Husten, wohl ein Lachen, »noch kein Lohn.«

»Also am Freitag, den 27. Oktober?«, fragte Böll.

»Kann sein. Wir waren mit ihr unterwegs. Spät am Abend, aber ...«

»... mehr war nicht.«

»Nee.«

»Wo wart ihr unterwegs?«

»Nicht weit von da, wo sie wohnt. Bei den Fischteichen.«

»Ein bisschen genauer«, forderte Böll.

»Na, über die kleine Brücke, die unten am Billwerder Billdeich über die Bille geht, und dann weiter, bis hoch zu der schmalen Bucht«, sagte Horst, die beiden anderen nickten. »›Stich‹ nannte sie die Bucht. Wir dachten, sie kennt sich aus.«

»Hatte einer von euch ein sexuelles Verhältnis mit ihr?«

Miron und Horst sahen sich an, Stefan kicherte.

»Was ist so lustig?«

»Na, dass die beiden ...dass die was mit ihr hatten«, sagte Stefan. Es schien seinen Kumpanen peinlich zu sein. »Und dass sie sich deswegen immer in die Wolle bekamen. Und mit ihr auch.«

»Es gab Streit mit Frau Böge?«

Stefan zog die Schultern hoch. »Gibt solche.«

»Ein bisschen genauer.«

»Na, dass einer das gefällt, wenn zwei was von ihr wollen.«

»Frau Böge war eine Frau, die gerne mit mehreren Männern zugleich zusammen war? Wolltest du das sagen?«

»Mhm.«

»An dir war sie nicht interessiert?«

»War mir egal. Ich hab's nicht so mit ...« Stefan brach ab.

»Der Satz war noch nicht zu Ende«, sagte Böll.

»Ich will nicht schlecht über sie reden, jetzt, wo sie tot ist.«

»Wie alt seid ihr?«

»Die beiden neunzehn, ich achtzehn«, sagte Stefan.

Horst und Miron schwiegen. Sie hatten anfangs ganz munter gewirkt, auch mal gekichert, jetzt schienen sie sich unwohl zu fühlen.

»Was genau ist an dem Abend passiert, Stefan? Der Reihe nach.«

»Na, wir sind mit ihr hin zum Stich und haben getrunken.«

»Alkohol?«

»Vielleicht zu viel. Wir waren am Ende ziemlich dun.«

»Ihr hattet so viel zu trinken dabei, dass ihr alle betrunken wart?«, mischte sich Manz zum ersten Mal ein. »Ich dachte ihr hattet noch keinen Lohn.«

»Mhm.«

»Habt ihr im Auto getrunken?«, übernahm wieder Böll.

»Zuerst. War ja kalt. Dann ist sie raus. Schön blöd, dachte ich. Es war stockdunkel.«

»War Nerine auch betrunken?«

»Mehr als wir. War immer so bei ihr. Sie trinkt zu schnell. Trank.«

»Und warum ist sie raus?«

»Weil sie wütend war, weil Horst mit ihr in den Sand wollte.«

»In den Sand?«

»Na, Sie wissen schon.«

»Auf einmal sagt sie nein«, ergänzte Horst, sein Gesicht war gerötet, zwei Adern traten hervor. »Gemeckert hat sie. Ohne Ende.«

»Und dann?«

»Sind die beiden ihr hinterher.« Stefan wirkte etwas überfordert, blickte seine Freunde hilfesuchend an. Die schwiegen, senkten ein wenig die Köpfe.

»Soll ich die anderen rausschicken?«, fragte Böll ihn.

»Nein«, sagte Stefan.

»Also?«

»Ich bin auch ausgestiegen. Sie war am Quengeln, hat uns beleidigt.«

»Was hat sie gesagt?«

»Dass wir Schlappschwänze sind!«, erklärte nun Miron, und er sprach laut. »Sie war eine Nutte, und dann trinkt sie mit uns und dann so.«

»Was ist weiter passiert?«

»Ich sag nichts mehr«, erklärte Miron.

»Ich auch nicht«, sagte Horst. Die Sätze der beiden überlappten sich.

»Stefan?«

»Na, sie ist dann mit Horst und Miron weg.«

»Halt den Mund!«, forderte Horst.

Er und Miron mussten daraufhin den Raum verlassen.

»Also, Stefan, was meintest du mit: Sie ist mit den beiden weg?«

»Na, ins Dunkle. Ich hab noch eine Weile gehört, wie die drei gestritten haben, und ... ich meine, wenn eine wie Nerine erst mal anfängt zu quengeln. Mit ihrer hellen Quäkstimme. Und nicht mehr aufhört. Das macht einen extrem wütend. Irgendwann war nichts mehr zu hören. Ich bin dann wieder eingestiegen, war ja kalt.«

»Hattest du das Gefühl, dass deine Freunde ihr vielleicht was getan haben?«

»Glaub ich nicht. Und dann kamen die beiden ja auch zurück. Ganz normal.«

»Haben sie gesagt, was passiert ist ...«

»Nur dass Nerine ... na, genervt hat eben. Dann sind wir weg.«

»Wie?«, fragte Böll. »Du sagtest eben, es war stockdunkel.«

»Und kalt«, ergänzte Manz, der bis dahin erst zwei Sätze gesagt hatte.

»War es ja auch.«

»Und da lasst ihr eine junge Frau in einer einsamen Gegend einfach zurück?«

»Sie wollte es nicht anders. Und wir müssen ja auch bis Mitternacht, allerspätestens um eins, in unserem Bauwagen sein, weil da wird sonst alles dicht gemacht. Auf Baustellen wird viel geklaut, wissen Sie ...? Außerdem kam Nerine ja da aus der Gegend, kannte sich aus. Wir haben sie jedenfalls nicht umgebracht. Das war wer anderes.«

Kommissar Böll holte die beiden anderen Zeugen wieder rein. Offenbar hatten die sich draußen besprochen. »Wir wollen gestehen«, sagte Miron, kaum dass er saß.

»Und was?«

»Dass wir geklaut haben. Wir hatten ja nur vier Bier dabei, weil … wie Ihr Kollege eben schon sagte: Wir hatten noch nicht unseren Lohn.«

»Geklaut? Wo?«

»Ich bin mit Horst los. Taschenlampen hatten wir ja.«

»Das war alles noch vor dem Streit. Da war Musik, also sind wir in die Richtung. Zu so einer Bude. Da war eine Party. Reiche Leute.«

Als Miron das sagte, richtete Manz sich ein wenig auf. Vielleicht wäre es besser zu sagen, dass seine Augenbrauen … Wie auch immer.

»Einer von denen hat uns beim Klauen erwischt. Der rauchte so ein … weiß nicht. Sah aus wie eine Zigarette, war aber keine. Wir haben ihm gesagt, dass es für ein Mädchen ist, das fand er interessant oder war ihm recht. Wir durften dann Bier und Wein aus dem Schuppen holen. Er wollt nur wissen, wie wir's mit ihr machen und wie alt sie ist. Irgendwie hat er komisch geredet. Vielleicht dass er betrunken war oder so. Meinen Sie, dass der Nerine …«

»Wir werden sehen.«

Böll brach die Vernehmung an dieser Stelle ab. Es war an der Zeit, die Staatsanwaltschaft einzuschalten und sich juristisch auf sicheres Terrain zu begeben. Die drei waren noch nicht volljährig, einer erst achtzehn.

V

Manz löste sich tags darauf von Böll, der viel zu schreiben und erklären hatte. Böll fragte noch: »Was ist mit deiner Lippe passiert?« Keine Antwort von Manz. Der Staatsanwalt äußerte Bedenken wegen des Alters der Verdächtigen. Er erklärte Böll mehrfach: »Sie hätten mich früher hinzuziehen …« Und so weiter.

Der Raum, in dem die Gerichtsverhandlung später stattfand, der Raum, in dem der Täter und die Täterin über das Strafmaß informiert wurden, war bis hoch zur Raumdecke in Holz getäfelt. Den Vorsitz führte eine Richterin, die als streng galt. Die Worte *verroht, Fleisch* und *minderjährig* fielen nicht. Es ging trotzdem nicht gut aus.

Das zum Ergebnis. Später. Noch war nichts entschieden. Manz hatte Christine früh am Morgen zum Bahnhof gebracht, und sie hatte ihn zärtlich auf seine Unterlippe geküsst. Er würde sie in drei Wochen wiedersehen. Dann würde er wieder das kleine Bergedorfer Zimmer mit dem großen Bett, dem Waschbecken, dem Spiegel und den abgeschubberten Brokattapeten mieten, das ihr so gefiel. Sie würden die Züge rattern hören.

So wird es sein. Noch aber ist Manz unterwegs. Ein schöner, blauer Tag. Seine Schritte: federnd. Er ging auf Sand. Gerade dringt er in ein herbstlich belaubtes, geradezu leuchtendes Birkenwäldchen ein. Und hinter diesem Wäldchen ... Sirr, sirr, sirr ... *blitzweiß* ... steigt mal wieder einer auf.

Die Baracke. Grau wie beim letzten Mal. Mit bunten Menschen bestückt.

Dann stand Manz vor Herrn Reese, der auch an diesem Tag das Ehepaar Maurer vertrat, denn das war, wie Reese erneut erklärte: »Krank.«

Neben Herrn Reese stand Frau Reese. Die war irgendwie nötig, weil ... Herr Reese wirkte an diesem Tag sehr nervös, blickte ständig zur Seite, zur sandigen Startpiste, an der immer wieder der schwere Haken einschlug.

Manz machte einen gedanklichen Bogen und ignorierte ihn. »Sie sind also Frau Reese ...«

»Noch mehr Fragen? Sie haben doch vorgestern schon mit meinem Mann gesprochen«, wollte sie wissen und starrte, während sie sprach, immer wieder auf seine Unterlippe.

»Er ist hier so was wie der Vorsitzende, richtig?«

»Er vertritt das Ehepaar Maurer. Die sind beide krank.«

»Er hat mir erklärt, es sei nichts Besonderes vorgefallen während der letzten Tage im Oktober. Nichts außer der Reihe.«

»Weil es so war.«

»Wirklich? Wir haben inzwischen ermittelt, dass in den Räumen hier am Abend des 27. Oktober ein Fest stattgefunden hat. Mit lauter Musik. Es wurde gegessen, getrunken ... viel getrunken?«

Ihre Augenlider senkten sich, verweilten ein Weilchen, kamen wieder hoch. »Die Mitglieder des Boberger Segelfliegerclubs sind nicht alle gleich«, erklärte sie mit konservativ hanseatischem Stimmklang. »Manche trinken weniger, andere ...«

»Wo Sie von *gleich* reden. Gibt es hier so was wie eine Kleiderordnung?«

Ihr Lächeln: grandios. »So was würde uns im Traum nicht einfallen.«

»Ich bräuchte eine Liste all derer, die bei diesem Fest anwesend waren. Inklusive des Personals. Es gab doch Personal?«

»Zwei junge Männer aus Dänemark.«

Jetzt erst: »Herr Reese. Haben Sie das Fest irgendwann verlassen?«

»Nein«, sagte seine Frau. Das kam schnell.

»Haben Sie noch Fragen an mich?«, erkundigte sich ihr Mann.

»Ich denke, ich kann alles mit Ihrer Frau klären.«

Herr Reese tat ein paar Schritte, stellte sich zu einer Gruppe Männer.

»Hat Sie jemand gebissen?«, fragte sie.

»Beim Rasieren geschnitten.«

»Ah! Beim Rasieren. Verstehe.«

Zu klären, warum die Frauen des Boberger Segelfliegerclubs im sandigen Gelände hohe Absätze und die Männer im November bei 10 Grad Außentemperatur Seidenhemden trugen, war nicht Bestandteil der Ermittlung. Viel zu ermitteln war ohnehin nicht mehr, denn da war …

1. Die Liste der Anwesenden.
2. Das Fest.
3. Die Aussage der drei kaum erwachsen zu nennenden Bauarbeiter aus Mümmelmannsberg, dass in einem Schuppen viel Bier und Wein lagerte.
4. Die Tatsache, dass Schwarzdornabschnitt stachelig ist.

Das reichte Manz, um eins plus eins zusammenzuzählen. Es gab laut Liste nur zwei Personen, die in unmittelbarer Nähe der Boberger Fischteiche wohnten. Herr und Frau Maurer, *die seit Tagen bei den Fliegern von Herrn Reese vertreten werden.* Die beiden lebten, wie die Eltern von Uwe dem Hechtangler und die Mutter von Nerine Böge, am Billwerder Billdeich.

Ein Bungalow. Die Zufahrt zur Doppelgarage: Waschbetonplatten. Die Unterhaltung fand im hell gehaltenen, nicht eben beengt wirkenden Wohnzimmer des Ehepaars Maurer statt. Eine Couchecke schwedischer Anmutung wirkte geschmackvoll, dazu gesellten sich eine Bogenlampe über einem betonschweren Tisch sowie ein niedriges Sideboard aus dunkel gebeiztem Tropenholz. Darauf: eine große Anzahl afrikanischer Souvenirs, Frauen mit Augen wie Spiralen und stark vergrößerten, farblich hervorgehobenen Geschlechtsteilen. Bis dahin entsprach alles dem Geschmack der Zeit, welcher ein zunehmendes Interesse an Weltzusammenhängen zeigte und sich den Anschein großer Offenheit und Neugier gegenüber dem Fremden gab. Es war die Zeit Willy Brandts, die Zeit der Ostverträge, die Zeit der Entspannung zwischen den beiden deutschen Staaten. An den Wänden, hinter Glas, die bildnerischen Werke des Biologen, Darwinisten und Menschenzüchters Ernst Haeckel. Mikroskopisch exakte Zeichnungen von Orchideen, Medusen, Froschlurchen, Menschenköpfen verschiedener Rassen sowie schneeweißen Skelettkonfigurationen von Plankton und Kieselalgen. Manz fragte sich, ob die Auswahl und Zusammenstellung all dieser Kunstgegenstände etwas zu bedeuten hatte, ließ die an diese Frage sich anschließenden Gedanken aber schnell fallen. Jemand wie Manz stützt seine Erkenntnis nicht auf psychologische oder sozialwissenschaftliche Gutachten. Richter und Verteidiger tun das bisweilen. Alles, was er brauchte, hatte sich längst zu erkennen gegeben. Draußen, gut sichtbar durch die große Panoramascheibe, untersuchten Männer der Spurensicherung Berge von Schwarzdornabschnitt, die entlang einer kräftig eingekürzten Hecke lagen. Das Wort Schwarzdornabschnitt fiel so oft, dass es die Anwesenden am Ende für ein alltägliches Wort hielten.

Manz fragte nach dem Wagen des Ehepaars. Sie hatten zwei. Einen schlecht gepflegten Mercedes 220 Diesel und einen uralten Land Rover. Im Laderaum des Rover Stacheliges, wenn auch nur als kleine Ästchen. Und wieder fiel das Wort Schwarzdornabschnitt.

Dass sich die Männer von der Spurensicherung nicht nur für die Reste dieses Schwarzdornabschnitts im Inneren interessierten, sondern fast mehr noch für die Front des frisch gewaschenen Rover, versteht sich.

VI

Die an besonderen Tagen türkisfarben leuchtende Elbe ist ein Fluss von gut tausend Kilometern Länge. Sie entspringt in einem Land, das damals noch nicht Tschechien genannt wurde, schlängelt sich ein wenig, erreicht Hamburg, wo sie im Hafen einige Schlaufen und Drehungen kapriziert, fließt dann weiter in leicht begradigter Linie. Zuletzt bildet sie eine Art Delta und ergießt sich in die im Abendlicht oft brombeerrot spiegelnde deutsche Bucht.

Weihnachten steht vor der Tür, Christine ist erneut zu Besuch in Hamburg. Eben haben sie und Manz eng an eng den Raum mit den Brokattapeten verlassen, jetzt sind sie in seinem beigefarbenen Ford 12M auf einer viele Kilometer langen Straße unterwegs. Sie beginnt, von Bergedorf kommend als die autobahnähnliche Bundesstraße B5. Eine Strecke mit vielen Straßennamen. Manz aber meint, es handele sich letztlich um eine einzige Straße und nennt die Summe dieser aneinandergereihten Teilstraßen unkorrekterweise und in toto *Ost-West-Stich.* Nicht ganz falsch, denn von Bergedorf kommend sticht er auf dieser Strecke mit seinem Ford 12M direkt ins Herz der Stadt.

Am Ende des Ost-West-Stichs, in einem Viertel, in dem man sich zu amüsieren versteht, haben Christine und er ein Tanzlokal betreten, auf dessen Fläche hundert Paare gleichzeitig Platz finden. Das Besondere an dieser Lokalität: Ein weit aufgerissenes Maul von Eingang, mit wohl zwanzig Metern Breite, in der Bauart eines Garagentors. Das Parkett reicht bis an den Rand des schmutzigen Gehsteigs heran.

In der Mitte der Tanzfläche drehen sich die beiden zur Musik eines Tanzorchesters. Männer in einer Aufmachung, wie es sie heute kaum noch gibt. Über ihnen ein gewaltiges, ovales Loch. Am Rand des Lochs die Galerie. Dort stehen Tische mit Lämpchen, an denen Gruppen sitzen, die die Paare beobachten, die sich unten wie kleine Strudel drehen.

Da! Es ist gut zu sehen. Manz hat seine Frau zum Stehen gebracht. Sie werden von hundert tanzenden Paaren umstrudelt. Nach einem langen Kuss fragt sie: »Was ist eigentlich bei deinem Fall damals rausgekommen?«

»Ein Besäufnis in einem Segelfliegerclub. Es war neblig in dieser Nacht. So gegen ein Uhr nachts brach ein Ehepaar auf. Die Frau ist gefahren, weil ihr Mann noch besoffener war als sie. Drei junge Burschen hatten ein Mädchen in der Dunkelheit zurückgelassen. Weil sie genervt hat, haben sie gesagt. Auch die war betrunken. Die Jungs waren um ein Uhr nachts wieder brav in ihrer Unterkunft, aber das betrunkene Mädchen irrte da noch immer im Nebel herum.«

»Gott, wie schrecklich.«

Es ist nicht schwer, sich dieses Schreckliche vorzustellen. Als Nachtbild. Eine sauber geteerte Straße am Rand einer Bucht, genannt Stich, gesäumt von Erlen. Strack trunkene Gesichter eines Ehepaars, im Schein der Armaturenbeleuchtung. Das Kinn der Frau mit ihren basedowsch anmutenden Augen klebt auf dem Lenkrad des Rover. Sie macht es so, um besser zu sehen. Idiotisch. Denn im sich diffus verteilenden Licht der volldämlich voll aufgeblendeten Scheinwerfer sieht sie nichts als eine weiße Wand. Links huschen die Spitzen von Erlenzweigen durchs Bild. Dann ein seitlich ins perlweiße Wattebild hineinfliegender Schemen und ... schon folgt der Aufprall.

Das Ehepaar Maurer geriet daraufhin in einen stark ungeregelten Zustand.

VII

Nach dem Aufprall des Körpers hatte Frau Maurer den Rover zum Stehen gebracht. Elf Sekunden Stille. Zwei Gesichter. Glänzend. Grüngelb. Mit nun vierfach weit aufgerissenen Augen und riesigen Fragezeichen in diesen Augen. Licht noch immer von unten. Dann hatte sie ihren Mann im Flüsterton gefragt: »Was war das?«

»Was Großes. Oder nicht?«

»Aber kein Mensch. Oder?«

»War da links nicht noch was?« Auch seine Stimme nur ein Hauch.

»Was könnte das ...?«

»Ein Tier?«

Die Taschenlampe aus dem bundeswehrgrauen Blechkasten hinter dem Sitz gegriffen und ... beide ausgestiegen und ... die Frage wiederholt ...

»Ein Tier?«

Dann der Körper des Mädchens auf dem Asphalt und ... Sich hinabgebeugt und ... getastet. Gefühlt und ...

»Kein Puls. Vielleicht das Genick.«

Wieder verstrich Zeit.

»Dann«, so wurde Manz von Frau Maurer bei der Vernehmung erklärt, »hat etwas umgeschaltet bei uns, und wir wissen nicht, was.«

Keine Absprache angeblich, aber plötzlich schien alles wie von selbst gegangen zu sein. Das tote Mädchen gemeinschaftlich an den Schultern angehoben und ... zum Wasser gezogen und ... den Schuh noch geholt und ...

»Sie nackt ausgezogen.«

»Warum das?«, hatte Manz gefragt.

»Wir wissen es nicht.«

Dann rein ins Wasser. Beide. Oberkante Unterhose. So in etwa.

Mit der noch warmen Leiche.

»Der Mond! Oder?«

»Richtig, Schatz. Der Mond. Ich hatte auch gerade überlegt.«

»Wir kannten die Bucht, weil wir da im Sommer oft mit den Kindern waren. Unsere beiden Ältesten haben dort schwimmen gelernt.«

Ins Wasser also. Den Körper des Mädchens runtergedrückt ...

»Eine große Anstrengung, weil ... Sie kam immer wieder hoch.«

... und ihn unter zwei pinkfarbenen, im Sturm weggeknackten Erlenstämmen, die flach, knapp unter der Wasseroberfläche lauerten, eingeklemmt.

»Unsere Jungs haben unter den Stämmen immer Tauchen geübt.«

»Dann nach Hause, um ... ich weiß gar nicht, wer von uns die Idee hatte. Du?«

»Unsre Schwarzdornhecke war grade geschnitten worden, ich weiß gar nicht, wer von uns darauf gekommen ist. Du?«

»Den Rover beladen, wieder hin und den Schwarzdorn über die Stelle.«

»Noch mal und noch mal sind wir hin und ...«

»Immer mehr Schwarzdorn.«

»Warum so viel?«, hatte Manz gefragt.

»Meine Frau wollte es so.«

»Haben wir den Nebel schon erwähnt?«

»Haben wir, Schatz, beruhig dich, soll ich dir einen Schnaps bringen?«

»Später dann«, sie schien das Angebot mit dem Schnaps überhört zu haben, »als wir noch mal über alles nachgedacht und uns gefragt haben, warum sie uns vors Auto ... da hatten wir beide das Gefühl ...«

»Als wäre sie vor was weggelaufen. Oder?«

»Sie muss doch unsere Scheinwerfer gesehen haben!«

»Wir sind nicht sicher, aber hinterher, als wir ihren Puls gefühlt ...«

»Kennen Sie das?« Der Brustkorb von Frau Maurer weitete sich in einer Weise, als ränge sie nach Luft. »Dass man spürt, dass da noch jemand ist?«

»Wer soll denn da gewesen sein?«, fragte Manz.

Sie schrie ihre Antwort. »Der Mond! Der Mond! Der Mond, der ...!«

»Schatz! Bitte! Du wiederholst dich.«

»Tu ich das?« Ihr Blick: faltig. Mit tiefschwarz schraffierten Partien.

»Ja, Schatz, du wiederholst dich. Er schreibt mit. Wenn was fehlt, hakt er nach. Ist doch so, oder?«

Manz hatte genickt.

Bereits vor dem ersten Schwarzdorntransport war Frau Maurer, wie die weitere Befragung ergab, nicht mehr ganz auf der Höhe gewesen. Geistig. Obwohl sie später, was den Transport und das Deponieren des Schwarzdornabschnitts anging, die Führung übernahm.

»Meine Frau, ich weiß auch nicht. Kaum war der Rover das erste Mal voll mit Schwarzdorn ... da lief sie wieder ins Haus ... zum Telefon, und ... als ich fragte, wen sie anrufen will, sagte sie. ›Den Babysitter, wen sonst?‹ So weit war es da schon mit ihr. Ich hab mir dafür in dieser Nacht den kleinen Zeh gebrochen. Den großen auch. Bin zweimal an einem Türrahmen hängen geblieben.«

»Nackt?«, hatte Manz gefragt.

»Ja.«

»Sie waren beide nackt? Auch im Haus?«

»Natürlich!«, sagte sie mit Entschluss. »Wir mussten ja immer wieder ins Wasser.«

Und noch mal und noch mal. Fuhre auf Fuhre. Sie hatten die Tote in einer vollkommen unsinnigen Weise mit Schwarzdorn überhäuft. Manz' Überlegung lag somit auf der Hand. *Was wohl hat die beiden in diesen Nächten erfasst?*

In Manz' Kopf entstanden in feinsten Linien gravierte und kolorierte Stiche mit nackten Körpern und Geistern im Schwarzdorn.

Zuletzt sah er Herrn und Frau Maurer an. Lange. Es kam ihm vor, als würden sie für ihn posieren. Endlich brachte er seinen Gedanken zu Ende und sagte mit Blick auf Frau Maurer: »Ich frage, weil Schwarzdorn fiese, lange Stacheln hat. Und das Gesicht, der Hals, die Hände von Ihnen und Ihrem Mann ...«

»Wenn Sie wüssten, wie wir nackt aussehen!«

So also war es gewesen. Viel Blut war geflossen. Das der Maurers.

»Wir können es uns nicht erklären, außer ... Sollen wir uns ausziehen?«

»Lass gut sein, Schatz. Vielleicht doch einen Schnaps?«

»Nein, verdammt!« Ihr Hals wurde länger, ihr Haar gewann an Volumen.

»Dabei wollten wir sie gar nicht verstecken. Oder? Sag doch, Schatz.«

»Es war schrecklich, weil ... Sie kam immer wieder hoch.«

»Nerine, hieß sie, hat uns manchmal im Garten geholfen. Wir sind froh, dass Sie gekommen sind, weil ... unsere Unterarme, Hals, Brust, Gesicht.«

»Sollen wir uns ausziehen.«

»Bitte, Schatz. Er will es nicht. Er will uns so nicht sehen.«

Später gegenüber der Richterin fielen noch diese Sätze:

»Als der junge Mann von der Polizei kam und uns sah, mit unseren zerkratzten Gesichtern, Hälsen, Armen, als er im Wohnzimmer stand, durchs große Panoramafenster nach draußen, in den noch nebligen Garten blickte und die in der weißen Watte schwimmenden Hügel von Schwarzdornabschnitt sah ...«

»Da meinte er nur: ›Dann mal der Reihe nach.‹ Er wusste schon alles.«

»Wir waren dankbar.«

VIII

»Tragisch«, sagte Christine. Sie und Manz wurden noch immer von den anderen Paaren auf dem honigfarbenen Hamburger Parkett umstrudelt.

»Unser Gerichtsmediziner meint, das Opfer sei nicht an der Verletzung des Unfalls gestorben, sondern ertrunken.«

»Unter Schwarzdorn.«

»Korrekt heißt es Schwarzdornabschnitt. Toll waren die Flugzeuge. Segelflieger. *Blitzweiß*. Die ziehen sie da fast senkrecht hoch. Und? Noch Lust?«

»Immer.«

Er fasste sie an den richtigen Stellen, sie ließ es zu. Das Orchester begann mit der nächsten Nummer, und er drehte sie, drehte sie, drehte sie, weil sie es eben so mochte und wollte. Später, im 12M, in einer dunklen Gasse hinter beschlagenen Scheiben gewann sie plötzlich an Größe. Kam rüber, drückte ihn in den Sitz, gefertigt aus künstlichem, englisch-grünem Leder. Kurz darauf platzte seine Lippe wieder auf.

GANZ UNTEN

Von Ingvar Ambjørnsen
Hoheluft

Manchmal, wenn ich keine Lust habe, mit Konrad oder Lotte im Finken zu sitzen, wenn ich mit keinem Menschen reden, sondern nur düster und friedlich vor mich hintrinken will, ungefähr wie ein gequältes Tier an einem finsteren Bach im Wald, dann gehe ich ins Muny oben beim Ring 2. Das ist so ein Ort, an dem du fünfzehn Jahre lang vorbeigehen kannst, bis du dann plötzlich bemerkst, dass in einem winzigen Loch in der Häuserreihe alkoholische Getränke serviert werden. Auf der einen Seite liegt ein altmodischer Plattenladen, auf der anderen eine stillgelegte Schneiderwerkstatt, und auf der Straße, Ring 2, dröhnt der Schwerverkehr vorüber, sodass die Fensterscheiben in den alten Gebäuden Tag und Nacht klirren. Es ist wie bei Wetter und Verdauung, es dröhnt und geht seinen Gang, so ist der Weg des Lebens zum Tod, und wenn der Tod erreicht ist, wird neues misslungenes Leben geboren, so ist es eben. Alles, was schiefgeht, endet hier im Muny, niemand hier hat sich auf dem Schulhof gesonnt, während das andere oder das eigene Geschlecht Lutschmund oder feste Arschbacken anbot, die Lehrer mit ihren Lobeshymnen ließen sich gar nicht erst blicken, die Arbeitgeber mit den aufmunternden Zurufen auch nicht. Vergiss es lieber gleich, denk an die klaren Rechnungen und Strafen der Huren und der Schläger, konntest du noch denken – und ehe du Piep sagen konntest, standest du ganz allein da, und es spielte keine Rolle, ob du aus Deutschland kamst oder von den osteuropäischen Steppen, aus Kurdistan oder Eritrea. Und hier stehst du nun, und auch hier herrschen Hass und Selbstverachtung, du hast in diesen vier Wänden nichts zu suchen, wenn du nicht ohnehin schon verloren hast oder ein Spion bist, so wie ich.

Ungemütliche lokale Stammkneipen gibt es in Deutschland zu Tausenden, sie sind total uninteressant für alle anderen als die, die tagtäglich hier ihr Leben totschlagen, mit Würfelspiel und Scheißgerede aus Hinterhöfen und Treppenhäusern der Stadt, mit schalem Bier und blankem Schnaps, sie sind deprimierend genug, aber doch nicht ganz ohne Hoffnung. Nicht selten gibt es am späteren Abend brüllendes Gelächter, die Leute reden miteinander, und wenn auch vielleicht nicht so entsetzlich viel Intelligentes oder Erhebendes gesagt wird, sind diese Lokale immerhin nicht ganz ohne Hoffnung, es wird um Geld gespielt, und dreckige Nägel schrappen über Rubbellose, es gibt eine Art Vorstellung von etwas anderem, vielleicht Besserem, und das Fernsehen funktioniert in der Regel, wenn es ein Fußballspiel gibt; es steht nicht einmal fest, dass es total egal ist, wer gewinnt, jedenfalls nicht für alle.

An Orten wie dem Muny ist das anders. Hier sind die halb toten Grünpflanzen in den verdreckten Fenstern verblassten Plastikblumen gewichen, zäh von Nikotin und Menschenschweiß, oder sie wurden ganz einfach durch Haufen von toten Insekten ersetzt, leeren Panzern, die im Staub liegen und die Beine in die Luft strecken. Unten im Muny ist es selbst an Vormittagen im Sommer dunkel und feuchtkalt, hier gibt es eigentlich gar keine Jahreszeiten, nur einen zähen Strom von bleischweren Minuten. Zeit, die über den ungeputzten Holzboden geschleift wird, wo die Astlöcher wie schwarze Warzen hervorragen. Solche Warzen, bei denen du ein bisschen vorsichtig sein solltest, falls du wie ich als Sendbote des Lebendigen hier bist, des Lebens, das außerhalb dieser Kneipe und ähnlichen Kellerfenstern in anderen Städten gelebt wird, solchen, die die Hoffnung nicht ganz und gar aufgegeben haben. Denn das hier sind Gräber mit allen Schankrechten, gern rund um die Uhr offen, damit die Sterbenden jederzeit kommen und ein wenig allein dasitzen können, zusammen mit anderen, die auch kein Interesse an Gerede, Musik oder Fernsehfilmen haben. Das hier sind Menschen, die wirklich spüren, dass der Tod ihnen den Puls fühlt, und sie kommen aus Zimmern und Wohnungen, die dieser Kneipe zum Verwechseln ähnlich sehen. Der einzige Unterschied ist, dass zu Hause die Flaschen auf dem Boden herumliegen und leer oder zerbrochen sind, während sie im Muny in roten Kästen mit der Aufschrift »Astra« hinter dem Tresen aufgestapelt werden. Hier gibt es keine Zapfhähne, es gibt nicht einmal einen Kühlschrank, es gibt nur ein schlappes *Fsssss* jedes Mal, wenn der Mann hinter dem Tresen, von dem niemand weiß, wer er ist, und der keinerlei Persönlichkeit besitzt, den Verschluss von einem weiteren lauwarmen Pils hebt, oder ein Gluckern, wenn das Schnapsglas so vollgeschenkt wird, dass sich die Oberfläche ausbeult wie ein Auge und zu dem Fliegenpapier hochstarrt, das wie vergessene Silvesterluftschlangen aus dem Jahr 1958 dort hängt. Das war das Jahr, in dem möglicherweise auf dem Klo draußen ein Mord geschehen ist, es ist lange her, dass irgendwer darüber oder über etwas anderes gesprochen hat.

In Norwegen, wo ich herkomme, gibt es keine Orte wie das Muny. Es gibt nicht einmal etwas Ähnliches. Kneipen wie diese, die dermaßen unpoliert sind, dass man meinen könnte, sie hätten aus fernen Galaxien importiert werden müssen. Wenn ich die Treppe hinuntergehe und mich im Muny an den Tresen setze, passiert in neun von zehn Fällen dasselbe. Das Lokal verwandelt sich in den Grund eines gequälten kleinen Tümpels, in einen verpesteten Flecken nicht weit von einer Schnellstraße, in einen Ort, wo die Leute allen möglichen Scheiß abladen; sie lassen ihn in den Tümpel fallen und fahren mit ihrem Leben fort. Der Eindruck wird verstärkt von dem grünen Licht einer Neonreklame über einer Spielhalle auf der anderen Straßenseite, das Licht fällt durch die mit Moos bewachsenen Fensterscheiben und legt sich über das Inventar wie giftiges Wasser und Öl und Benzin, eine Art krankes Tageslicht, das die Algenschicht über uns durchdringt, und hinten in der Ecke sitzt die Frau ohne Zähne und bohrt sich wie ein halb blinder Gründling in der Nase. Die Flasche glänzt in ihrer eigenen Einsamkeit. Zigarettenglut wie selbstleuchtende Kaulquappen, hier unten ist alles so wie vor der Einführung von Gesetzen und Regeln. Hier gibt es keine Abmachungen oder Übereinkünfte, und bei jedem Schluck, den ich trinke, ist es, wie unter Wasser zu atmen. Man entwickelt Kiemen, wenn man hier sitzt. Einsame Hechte gleiten durch den Raum oder stehen drohend im Vorhang aus knallbunten Glasperlen, der an der Tür zum Hinterzimmer mit dem grauenhaften Klo angebracht ist. Wenn der Mann hinter dem Tresen gähnt und sich mit den Fingern durch den Grünbewuchs auf seinem Kopf fährt, können alle, die das wollen, den Aal sehen, der sich dort niedergelassen hat, wo einmal die Zunge dieses Mannes saß. Die Krebspatienten drüben bei der Treppe zur Welt der anderen haben aufgegeben. Sie liegen halb auf der Seite und sehen aus wie zerbrochene Stühle, die irgendwer bei hohem Tempo von der Ladefläche geschleudert hat.

Von meiner Armbanduhr steigen winzig kleine Blasen an die Oberfläche, sie lagern sich in Trauben in der Bakterienhaut unter der kranken Sonne ab. Wie gefangene Zeit.

Draußen ist es sternenklar und klirrend kalt. Oder es ist vielleicht ein heißer Sommerabend, mit dem Geräusch von hämmerndem Techno aus einem Auto, das auf Grün wartet. Ich folge den Schienen zwischen den Häusern, zu den Resten der Hallen, in denen vor langer Zeit die Straßenbahnen ihren Schönheitsschlaf gehalten haben, zur Freude für die Bürger der Stadt am nächsten Morgen.

Alles ist so anders. Wie ist es möglich, sich in so kurzer Zeit von einer Welt in die andere zu bewegen? Es ist, als hätte der Raum unter der Erde nur als kurzes Traumgesicht existiert.

So ist es jedes Mal. Hier gehe ich und denke diesen Gedanken.

Und noch einen. Wer ist der Spion in meinem eigenen Leben?

Ich fühlte mich überwacht. Immer, wenn ich im Muny war und mit mir zusammen getrunken habe, habe ich das Gefühl, dass jemand hinter den Fenstern der heruntergekommenen Mietskasernen oben am Ring 2 steht, dass jemand dort oben in der Finsternis im fünften oder sechsten Stock steht und das Schwimmbecken unten im Keller kennt, diese Höllenvision, die ich eben noch durch meine ungebetene Anwesenheit gestört habe.

Die schwarzen Quadrate in der Mauer. Das Licht ausgeschaltet oder niemals eingeschaltet. Ich stelle mir vor, dass es dort oben hinter Verputz und Klinker Hallen gibt, die niemand kennt, und in denen sich das geheime Leben abspielt, wie in Romanen, an die ich noch gar nicht gedacht habe, vielleicht sogar mit Reihen von geträumten Geschehnissen, die sich weit über meinem Niveau befinden, jenseits meiner Fähigkeiten. Eines Abends gehe ich durchs Viertel und denke solche Gedanken, so gehe ich und spüre das Gefühl der Fremde, das immer in mir herrscht nach einer Begegnung mit den alten Wiedergängern im Muny. Es ist ein Abend, der mehrere Jahreszeiten enthält, das weiß ich noch genau, es schneit, es weht ein kalter Wind, es nieselt und duftet nach Flieder, Auspuffgasen und Wiesenblumen, und aus meinem Mantel stinkt es nach altem Suff, aber das Leben ist doch immerhin so gut, dass es mir natürlich vorkommt, in jede Manteltasche eine Faust zu bohren und ein lustiges Liedchen zu pfeifen.

Jemand, der mich verfolgt?

Etwas, das mich quält?

Das ist nicht ernst gemeint. Es ist nur ein Spielchen, das ich gern spiele, vor allem im aufsteigenden Suff. Ich gehe hier entlang und pfeife mir eins und koste ein wenig die Furcht aus, während ich das stillstehende Leben vor mir sehe, den Nahtod oben im Muny. Oder ist es vielleicht so, dass die Zombies zum Leben erwachen, sowie ich das Lokal verlassen habe? Dass Tanz und Freude den Raum füllen, sobald das Echo meiner Herzschläge in den Schatten hinter den alten Straßenbahndepots verhallt? Nein. Dann fällt die Vorstellung leichter, dass das Muny einfach aufhört zu existieren, sowie ich die Treppe hochgegangen bin, dass es das Muny nur in einem geheimen Raum in mir selbst gibt.

Ich wandere mit verworrenen Gedanken durch Hoheluft und koste den Nachgeschmack des schalen Biers und der miesen Schnäpse aus, ich gehe ins Poletto und kippe mich zwei Stunden lang mit gutem Wein voll. Hier herrscht eine ganz andere Form von Fremdheit, eine andere Abwesenheit. Hier unter den relativ Jungen und absolut Reichen des Viertels, bin ich es, der in der engsten Verbindung zu Auflösung und Tod steht. Ich merke das an ihren Blicken, an der übertriebenen Munterkeit der Kleinen mit den Apfelbäckchen, die mich mit Käsen und Keksen füttert, und die immer neue Gläser voll des Wunderbaren, Wunderbaren aus Korsika bringt, ich spüre es an den Seitenblicken und an der Verachtung, die sich hinter den schlagfertigen Bemerkungen verbirgt, und vielleicht ist auch das nur Unsinn, Einbildung und Paranoia, aber nein. Sie sehen mich sicher als den, der ich bin. Der Sendbote von der Front. Der wandernde Infektionsherd. Der mit Ketchup am Mantel, nach dem misslungenen Imbissbesuch, wie ein unerwarteter Orgasmus.

Ich trinke acht Glas von dem Wunderbaren, werde aber das Gefühl nicht los, dass etwas hier unter einem Tisch kauert und mich beobachtet. Ein Schatten, den ich aus dem Muny mitgebracht habe.

Und als ich nach Hause komme, sehe ich sofort, dass jemand das Schloss aufgebrochen hat. Die Tür schlägt im Durchzug hin und her. Ein süßlicher, seltsamer Geruch, eigentlich nicht unangenehm, aber fremd. Ich denke wieder an das Echo meiner Herzschläge, die verhallen, sowie ich mich vom Muny entferne, oder die das Muny verschwinden lassen. Jetzt pocht mir das Herz gegen den Adamsapfel, und das Echo erklingt in meinem Mund.

Ich schiebe die Tür mit der Schuhspitze auf. Bleibe ganz still stehen und lausche. Nichts. Nur das ferne Rauschen des Verkehrs unten auf der Straße. Steht er dort drinnen, ebenso starr und von Angst erfüllt wie ich? Er kann das Scheppern des Fahrstuhls unmöglich überhört haben.

Ich nehme das Schlüsselbund in die Hand und schiebe mir die vier Schlüssel zwischen die Finger. Balle die Faust.

Dann gehe ich hinein.

Er liegt in der Küche. Er hat den Mantel ausgezogen und wie eine Decke über sich gelegt. Er hat fast die ganze Packung gekochten Landschinken gegessen, und die Finger seiner rechten Hand sind gelb und glänzen vor Mayonnaise. Das Glas liegt umgekippt hinter seinem Rücken auf dem Boden. Er schläft tief, ganz ohne einen Laut. Nur seine Brust hebt und senkt sich.

Ich schließe vorsichtig die Kühlschranktür, gehe ins Wohnzimmer und lege mich aufs Sofa. Ich kann seine Beine auf dem verdreckten Boden sehen. Ein Mann in meinem eigenen Alter. Ich bin ihm noch nie begegnet. Ich denke an den weiten Weg, den er hinter sich hat. Den weiten Weg, den ich selbst hinter mir habe. Jetzt hier. Ziemlich genau hier. Zwei Fremde.

Ich fühle nichts. Ich döse und sehe wieder den Kellerraum oben beim Ring 2 vor mir, in unterschiedlichen Ausgaben und Varianten. Die Wände leuchten wie durch eine innere Glut. Oder es herrscht eiskalte Finsternis. Flüsternde Stimmen. Lachen. Und die ganze Zeit mein eigenes Herz, das schlägt und schlägt, ein rhythmischer Countdown, und der Kosmos, der sich in seiner ganzen brutalen Unendlichkeit über uns wälzt.

Irgendwann im Morgengrauen. Schluchzendes Weinen, und die Wohnungstür, die vorsichtig zugezogen wird.

Das Geräusch schleichender Schritte, das sich unten im Treppenhaus verliert.

Aus dem Norwegischen von Gabriele Haefs

TEIL II

TRAUM UND WIRKLICHKEIT

–WER PASST AUF UNSERE WEIBER AUF, WENN NICHT WIR?–

Von Bela B Felsenheimer
St. Pauli

»Lass es um Himmels willen nicht Rocken Roll sein! Das wär jetzt wirklich eine Nummer zu doof.«

Markus schüttelt den Kopf und liest noch mal die anderen Namen an der Tür. Zweimal Schmitt mit Doppel-T, wahrscheinlich verwandt, Herdehügel, Pančević, Ibrahim, Sacks und Amara.

Und Rocken Roll.

Er hat zwei Schlüssel in der Tasche seiner Tochter gefunden. Die Adresse der WG hat ihm Jennifers Freundin gegeben. Etwas widerwillig zwar, aber Markus kann sehr überzeugend sein.

Mit dem ersten Schlüssel gelangt er ins Haus. Im Treppenhaus ist es still.

Er geht ohne Umschweife die Treppen hoch, um seine Suche von oben zu beginnen. Markus mustert Fußabtreter, Klingelschilder, sucht nach einem Hinweis auf Jennifer. Nichts.

Im zweiten Stock ist eine Tür mit Aufklebern übersät. Skateboard Brands, Bandnamen, der FC St. Pauli. Er ahnt, was auf dem Klingelschild steht.

Irgendwo muss ich ja anfangen, denkt sich Markus seufzend und drückt den Klingelknopf.

Als von innen nichts zu hören ist, klopft er.

Keine Reaktion.

Markus nimmt den zweiten Schlüssel und hofft inständig, dass er nicht passt.

Das Schloss öffnet sich mit einem Klick.

Rocken Roll?

Den Reiz dieser Gegend, billiger Wohnraum und die Reeperbahn um die Ecke, das kann er ja noch irgendwie nachvollziehen, aber so ein bescheuertes Inkognito? Das passt einfach nicht zu seiner Jennifer.

Jennifer, die Einser-Abiturientin.

Jennifer, die auch in ihrem Jura-Studium bis vor Kurzem zumindest zu den Besten gehörte. In Olivers Kanzlei warten sie schon auf seine *Partisanin.*

Es ist noch nicht lange her, da hat er ihr die erste eigene Wohnung besorgt. Nicht weit von seinem Haus in Wellingsbüttel. Vorsichtshalber behielt er einen Schlüssel bei sich. Ein bisschen wollte er schon noch aufpassen, auf seine Jennifer.

Und dann fing sie mit diesem Therapieunfug an. Er schlug ihr stattdessen ein Auslandsjahr bei Geschäftsfreunden vor. Daraufhin zog sie sich ganz von ihm zurück.

Alles noch nicht so schlimm, Markus war schließlich auch mal jung. Auch er hatte rebelliert, in einer Hardcore-Band Bass gespielt, war Straight Edge gewesen. Eine wilde Zeit, aber er hat deshalb nie auch nur eine Vorlesung versäumt. Jennifer fehlte immer häufiger, wie man ihm zutrug. Den Kontakt zu ihrem Vater hatte sie da schon gekappt. Aus der Wohnung war sie ausgezogen.

Eine Zeit lang hatte er sie noch über ihr Mobiltelefon orten können. Doch dann wechselte sie Nummer und Anbieter und das war's.

Sein einziges Kind war ihm entglitten.

Bis er sie heute im UKE wiedersah. Sediert, magerer als früher, die Haare ungepflegt, abgekaute Fingernägel. Sie war nach einer Überdosis kollabiert, einem Cocktail aus Fentanyl und Kokain. Eine grad angesagte und hochgefährliche Kombination, wie ihm die Ärztin erzählte.

Das war so weit weg von Jennifer. Aber jetzt kann er wieder übernehmen, und diesmal wird er alles richtig machen.

Markus atmet tief ein und ballt die rechte Hand zu einer Faust. Die Schlüssel darin drücken schmerzhaft ins Fleisch. Dann tippt er die Tür an.

»Hallo?«

Er tastet nach einem Lichtschalter, findet ihn.

Direkt vor ihm ein paar Kleiderhaken, an denen verschiedene Leder- und Collegejacken hängen. Und Jennifers Designer-Poncho.

Er ist gekommen, um ein paar von ihren Sachen fürs Krankenhaus zu holen, und hat dafür zwei große Plastiktaschen einer schwedischen Möbelfirma mitgebracht. Am Ende werden auch alle anderen Habseligkeiten seiner Tochter da reinpassen.

An diesen Ort soll sie nicht zurückkehren. Nicht nach dem, was geschehen ist.

Die Wände sind tapeziert mit Konzertplakaten, die das Licht der mageren Funzel an der Decke schlucken.

»Ist jemand zu Hause?«

Markus lauscht ein paar Sekunden, dann zieht er vorsichtig die Tür hinter sich zu, nimmt den Poncho vom Haken, wirft ihn in einen der Säcke und geht in das erste Zimmer. Die Fenster sind durch Jalousien abgedunkelt. Statt sie zu öffnen, macht er das Deckenlicht an. Immerhin eine richtige Lampe. Die Unordnung raubt ihm den Atem.

So also lebt sie jetzt?

Ein Sofa, auf dem eine fleckige Decke liegt. Ein überdimensionierter Fernseher, daneben Spielkonsole und Receiver, eingerahmt von obszön großen Boxen. Überall Hüllen von Videospielen und DVDs, dazwischen vereinzelt Kleidungsstücke. Ein flacher Tisch voll mit schmutzigen Gläsern, Tellern und zwei gut gefüllten Aschenbechern, im Zentrum eine gläserne Wasserpfeife. Markus geht rückwärts wieder in den Flur, findet neben der Küche das Bad, in dem er Jennifers Kulturbeutel entdeckt und in den Sack legt. Beim Rausgehen sieht er ihre elektrische Zahnbürste und greift sie sich. Dann öffnet er die hinterste Tür im Flur. Ein Schlafzimmer.

Der Raum ist noch chaotischer. Auf dem Boden stapeln sich Berge von teils schmutziger bis sehr schmutziger Wäsche. T-Shirts, Männerunterhosen, ein zerschlissenes Sommerkleid, das ihm bekannt vorkommt. Jennifers? Das Bett ist fleckig und zerwühlt. Immerhin gibt es keine Teller mit Essensresten darauf. Und bis auf ein Glas mit undurchsichtig trübem Wasser neben dem Bett kein weiteres Geschirr.

Es dauert einen Moment, aber dann sieht Markus klar.

Das hier ist gar keine WG.

Jennifer lebt hier mit einem Mann.

Einem Mann, der sich Rocken Roll nennt.

Plötzlich entdeckt er auf dem Boden einen fast transparenten Spitzentanga und spürt einen Stich im Herzen. Trägt seine Tochter jetzt so was?

Das Geräusch eines Schlüssels in der Eingangstür lässt Markus aufschrecken. Er tritt in den Flur zurück und sieht einen Mann hereinkommen, der sich nicht an der brennenden Deckenlampe zu stören scheint. An Markus' Anwesenheit schon.

»Was'n hier los? Was machst du in meiner Wohnung, Digger?«

Markus' Gedanken überschlagen sich. Unfähig zu reagieren, starrt er den Mann an. Auch dann noch, als dieser einen Baseballschläger aus einer Nische im Flur hervorzieht. Erst als er zum Schlag ausholt, hebt Markus abwehrend die Hände, vergisst dabei die elektrische Zahnbürste in seiner Rechten, die sich ungewollt einschaltet. Ein grotesk lautes Surren. Die Zeit bleibt einen Moment lang stehen.

Hastig schaltet Markus Jennifers Zahnbürste aus.

»Is ja putzig«, sagt der Mann, ohne jeden Humor.

Der Mann ist größer, aber schmächtiger als Markus, trägt ein vergilbtes Band-T-Shirt und eine gefütterte Jeansjacke. Die Hose ist so zerbeult wie der ganze Typ. Auf dem strähnigen Haar eine Baseballkappe. Trotz weit auseinanderstehender Augen und einem ungepflegten Fünftagebart sieht der Mann halbwegs charismatisch, auf seine Art sogar gut aus.

»So, Digger, du machst jetzt hier 'n Abritt, sonst wird's blutich. Und erst dann hol ich die Bullerei. Haste das kapiert, Opa?«

Opa? Markus hat zwar kein volles Haar mehr, eigentlich nur noch einen Haarkranz, aber der Typ vor ihm ist höchstens zehn Jahre jünger als er.

»Hören Sie, ich kann meine Anwesenheit erklären.«

»DU ERKLÄRST HIER GAR NIX, DIGGER! DU MACHST JETZT 'NEN ABGANG, SO ODER AUF DIE HARTE! KANNSTE DIR AUSSUCHEN! Äh, warte mal ...«

Rocken Roll, falls er das ist, stutzt und kneift die Augen zusammen.

»... Ich kenn dich doch. Du hast doch früher ...«

Markus vergisst für einen Moment zu atmen. Was kommt jetzt?

»... bei HARDSOME gespielt. Bass, oder? Na klar, Diggi! Was geht? Trotz deiner Halbplatte wiedererkannt! Hab euch zig mal live gesehen.«

Lachend lässt er den Schläger sinken, fasst Markus beim Arm und schleift ihn mit sich ins Wohnzimmer.

»Alter, ihr wart die Macht ...«

Sein Ton verändert sich, wird herablassender.

»... als ich noch auf Hardcore stand, mein ich. Is heut nix mehr für mich. Aber für dich ja wohl auch nich, wie man sieht, Digger.«

Der Ex-Hardcore-Fan lässt die Baseballkeule auf das Sofa fallen und setzt sich daneben, klopft auf den freien Platz an seiner Seite. Markus bleibt stehen. Erleichtert.

Dieser Hanswurst und Jennifer – das war nicht denkbar.

»Feiner Zwirn, Digger. Hast umgesattelt, wa? Scheiße, auf deinen Namen komm ich nich. Was willste denn ausgerechnet hier?«

Kritisch mustert er Markus.

»Wieso hast du überhaupt 'n Schlüssel, Digger?«

»Ich bin Jennifers Vater. Und Sie sind?«

Der Andere schluckt, fasst sich aber schnell wieder.

»Ich bin äh Felix, aber die meisten nennen mich Johnny.«

Einen Zusammenhang zwischen den beiden Namen sieht Markus nicht, ist ihm aber auch egal.

»Hat Jenny nix von mir erzählt? Ach nee, ihr habt ja nich so'n üppiges Verhältnis, wa?!«

Markus spürt, wie ihn eine Welle der Wut überkommt. Er hat seiner Tochter die Welt zu Füßen gelegt, ihr jede Möglichkeit geboten, eine Zukunft. Und was macht sie? Tauscht das alles ein gegen ein Leben mit Rocken-Roll-Johnny hier. Schon dieses selbstgefällige Lächeln, bei dem der Mistkerl alle Zähne bleckt, die Markus ihm am liebsten aus der Visage prügeln würde.

»Ich habe die Schlüssel von Jennifer. Sie braucht ihre Sachen, sie wurde heute ins Krankenhaus eingeliefert.«

Johnnys Grinsen bleibt unverändert.

»Was hat sie denn? Heut Morgen war se noch gut drauf. Unfall?«

»Das könnte man so sagen ...«

Es gelingt Markus, weiter ruhig zu bleiben.

»... sie ist kollabiert, nachdem sie einen Drogencocktail zu sich genommen hat. Vielleicht wissen Sie ja was darüber? Zum Glück wurde sie rechtzeitig gefunden.«

Johnny geht auf die Anspielung nicht ein.

»Na, dann tu dir keinen Zwang an und such ma ihre Sachen zusammen, ich hab eh zu tun.«

Das Thema scheint für Johnny erledigt. Markus schaut sich genervt um. Soll er etwa Jennifers Schmutzwäsche mitnehmen? Er würde sie zu Hause ohnehin nur im Garten verbrennen. Sein Blick fällt auf ein wackeliges Regal, in dem ein paar Bücher liegen. Eins davon kennt er.

»*Der Archipel Gulag,* Solschenizyn, ist das Ihr Buch?«

Johnny schwingt sich vom Sofa hoch.

»LESEN, ALDER? BIN ICH SCHWUL?«

Mit ehrlicher Empörung nimmt er das schwere Buch zur Hand und öffnet den Deckel.

»Nee, Aller, schwul bin ich nich. Frag mal deine Tochter, die kann das bestätigen, wenn de verstehst, was ich meine, Digger?! Haha.«

Markus versteht nur zu gut und starrt Johnny fassungslos an.

Hitze steigt in ihm auf. Seine Hände ballen sich zu Fäusten.

»Ah, kiek mal, da steht sogar 'ne Widmung drin. *Für meine,* was heißt das? *Für meine Parti...* Mann, was für 'ne Sauklaue.«

»*Für meine Partisanin,* das habe ich geschrieben«, stößt Markus zwischen seinen Zähnen hervor, »das war etwas Persönliches zwischen uns, sie wollte ...«

»Is ja echt süß.«

Johnny wirft das Buch auf den Tisch.

»Jaja, die Jenny. Is'n gieriges Mädchen, wenn de verstehst? Is nich meine Schuld, was passiert ist. Ich hab ihr gesagt, sie soll aufpassen mit dem Zeug. Aber sie hat ihren eigenen Kopf, weißte ja selber, Digger?«

Das Bild in Markus' Kopf ist jetzt ganz klar. Dieser Johnny hier hat seiner Tochter die Drogen besorgt. Der Typ ist ein

Dealer. Sie lebt mit einem Dealer zusammen, der sich Rocken Roll nennt.

Markus' Unterlippe beginnt unkontrolliert zu zittern.

Johnny steckt sich ungerührt eine Zigarette zwischen die Zähne und hält das Päckchen Markus hin. Der schüttelt den Kopf.

»Aber sie wird wieder, oder?! Ich mein, sonst bräuchte se ihre Zahnbürste ja nich? Sag ma, Digger, was anderes: Jenny hat sich neulich hundert Euronen von mir geliehen. Hättest du zufällig 'n bisschen Bares parat? Hier werden demnächst 'n paar Zahlungen fällig, weißte?«

Dass er Johnny einen Faustɜtoß versetzt hat, wird Markus erst bewusst, als sein Gegenüber bereits am Boden liegt. Sein Herz ist eine Trommel. Blitze im Gehirn. Und dann ist mit einem Mal der Baseballschläger in seiner Hand.

-POK-

Ein dumpfes Geräusch, als er Johnnys Schädelknochen trifft. In Markus' Kopf klingt es wie ein Glockenschlag.

-POK-
-POK-

Schwer atmend kommt er zu sich und blickt auf Johnny, der reglos vor ihm liegt.

»Hey, alles okay?«

Vorsichtig, auf einen plötzlichen Angriff vorbereitet, tippt er mit dem Fuß gegen Johnnys Bein. Aus dem blutverschmierten Mund kommt keine Antwort.

Markus kniet nieder, hält zwei Finger an Johnnys Halsschlagader, genauso wie er es so oft in amerikanischen Serien gesehen hat.

Kein Puls. Er legt eine Hand auf Johnnys Brustkorb. Keine Regung.

Er schlägt Johnny die Fäuste auf die Brust, aber der Dealer bleibt still.

Der Schock dreht ihm den Magen um.

Rocken Roll ist tot.

Fluchtartig verlässt Markus die Wohnung, die Treppe hinunter ins Freie, wo ihn die kühle Luft des Vorfrühlings erwartet. So kontrolliert wie möglich geht er in Richtung seines Wagens, als ihm plötzlich Jennifers Sachen einfallen.

Er hat die Tüten vergessen.

Ein Pfeifton in seinen Ohren. Panik erfasst ihn. Er atmet tief durch, dreht sich um, blickt zur Haustür und holt den Schlüssel aus der Tasche seines Mantels. Ein kurzes Zögern, dann macht er sich auf den Weg zurück in die Wohnung.

***

Manuelle Herdehügel lässt grade ihren Rauhaardackel Waxie von der Leine, als ihr Telefon klingelt. Ihre Mutter.

»Hallo Mama, wie geht's? Manuelle, mit ›elle‹ am Ende, nicht ›ela‹, wie oft soll ich noch ...? Warum? Gewöhn dich doch einfach dran, okay? Was? Nein, du störst nicht, ich gehe grad mit Waxie Gassi.«

Ihre Mutter legt los, Manuelle hört nur halb zu.

»Ja, Mama, mir geht es gut. Was? Ja, ich weiß, dass es ›Wie bitte‹ heißt. Entschuldige. Wie geht es dir? Was hat der Arzt gesagt?«

Natürlich war es kein Krebs, kein bösartiger Knoten, nur ein eingewachsenes Haar. Wie immer. Die Ängste ihrer Mutter sind davon aber keineswegs kleiner geworden. Manuelle kennt das schon. Während sie zuhört, blickt sie sich um. Ein

Mann in einem eleganten Kamelhaarmantel schließt die Tür zu ihrem Haus auf. Ist das nicht der Typ, der eben noch so eilig aus dem Haus gestürmt kam? Sie kennt ihn nicht. Er verschwindet im Hausflur.

Und direkt hinter ihm, die Rute wie eine Peitsche wedelnd, flitzt ihr Hund durch die sich langsam schließende Tür ins Haus.

»WAXIE, HIERHER! WIRST DU WOHL KOMMEN?«

Zu spät.

»Mama, ich ruf dich gleich zurück, ich muss kurz den Hund einfangen. Was? Ja doch, ›wie bitte‹. Bis gleich, ja?«

Manuelle legt auf und eilt ihrem Dackel hinterher. Mit einem leisen Doppelklick schließt sich die Haustür direkt vor ihrer Nase.

»Scheißerei!«

Manuelle angelt den Schlüssel aus der Handtasche und öffnet die Tür.

»Waxie?«, ruft sie zaghaft ins Treppenhaus und dann kräftiger:

»KOMM ZU MAMI!«

Nichts.

Seufzend geht sie die Treppe hoch.

»Waxie, komm jetzt!«

Im ersten Stock verschlossene Türen. Vielleicht wartet Waxie schon wieder oben vor ihrer Wohnungstür? Dabei waren sie doch gerade erst aus dem Haus gegangen.

»Waxie, wo bist du denn? Pfui, böser Hund, BÖSER HUND!«

Manuelle erschrickt ein bisschen über ihre eigene Lautstärke, da hört sie ein Kläffen. Schon auf halber Treppe sieht sie die geöffnete Tür. Auch das noch. Ausgerechnet zu diesem zwielichtigen Rock-Typen hat sich ihr Dackel verzogen?

Aus der Wohnung vernimmt sie zischende Worte:

»Raus, du Töle. Weg da. Pfui! Pfui!«

Die Stimme gehört nicht dem eigentlichen Mieter. Dessen heiseres Krächzen kennt sie nur zu gut. Die Stimme unausgeschlafen, immer etwas zu laut, immer dieser arrogant überlegene Ton, der sich natürlich sofort ändert, wenn die Polizei bei ihm vorstellig wird. Was gar nicht so selten vorkommt, weshalb sie den Unsympathen schon länger im Verdacht hat, mit Drogen zu handeln. Eine deutlich zu junge Freundin hat er auch noch.

Immerhin grüßt sie, wenn Manuelle ihr im Treppenhaus begegnet. Anders als die anderen Besucher der Wohnung. Zwielichtige, meist genauso übernächtigte Gestalten wie der Rock-Typ selbst. Der Kamelhaarmantel ist ein anderes Kaliber. Ein Verwandter? Vielleicht ist der Möchtegern-Rocker ja krank? Das geschähe ihm nur recht, so oft wie der die Corona-Maßnahmen ignoriert hat.

»Waxie? Hallo?«

Unschlüssig bleibt sie vor der Tür stehen.

»Hallo? Entschuldigung. Entschuldigen Sie bitte …«

Warum entschuldigt sie sich so oft?

»Waxie, komm jetzt raus da!«

Mit zwei Fingern schiebt sie die Tür weiter auf und macht einen Schritt über die Türschwelle.

»WARTEN SIE BITTE DRAUSSEN, JA?!« Die Stimme kommt aus dem Wohnzimmer. »Los jetzt, du Mistviech, raus mit dir!«

Manuelle fragt sich gerade, ob sie sich das bieten lassen will, als Waxie schwanzwedelnd auf sie zugelaufen kommt. Erleichtert nimmt sie den Hund auf den Arm.

»Mach so was nie wieder! Mami ist sehr böse auf dich.«

Kurz schaut sie in die Richtung der Stimme und sieht für einen kurzen Moment das Gesicht des Mannes, der sofort wieder im Zimmer verschwindet.

»Verzeihung«, ruft sie, dann eilt sie mit Waxie die Treppe hinunter. Den Hund setzt sie erst draußen vor dem Haus wieder ab.

Der Fremde passt definitiv nicht zu Rocken Roll. Er ist einfach zu gepflegt, zu gut rasiert, die schon lichten Haare zu gediegen frisiert. Und ein Kamelhaarmantel?

Nachdenklich schaut sie auf Waxie und bemerkt erst jetzt, dass er etwas zwischen seinen Zähnen hält. Weiß, rosa und ...

Igitt! Ist das Blut? Ekel überkommt sie. Bestimmt irgendetwas Widerliches aus dem Müll des Dealers.

Sie holt einen Hundekotbeutel aus der Handtasche, geht in die Hocke und zerrt mit spitzen, durch den Beutel geschützten Fingern den Gegenstand aus dem Dackelmaul. Das Ding ist härter als erwartet.

Angewidert wirft sie das Teil in ein Gebüsch und schwingt sich aus der Hocke wieder hoch. Ihr Telefon klingelt. Ihre Mutter. Die hatte sie total vergessen.

»Hallo Mama, entschuldige, hat etwas länger gedauert. ›Elle‹, Mama, das hab ich dir doch ... ich fand Manuela noch nie ... NEIN! Manu ist noch schlimmer, aber das ist jetzt auch ... was? Entschuldige, ›Wie bitte?‹. Nein, du bist mir nicht egal ...«

Waxie läuft derweil ins Gebüsch, um sich seine Beute zurückzuholen.

***

Roger hat sich schon etwas warm getrunken, aber da ist noch reichlich Luft nach oben.

Er sitzt in der Ritze, der wohl bekanntesten Bar auf dem Kiez, mit noch bekannterem Boxkeller. In dem Lokal gleich hinter dem Pink Palace haben schon spätere Weltmeister trainiert und Filmstars ihr Bier getrunken. Unzählige Fotos an der Wand zeugen von der Popularität eines der letzten authentischen Fleckchen eines lang vergangenen St. Pauli.

Bevor Roger Vollzeit-Koberer auf der Großen Freiheit wurde, hat er Rudi geheißen. Bevor sie ihm am Anfang seiner Karriere auf dem Kiez noch irgendeinen üblen Spitznamen verpassten, hatte er lieber freiwillig den Namen des Helden seines Lieblingscomics aus der Kindheit benutzt, Buck Rogers.

Seine Glanzzeiten liegen zwar schon einige Zeit zurück, aber dafür, dass er trotz seiner zweiundsiebzig Jahre diesen Knochenjob immer noch in Teilzeit ausübt, erntet er bei vielen Alteingesessenen Respekt. Heute helfen ihm seine Überredungskünste vor allem dabei, nächtlichen Kiezbesuchern ein paar Drinks herauszuleiern. Wirklich gut läuft es für Roger nicht mehr. Die Zeiten haben sich geändert.

»Du bist ein Anachronismus, Roger! Du bist ein Rüpel und ein Rassist. Das gilt nicht mehr als männlich, geschweige denn charmant, Roger, also reiß dich zusammen oder such dir 'n anderen Job!«, hatte sein Chef, ein Iraner, ihn vor die Wahl gestellt, und Roger hat sich zähneknirschend gefügt.

Trotzdem werden ihm immer öfter Arbeitszeiten gestrichen, und er verbringt inzwischen mehr Zeit in den Kneipen als vor ihnen. Das Ende einer Kiezkarriere. Aber er will sich nicht beschweren, das war noch nie seine Art. Irgendwann wird er sowieso bei den hundertprozentigen Schnapsdrosseln enden, im Elbschlosskeller, oder im Goldenen Handschuh um die Ecke. Noch aber ist er hier, hinter St. Paulis berühmtester Tür, ein gern gesehener Gast.

Es ist Dienstag und wenig los.

»Mann, Mann, vorhin in der Talstraße hab ich wieder das Elend gesehen, Kitty ...«

Kitty, die eigentlich Gitte heißt, macht heute den Tresen.

»Das sind noch Kinder, Kitty, und laufen schon rum wie die Zombies.« Auf einen Blick von Kitty hin senkt Roger die Stimme. »Dieses Dealergesocks verkauft das geschnittene Zeug an Minderjährige, und alle gucken zu. Denen müsste mal einer so richtig den Arsch aufreißen. Weißt, was ich mein?!«

»Alles roger, Roger. Stell mal 'n andern Sender ein. Noch 'n Herrengedeck?«

Er tippt sich auf die Hosentasche, in der sich klimpernd Kleingeld bemerkbar macht.

»Jau, eins geht noch.«

Er schaut zu dem elegant gekleideten Mann im Kamelhaarmantel rüber, der schon eine Weile am andern Ende des Tresens sitzt. Der sieht aus, als wäre er für ein paar Runden gut. Das ist kein Tourist, der will trinken und vielleicht ein bisschen die Welt vergessen, dafür hat Roger ein Näschen.

Kitty stellt Bier und Korn vor ihm ab, zieht seinen Bierdeckel zu sich, setzt den Stift an. Roger hält sie auf.

»Das geht auf seinen Deckel da. Is 'n Freund von mir.« Roger zwinkert der Barfrau zu: »Ein ganz neuer Freund.«

Stirnrunzelnd folgt Kitty Rogers Blick und mustert den ruhigen Gast, der in sein leeres Bierglas starrt.

»He, soll's für dich noch mal das Gleiche sein, Süßer? Wenn du vom Pegel fällst, ham wir beide nix von«, ruft sie zu dem Mann rüber.

Markus schreckt hoch. Kitty sieht ihn fragend an. Er räuspert sich.

»Ja, warum nicht?«

Seine Zunge ist schon etwas schwer.

»Findest du nich auch, dass die Welt vor die Hunde geht, Meister?«

Roger, der sich auf den Hocker neben ihm gesetzt hat, sieht ihn aufmunternd an.

Markus ist völlig überrumpelt.

»Mann, diese Drecksdrogen machen das ganze Land kaputt. Was ist das für 'ne Jugend, die sich nur noch abschießen will und dann ...«

Roger verdreht die Augen, lässt die Zunge aus dem Mundwinkel hängen und setzt zu seiner bewährten Junkie-Parodie an.

»... ha-ha-haste ma 'ne Mark, A-A-Alter. Vom Hartz k-krieg ich k-k-k-keinen Schuss zusa-ammen. Hahaha.«

Augenzwinkernd prostet er Markus mit seinem Schnapsglas zu.

»Wer beschützt unsere Kinder, wenn nicht wir?«

Kitty kommt mit Schnaps und Bier, stellt die Gläser vor Markus auf den Tresen. »So, Schnucki, dann halt dich mal ran, dein Kumpel hier hat schon ordentlich Vorsprung.«

Roger grinst.

»Ha, 'n gutes Pschorr, das kriegste nur hier. Du, ich hoff, is okay, wenn die Runde auf dich geht? Bin grad etwas knapp?«

Markus nickt und nippt dann an seinem Korn.

»Ja, was denn? Vom Tresen zum Hals, zum Kopf, zu'n Lippen. Korn muss man saufen, nich nur nippen.«

Um seine Worte zu unterstreichen, stürzt Roger den Hochprozentigen hinunter. Markus hebt abwehrend die Hand.

»Ich h-hab seit dem Frühstück nichts mehr gegessen.«

»Oh, da kann Kitty helfen. Kitty, warum gibt's denn keine Salzstangen heute?«

Eher widerwillig stellt die Barfrau ein Kugelglas voller Salzstangen auf den Tresen. Markus nimmt sich erst ein paar, dann mehr.

»Sach ma, Meister, darf ich ma raten, wo du wech kommst? Ich tippe so auf Norden. Poppenbüttel, Sasel die Ecke, stimmt's?«

Markus nimmt einen Schluck Bier, bevor er antwortet.

»Nah dran. Wellingsbüttel«, er räuspert sich, »Prost.«

»Hatt ich also recht?! Wusst ich gleich, als ich dich hier so sitzen sehn hab ... ich will nich sagen arrogant, aber wie so'n feiner Pinkel. Das mein ich natürlich mit Respekt, klar?!«

Rogers Glas knallt gegen Markus' Schnapsglas. Kitty schaut vom Tresen auf und hebt eine Augenbraue.

»Prost! Ich bin Roger, und du?«

Die ungebetene Vertraulichkeit erinnert Markus sofort an Rocken-Roll-Johnny. Mit dem Unterschied, dass Roger ihm nicht so auf die Nerven geht. Das kann am Alkohol liegen. Oder daran, dass ihm die Gesellschaft ganz gelegen kommt.

Als er zum zweiten Mal die Wohnung verlassen hatte, war ihm langsam die ganze Tragweite seiner Tat bewusst geworden, und ihn hatte das übermenschliche Bedürfnis nach einem Drink überkommen. Nur unter Auferbietung all seiner Kräfte war es ihm gelungen, wenigstens noch Jennifers Sachen im Kofferraum seines Wagens zu verstauen. Kurz darauf hat es ihn in die Ritze verschlagen.

»Andreas.«

So betrunken ist Markus noch nicht, um nach allem, was passiert ist, seinen Namen preiszugeben. Roger hat von seiner Mutter sicher auch mal einen anderen Namen mitbekommen.

Er hebt sein Glas, trinkt, und wendet sich an die Barfrau:

»Können wir noch ein paar Salschtangen haben?«

Kitty tauscht das leere Kugelglas gegen ein volles aus.

»Das waren die letzten. Teilt sie euch gut ein! Is kein Imbiss hier.«

Roger verdreht die Augen, grinst Markus an und äfft stumm Kitty's Worte nach.

»Kein Wunder, dass die Kids heute nich mehr anständig saufen und sich stattdessen mit Drogen abschießen. Bei dem lausigen Tresenpersonal, AUTSCH.«

Ein nasser Lappen hat Roger direkt im Gesicht erwischt.

Zum ersten Mal an diesem Tag muss Markus lächeln.

In der darauffolgenden Stunde erzählt Roger von den goldenen und nicht so goldenen Zeiten auf dem Kiez im Allgemeinen und der Ritze im Speziellen. Damals, als auf Monitoren noch überall Pornofilme liefen, wie Footballspiele in einer Sportsbar. Über aus dem Ruder gelaufene Partys und Razzien. Stefan Hentschels überraschender Selbstmord. Als die Klitschkos herkamen. Und alle hatten sie mal einen mit ihm getrunken. Maske, Michalczewski, Horst Frank, Elke Sommer und natürlich der Udo. Unvermittelt wird Roger ernst.

»Was'n dir eigentlich für 'ne Laus über die Leber gelaufen, Aller? Du sahst vorhin ja eher nich so glücklich aus.«

Fünf Bier und ebenso viel Korn haben Markus ordentlich zugesetzt. Die Frage rührt ihn mehr an, als ihm lieb ist.

»M-m-meine Tochter liegt im Krankenhausch«, platzt es aus ihm heraus, »Überdosis Drogen. Escht kein Spaß mehr. Mir is eigentlisch nicht zum Feiern.«

»Überdosis, wa!? Mannmann ... das tut mir leid. Ich sag's ja, diese Drecksdealer machen unsere schöne Welt kaputt. NOCH 'NE RUNDE!«

»Für misch ni...«

»PAPPERLAPAPP, du brauchst jetz 'ne Aufmunterung.«

Kitty füllt ihre Schnapsgläser, nimmt Rogers leeres Bierglas und schaut fragend auf Markus' fast unangerührtes Bier. Der greift danach, nimmt einen großen Schluck und stellt ihr das halb volle Glas hin.

»Geht doch«, sagt sie.

»Isch n-n-nehm noch ein F-frisches.«

»Deine Tochter, wa? Wie alt isse denn?«, fragt Roger.

»D-dreiundzwanschig.«

»Zum Kotzen, Mann. Wenn ich einen dieser Dreckskerle in die Finger bekäm, würd ich dem sein eigenes Zeugs zu fressen geben, ihn an 'ne Heizung ketten, mir'n Bier aufmachen und dabei zusehen, wie er an seinem eigenen Stoff krepiert. Das würd ich machen, kannste glauben. Und weißte was? Die Bullen würd's 'n Pferdefurz interessieren. Die sind noch froh darüber. Ich sag's dir. Weniger Arbeit und ein Segen für alle.«

Rogers Prahlerei lässt Markus mit einem Mal nüchtern werden. Den Gedanken an die Polizei hat er verdrängt. Wie konnte er so dumm sein? Er schaut sein Gegenüber zweifelnd an.

»Dealer sind doch gefährlich«, sagt er langsam, »die haben doch Waffen und so?«

»Papperlapapp«, beschwichtigt Roger, »was solln das für Waffen sein? Küchenmesser? Gaspistole? Oder 'ne Baseballkeule? Kannste denen doch alles sofort abnehmen. Halten sich für große Gangster und stehen dann mit so'm Stuhlbein vor dir, oder wie? Nee, nich mit Roger, das sag ich dir.«

Markus hört kaum zu. Seine Gedanken fahren Karussell. Was hat einer wie Roger schon zu verlieren? Er dagegen – ein ganzes Leben – eine Tochter – seine Jennifer. Durch den Nebel des Alkohols erscheinen die Konturen eines Plans.

»Was würdest du sagen«, fragt er, »wenn ich so einen kaltgemacht hätte?«

Roger zieht fragend seine Stirn in Falten.

»Du hast was, Meister?«

»Den Typen, der meiner Tochter das Zeug gegeben hat, ich hab ihn umgebracht. Vor etwas mehr als einer Stunde.«

Roger, erregt, bedeutet Markus, leiser zu sprechen und senkt selbst die Stimme.

»Du hast 'n Dealer kaltgemacht? Du? In deinem Feine-Pinkel-Aufzug haste so'n Dreckschwein fertiggemacht? Willste mir das grad erzählen?«

»Ja. War ganz einfach«, bestätigt Markus und beobachtet dabei sein Gegenüber.

»Mann, flachs mich nicht, klar?!«

»Wenn ich's dir doch sage.«

Rogers Zweifel ärgern Markus mit einem Mal enorm. Es ist Zeit zu handeln.

»Willst du ihn sehen? Wir könnten gleich hin. Ich hab noch den Schlüssel. Ist hier um die Ecke.«

»Klar, will ich das sehen. Wir organisieren uns noch'n bischen Bier und dann zeigst du mir die tote Kakerlake, da hab ich Bock zu. KITTY, DER HERR WILL ZAHLEN.«

***

Markus und Roger stehen seit zehn Minuten hinter einem Baum etwa fünfzig Meter von der Eingangstür zum Haus entfernt, in dem Rocken Roll seine letzte Reise angetreten hat. Roger pinkelt, während Markus die Fenster beobachtet. Er wartet darauf, dass die Lichter ausgehen. Sie dürfen auf keinen Fall gesehen werden. Die Frau mit ihrem Dackel hat ihm gereicht.

Die beiden trinken aus den Astra-Knollen, die sie sich zusammen mit ein paar Schokoriegeln im *Kiosk St. Pauli* gekauft haben. Rogers Idee. Zwischen dem Jungvolk, das vor dem Laden herumlungerte, waren sie kaum aufgefallen. Die Schokoriegel haben bei Markus für zusätzliche Klarheit gesorgt. Mit der Klarheit kommen allerdings auch Zweifel. Soll er wirklich zum Tatort zurückkehren? Kann das alles gut gehen? Mit diesem Säufer, den er gerade erst kennengelernt hat?

Zu spät. Rogers Enthusiasmus und ein kleiner Flachmann mit Stroh-Rum stehen jeder weiteren Planänderung im Weg.

»Ey, lass ma reingehen. Mir wachsen schon Eiszapfen an der Nille. Oder haste mich doch verarscht?«

»Quatsch!« Ein Ruck geht durch Markus.

»Dann komm! Aber schnell!«

»Sieht aus, als würd er poofen.«

Fasziniert schaut Roger auf Johnnys Leiche. Markus hat plötzlich pochende Kopfschmerzen.

Roger geht in die Hocke.

»Mann, 'n Normali wie der, warum dealt'n so einer? Versteh ich nich? Wenn die Dachpappen, die Ölaugen oder die Fidschis hier ihren Stoff verticken, check ich das ja noch. Die haben nix anderes gelernt. Das liegt denen im Blut. Die hassen unser Land. Aber 'n Deutscher muss so'n Scheiss doch nich bringen. Versteh ich echt nich? Du?«

Markus atmet tief durch.

»Meine Tochter liegt wegen diesem Subjekt hier im Krankenhaus, da ist doch die Hautfarbe egal?!«

»Ey, Meister, beruhig dich, ich check schon, dass der Klappstuhl das verdient hat. Der is deine Tochter angegangen und nu liegt er hier. Wer passt auf unsere Weiber auf, wenn nich wir?«

Rogers Gesicht beginnt zu leuchten.

»Haste was dagegen, wenn ich 'n Selfie mache, Andreas?«

Markus ist angewidert. Von Roger. Von Rocken Roll. Von der ganzen Situation. Vielleicht am meisten von sich selbst. Was hat er je wirklich für seine Tochter getan? Umso wichtiger, dass er das hier nicht vermasselt. Er muss jetzt ganz da sein für Jennifer. Es liegt in seiner Verantwortung.

Wer passt auf unsere Weiber auf, wenn nicht wir?

Roger hat recht.

Er mustert den Baseballschläger, der noch neben der Leiche liegt.

»Ey, Foto, Alder? Geht klar, ja?«

Markus nickt. Er ist nicht mehr wütend. Er ist jetzt ganz ruhig. Kalt.

»Geil!«

Roger, begeistert von der Aussicht, sich mit einem Toten zu fotografieren, legt jauchzend los, überprüft nach jedem Klick der Foto-App das Bild und macht sofort noch eins.

»IIEEH! Der Spasti hat ja gar keine Frontzähne mehr im Maul, haste das gesehen, Aller? Den hat deine Tochter geküsst? Bäh, was 'ne Baracke.«

-POK-

Der Schlag trifft erstaunlich präzise sein Ziel.

-POK-

Auch der zweite landet punktgenau auf Rogers Hinterkopf.

Stumm und mit einem großen Fragezeichen im Gesicht sackt der Koberer in sich zusammen.

Markus schaut fasziniert auf die Situation. Wer hätte gedacht, dass das so einfach wird? Er wischt den Griff des Schlägers mit einem herumliegenden T-Shirt ab, nimmt Roger das Telefon ab und legt die Tatwaffe in die Hände seines Opfers. Die Fotofunktion ist noch aktiv. Die Brust des Koberers hebt und senkt sich. Blut sickert aus der Wunde an Rogers Kopf, aber er atmet. Bewusstlos, denkt Markus, das reicht. Das ist sogar gut.

Markus überprüft die Bilder. Er löscht die zwei, auf denen er im Anschnitt zu erkennen ist, überlegt kurz und löscht dann sämtliche Aufnahmen vom Tatort. Danach steckt er das Smartphone in die Gesäßtasche von Rogers Jeans.

In Johnnys Hose findet er dessen Telefon. Auf dem Startbildschirm ein Bild von Jennifer. Mit Johnny.

Jenny und Johnny. Die Alliteration wäre eigentlich zum Lachen, denkt er. Sofort meldet sich das Pochen in seinen Schläfen zurück.

Das Telefon hat eine Fingerabdrucksperre. Markus öffnet sie mithilfe von Johnnys Mittelfinger. Natürlich ist es der Mittelfinger. Erbärmlich.

Er durchsucht die Fotodateien.

Ein leises Stöhnen von Roger. Markus wartet. Das Stöhnen hört auf. Es ist wieder still.

Er scrollt weiter durch die Fotos und findet ein paar Dutzend mit Jennifer darauf. Er löscht sie und geht dann auf den Messengerdienst des Telefons. Er findet einen Chatverlauf zwischen Johnny und seiner Tochter, den er ebenfalls löscht, ohne ihn zu lesen.

»Du mieses Stück Scheiße«, murmelt er und wählt die Nummer der Polizei. Während er dem Klingeln zuhört, entdeckt er einen Flecken Blut auf seinem Hosenaufschlag.

Sein Kopf ist jetzt ein einziges gigantisches Pochen.

»Sie haben den Notruf der Hamburger Polizei ge...«

Die Textschleife bricht ab, und die Stimme des wachhabenden Beamten ertönt:

»Polizeinotruf, was können wir für Sie tun?«

Markus schluckt, doch seine Stimme bleibt ruhig.

»Ja, bitte kommen Sie schnell. Hier ist ein Mann, der mich bedroht.«

»Nennen Sie mir Ihre Anschrift und Ihren Namen.«

Markus weiß den Namen nicht, will auf keinen Fall »Rocken Roll« sagen. Er wirft das Telefon mit der stehenden Verbindung auf einen Sessel und tritt in der Imitation eines Kampfes gegen ein paar Möbel. Dabei wird ihm bewusst, dass er in seinem Leben noch nie in eine echte Schlägerei verwickelt war. Er nimmt seine Astra-Flasche und zerschlägt sie mit großer Wucht neben Rogers Kopf.

»Hallo? Hallo?«, schallt es aus dem Telefonhörer.

Die Polizei wird nicht lange brauchen, um die Adresse zu ermitteln. Sie werden zwei gescheiterte Existenzen vorfinden, einer verletzt, einer seinen Verletzungen erlegen. Wenn Roger aufwacht, wird er nichts als eine unglaubwürdige Geschichte über einen Andreas aus der Ritze zu erzählen haben. Wie er selbst schon gesagt hat; viel Zeit wird die Polizei in die Aufklärung dieses Falles nicht investieren.

Pech für dich, mein Freund, denkt Markus.

In jeder Hinsicht hat es die Richtigen getroffen.

Er beugt sich noch einmal über Johnny, dessen Mund ihm jetzt wirklich etwas schlaff vorkommt. Tatsächlich. Rocken Roll fehlen die Vorderzähne.

Hat er so fest zugeschlagen?

Mit zusammengekniffenen Augen sucht er das Zimmer ab, hört dann in der Ferne die sich nähernde Polizeisirene.

Höchste Zeit zu gehen.

Er öffnet die Tür und prallt zurück.

Vor ihm stehen drei Polizistinnen in Uniform, daneben die Hundehalterin vom Nachmittag.

»Ist das der Mann?«, fragt die zuvorderst stehende Beamtin.

»Ja«, erwidert die Frau.

Eine zweite Beamtin ergreift Markus' linken Arm und legt ihm eine Handschelle an.

Die dritte drängt sich an ihm vorbei in die Wohnung.

»Ach du heilige Scheiße!«, ruft sie. »Wir haben zwei männliche Personen, eine 107. Bei dem andern bin ich mir nicht sicher.«

Die zweite Handschelle schließt sich um Markus' rechtes Handgelenk.

»Wir haben was?«, fragt die Polizistin vor ihm.

Ein Geräusch von unten. Markus senkt den Blick. Der Rauhaardackel hechelt ihn neugierig an.

Markus starrt auf den Hund, dann auf die Beamtin, die in der Hand eine transparente Plastiktüte hält.

Darin eine blutverschmierte Prothese.

Vier Schneidezähne.

Markus schaut auf den Hund, dann zur Hundebesitzerin und schließlich auf die Beamtin vor ihm, die nervös nach ihrer Waffe greift.

Aus dem Nichts kommt ihm ein Gedanke.

»Glauben Sie, er hat das Teil rausgenommen, bevor er mit meiner Tochter geschlafen hat?«, fragt er und beginnt zu lachen.

»SCHÖNE ZÄHNE HAST DU«, bellt Waxie den lachenden Mann an. «GIB SIE MIR!«

CRAZY ANGELS

Von Jasmin Ramadan
Eimsbüttel

Nour war zum ersten Mal in Europa, zum ersten Mal überhaupt außerhalb der Heimat, gleich weit im Norden des neuen Kontinents. Ihre Mutter hatte ihr nur eins mit auf den Weg gegeben: Benimm dich anständig, und ehre die, die dich aufnehmen.

Doch Nour hatte ohnehin ihr ganzes Leben lang gelernt, dass es vor allem darauf ankam, sich nicht falsch zu verhalten und niemanden zu enttäuschen.

Auf dem Weg zum Rollfeld empfand sie eine gewisse Schuld. Doch als sich die Türen des Flugzeugs schlossen, begann ihre Empfindung die Farbe zu wechseln und im Laufe des Flugs sogar ein wenig zu schillern, zwar immer noch falsch, aber auf eine einleuchtende Art.

Der, der ihr ein Dach über dem Kopf geben würde, verbrachte den ganzen Dezember auf einer Insel namens Sylt, sie lag nicht weit entfernt der Stadt.

Seine Wohnung stellte er derweil der Stiftung für politisch verfolgte Künstlerinnen zur Verfügung. So hatte es in der E-Mail gestanden, die erst vor wenigen Tagen eingetroffen war.

Dort konnte Nour bleiben, bis der Wasserschaden in der Stiftungswohnung des Instituts behoben worden war.

Ihrer Mutter hatte sie nicht gesagt, warum sie das Stipendium bekommen hatte, denn ihre Mutter wusste nicht, dass Nour eine politisch Verfolgte war, und schon die Malerei war etwas, das ihre Mutter für eine zu ungewöhnliche Beschäftigung für eine Frau hielt. Aber ein wenig beaufsichtigte Selbstentfaltung würde aus Nour womöglich eine zufriedenere Ehefrau machen. Von den großflächigen Bildern nackter gesichtsloser Männer und Frauen in Ketten, mit denen Nour sich für das Stipendium beworben hatte, wusste die Mutter nichts, und auch nicht, dass Nours Selbst allein tatsächlich der Grund für alles war. Die Reise war nichts weniger als eine Vorbereitung darauf, ihr Zuhause für immer zu verlassen.

Am Sonntagnachmittag landete Nour in Hamburg, und ein Mann mit einem großen Schild mit ihrem Namen drauf holte sie direkt am Terminal ab.

Die Luft hier schien ihr auf angenehme Weise kalt, das Licht, das die ganze Fahrt entlang müde unter den bereits eingeschalteten Straßenlaternen hing, trübdunkel. So wich Nours Reiseanspannung während der Fahrt einer sanften Ermattung, und die urbane Tristesse vor dem Fenster spiegelte freundlich ihren inneren Zustand.

Die Ferne zur Heimat steckte ihr in den Knochen, aber ebenso dachte sie mit einem flüchtigen Fetzen Glück daran, dass sie sich nun in einer europäischen Hafenstadt befand.

Als Teenager hatte sie oft davon geträumt, an einem Ort zu leben, wo die Moral etwas Flexibles war und man zudem jederzeit auf ein Schiff klettern, sich in einer Nische verstecken und heimlich auf ein unbekanntes Ziel des Zufalls zusteuern konnte. In diesen Fantasien wurde die Furcht verlässlich von der Sehnsucht nach dem Verlust des Vertrauten vereinnahmt.

Nun wurde sie durch diese Stadt chauffiert, als wäre sie jemand, dessen Sehnsüchte von Bedeutung waren. Nour richtete sich in ihrem Sitz auf und fragte den Fahrer, ob sie am Hafen und entlang des verbotenen Viertels fahren würden, und er lachte laut auf, entgegnete, dass hier nichts wirklich verboten sei und es ein ganz schöner Umweg bis nach St. Pauli wäre. Einen Umweg wolle sie auf keinen Fall mehr machen, erwiderte sie ohne Überlegung.

Der Fahrer erkundigte sich nach Nours Herkunft, sein Englisch war fragmentarisch, doch Nours Deutsch nach einem halbjährigen Intensivkurs in Khartum verlässlich auf dem Niveau B2.

Mit Freude berichtete der Fahrer ihr von seiner eigenen Ankunft in Hamburg vor über zwanzig Jahren. So wie sie, war auch er damals aus Istanbul gekommen, nur dass er dort ein- und nicht umgestiegen war, und er erklärte ihr, dass ihr Name in der Türkei Aynour sei und Mondlicht bedeute. Die Entsprechung im Deutschen bedauerte er, nicht zu kennen.

Als sie vor dem Wohnhaus ankamen, stieg Nour mit schmerzenden Gliedern aus dem Wagen, Cem schleppte den alten Lederkoffer ihres Vaters bis zur Tür, wünschte alles Gute und verabschiedete sich mit einem festen Händedruck.

Ausgiebig streckte sich Nour, während Cem davonfuhr. Eine exotische Stille brach über sie herein, und zusammen mit dem milchigen Nebel, der den Beginn der Dunkelheit in sich aufzunehmen schien, verursachte ihr die Ruhe einen unterkühlten Schauder.

Eine Art der Angst, vor der sie nicht erschrak, und ohne dass dies einen Sinn ergab, begriff Nour plötzlich, dass es einen Grund dafür gab, genau hier zu sein.

Mit dem Licht ihres Telefons suchte Nour nach dem Namen Cranz auf einem der Klingelschilder, und als sie den Knopf drückte und der Summer ertönte, wurde Nour von einer Verstimmung erfasst. Einer ersten Welle des Heimwehs, der Liebe zu ihrer Mutter, ihrem Vater, den Geschwistern und sogar zu der nervigen Cousine. Im Gefolge dessen setzte die bekannte innere Erstarrung ein. In diesen Zustand war Nour zum ersten Mal verfallen, nachdem sie erste Informationen über das einjährige Stipendium im Internet recherchiert hatte. Sie hatte sich dieser Erstarrung während der letzten Monate mehrfach widersetzt, und sie tat es nun erneut.

Frau Cranz schien ganz allein im Erdgeschoss zu wohnen. Sie trug ein blaues Wollkleid und perlmuttfarbenen Lippenstift und übergab Nour mit zittriger Hand den Schlüssel. Sie hielt ihren Zeigefinger in die Höhe und setzte ein paarmal an, bis sie lächelnd ein schwaches »Welcome, schöne Deern« zustande brachte.

Nour lehnte drei Stockwerke höher in der Wohnung des Fremden erschöpft an der Wand. Der Lichtschalter direkt neben der Eingangstür funktionierte nicht. Als auch das Licht im Treppenhaus erlosch, das durch die Milchglasscheiben der hohen alten Holztür gedrungen war, war es stockfinster.

Minutenlang tastete Nour sich im Dunkeln den Flur entlang. Schließlich griff sie nach einer Stehlampe und fand den Schalter in der Mitte ihres Kabels.

Die Wohnung lag in einem Stadtteil, dessen Namen sie nur noch zur Hälfte erinnerte, Büddel oder so. Cem hatte den Namen des Stadtteils erwähnt, als sie ihm auf ihrem iPhone einen Screenshot der E-Mail gezeigt hatte, auf dem die Adresse zu lesen war.

In der großen Stadt eines fernen Landes könne man verloren gehen, ohne dass es jemand bemerke, nicht einmal man selbst. Das hatte ihr Bruder laut betont, nachdem er sie zum Flughafen gefahren hatte, und dann entriss er ihr das Handy und machte gleich mehrere Screenshots der Adresse in Büddel, und einen davon sandte er an alle Familienmitglieder. Er und sogar seine dominante Sorge fehlten ihr jetzt schon.

Frau Klausen von der Stiftung hatte Nour eigentlich vom Flughafen abholen und sich um alles Weitere kümmern sollen. Dieser Umstand hatte die Sorglust von Nours Mutter ein wenig befriedet. Mit 31 Jahren lebte Nour noch zu Hause, so wie es im Sudan üblich war, solang man keine eigene Familie gründete. Und so warf das Licht der Stehlampe auf dem langen Flur der Wohnung in Büddel auch so etwas wie ein Schlaglicht auf die eigene Scham.

Am Gate in Istanbul hatte Nour erfahren, dass Frau Klausen von einer schweren Influenza Typ B abgehalten wurde, Nour abzuholen und zu umsorgen. Das aber berichtete Nour ihrer dauertextenden Mutter nicht und somit auch nicht, dass vor den anstehenden Feiertagen niemand so kurzfristig einspringen konnte und sie bis auf Weiteres sich selbst überlassen war.

Seit Nour das Licht eingeschaltet hatte, roch die Wohnung bizarr intensiv nach Lakritze. Der Flur war behängt mit Pinnwänden aus Kork und darauf waren wild durcheinander allerlei Fotos und Postkarten mit Stecknadeln und Heftzwecken angebracht. Auf jedem der Fotos waren immer nur dieselben zwei Personen zu sehen, ein Mann und eine Frau, auf einigen Bildern waren sie älter, vielleicht Mitte bis Ende fünfzig, auf anderen jünger, teilweise sehr jung – diese Bilder waren stark verblichen und hatten viele Löcher von Nadeln, so als wären sie schon mehrfach umgehängt worden.

Drei robust-sperrige Kommoden standen im Flur, und überall waren Lampen und allerlei Kabel. Zahlreiche bunte Schalen standen auf den Kommoden herum, und in ihnen lag lauter Krimskrams, dazwischen Modeschmuck, Murmeln. Um die Schalen herum standen kleine Figuren aus Glas, Keramik oder Plastik, vor allem Vögel, meist Eulen und Pinguine, und auf jeder noch freien Fläche lagen kleine beschriebene Zettel.

Aus Respekt und einer Spur von diffuser Furcht las Nour keine der Notizen, sondern suchte nach weiteren Lampen in den anderen Zimmern, um sich zurechtzufinden und zu verstehen, wo sie sich befand.

Nirgends gab es ein Deckenlicht, so wie bei ihr zu Hause in jedem Raum. Ausschließlich indirektes Licht war in fast jedem Winkel zu finden, auch Lichterketten gab es, und als Nour alle Lichtquellen eingeschaltet hatte, fand sie sich im Durcheinander eines Paares wieder, das eine Menge Erinnerungen in Form von überflüssigen Möbeln und anderem Kram angehäuft hatte. Doch das Chaos, das nichts mit Nours Vorstellungen von einer deutschen Durchschnittswohnung zu tun hatte und durch das ihre Mutter sofort wie ein Derwisch hindurchgeräumt und -geputzt hätte, wirkte stimmig und die Gemütlichkeit beruhigte. Es war ein Zuhause. Auf dem großen Ehebett mit der curryfarbenen Überdecke aus Cord schlief Nour sofort und noch in ihren Klamotten ein.

Mitten in der Nacht wachte sie auf, denn der Geruch nach Lakritze drang noch stärker als zuvor in ihr Bewusstsein, und als sie halb schlafend in die Küche schlurfte, kochte zischend Wasser in dem riesigen Wasserkocher neben der Spüle, und der Lakritzgeruch vermischte sich mit dem von Kalk und überhitztem Plastik. Schnell zog sie den Stecker. Der Kocher sah alt, aber nicht altmodisch aus, so wie alles in der Wohnung. Die Automatik funktionierte nicht mehr, sodass die Temperaturerkennung den Kochvorgang nicht beendete.

Mit einem Ruck öffnete sie die gelbstichige Balkontür, trat hinaus und atmete tief ein und aus. Eine Bastmatte umhüllte den kleinen Balkon, und vor ihn war ein Netz gespannt, für das sie keine Erklärung hatte. Sie drückte ihr

Gesicht ins Netz und sah hinunter auf die einsame Straße mit der Ampel, die immerzu auf Grün sprang, ohne dass jemand sie je überquerte. Dort unten war ein kleiner Platz, von dem vier Straßen abzweigten, eine davon mit Pflastersteinen, und sobald ein Auto darüberruckelte, wurde die Menschenleere wohltuend übertönt.

Als die Ampel zum fünften Mal auf Grün sprang und Nour darüber langsam in einen meditativen Zustand verfiel, klingelte in der Tiefe der Wohnung ein Telefon, grell und durchdringend, wie in dem alten Film, den sie bei einem Drehbuch-Seminar am Goethe-Institut in Khartum gesehen hatte.

Das Festnetztelefon stand auf einer der Kommoden, ihr war es zuvor schon aufgefallen, aber sie hatte es für eine Attrappe gehalten. Es war orange, hatte eine Drehscheibe, hing an einem Kabel und bebte bei jedem Klingeln. Nour hob den schweren Hörer von der Gabel, er fühlte sich an, als wäre er mit einer Wachsschicht überzogen.

»Hallo«, flüsterte Nour, als könnte sie so die vorherige Lautstärke neutralisieren.

»Nour?«

»Ja.«

»Jens Dierks. Du bist in meiner Wohnung.«

»Guten Abend, Herr Dierks.«

»Habe ich dich erschreckt?«

»Ja.«

»Die Liste ist in meinem Gepäck.«

»Die Liste?«

»Alle Hinweise sind dort vermerkt.«

»Hinweise worauf?«

»Alles, was du wissen musst.«

»Können Sie ein Foto von der Liste schicken?«

»Nein, ich habe kein solches Telefon, so ein ... Ding, in dem alles ist.«

»Warum nicht?«

»Aus Überzeugung, Nour, das Neue bedeutet nicht unbedingt Gutes.«

Sie sagte: »Das sagt meine Mutter auch immer.«

»Deine Mutter ist eine kluge Frau.«

»Was muss ich wissen?«

»Was willst du wissen?«

»Warum riecht es nach Lakritze, und warum geht der Wasserkocher von alleine an?«

»Meine Frau, Luzia, sie hat gern Tee mit Süßholz drin getrunken, Glückstee, Frauenpowertee, so was mochte sie. Sie ist weg, seit über einem Jahr, verschwunden in der Nikolausnacht, die Polizei sagt, sie hat mich verlassen.«

»Hat sie das?«

»Sie wurde im Alter schöner, ich nur älter, und dann wollte sie auf andere Kontinente reisen, frei sein, sie selbst. Sie las ein Buch nach dem anderen, wollte unsere Beziehung öffnen, so was.«

»Ist sie tot?«

»Dieser Geruch ist überall, nach ihrem Tee, sie kocht sich noch immer Wasser, ihr Geist hat diese kuriose Kraft.«

»Liebende gehen nie für immer«, sagte Nour.

Sie hörte, wie er weinte, und schwieg, dann sagte er:

»Hast du noch eine Frage, Nour? Die Trauer zieht die ganze Energie aus mir heraus.«

»Wo sind die ganzen Menschen?«

»Du findest welche im Crazy Angels.«

»Crazy Angels?«

»Luzias Kneipe, da sind ihre Seelentröster.«

»Kneipe? Ist das wie eine Bar?«

»Ähnlich, die Leute sind immer da, erzählen sich alles und doch nichts.«

»Es klingt wie ein Zuhause mit einer Familie. Wo ist das?«

»Wenn du auf den Balkon trittst, guck links um die Ecke, dann siehst du von unten das rote Licht scheinen.«

»Das geht nicht, da ist so ein Netz.«

»Entfern es einfach, und wirf es weg.«

»Wozu war es da?«

»Für Wiebke, unsere Katze, damit sie nicht runterspringt, sie ist schon lange tot, aber ich wollte das Netz nicht entfernen, ich konnte nicht.«

»Warum nicht?«

»Ich lege jetzt auf, Nour, ich brauche meinen Schlaf, sei wachsam.«

Nour lief in die Küche und trat auf den Balkon, nach einem heftigen Stoß umschloss sie ein seltsam warmer Wind. Der kleine Balkon war mit einem Plastik-Tischchen ausgestattet, Stühle fehlten. Auf dem Tischchen stand ein Kristall-Aschenbecher, ohne eine Spur von Asche. Nour drehte sich eine Zigarette und legte sie in den Aschenbecher. Sie löste das Netz vorsichtig von den Haken an der Mauer, legte es zusammen, so wie ihre Mutter es getan hätte, und verstaute es in ihrer Umhängetasche im Schlafzimmer.

Zurück auf dem Balkon zündete sie die Zigarette an und schaute um die Ecke. Da war das Licht, rot und violett strahlte es aus den Fenstern der Eckkneipe. Über einem der Fenster prangte ein hell erleuchtetes Schild mit blau-rotem Schriftzug: Crazy Angels.

Nour vernahm Lachen, deutsche Musik, sie verstand das Wort Liebe, immer wieder Liebe, Schmerz. Überall dasselbe, Menschen unterschieden sich nur darin, wie sie das Leid aushielten und wie gut sie es sortierten.

Das sagte Nours Vater immer, man müsse das Leid sortieren, dann verliere es seinen Schrecken, dann mache man sich das Leid zu eigen, wenn man es nur richtig ordne.

Nour dachte an Luzia, sah, wie sie aufrecht auf dem Barhocker saß, vor sich das immer gleiche Getränk und zwölf gerauchte Zigaretten im Aschenbecher, im Abstand von zwanzig Minuten entzündet, Nacht für Nacht, anstatt Jens zu verlassen, und wenn sie exakt den Pegel erreicht hatte, der ihr das Ende ihrer großen Liebe bis auf Weiteres erträglich machte, ging sie nach Hause, goss sich einen ihrer Tees mit den verheißungsvollen Titeln auf, trank ihn auf dem Balkon, rauchte die dreizehnte und letzte Zigarette des Tages und drückte sie in dem Kristallaschenbecher aus. Danach legte sie sich neben Jens ins Bett und wies ihn, falls er aufwachte, mit den immer gleichen zwei Worten ab: Jetzt nicht.

Nour spürte eine Sehnsucht, die nicht ihre war, und sie sah das Gesicht einer dicken orangefarbenen Katze mit vertrauensvoll festem Blick, vernahm ein leises Schnurren. Sie hatte das Foto von Wiebke, der Katze, im Flur gesehen, gerahmt in Gold mit Ranken. Die Sehnsucht aber, die war echt, die rief Nour nicht ab, sie war eine unbekannte, keine wiedergefundene, stammte nicht aus ihrer eigenen Biografie, nicht bis hierher jedenfalls, aber vielleicht von hier aus.

Nour duschte, das Wasser wurde nicht richtig heiß, der Druck war niedrig, da war ein Loch im Schlauch, aus dem Wasser drang, das schwächte den Strahl, und es roch metallisch. Doch Luzias Duschgel duftete nach Vanille und Bergamotte.

Luzias Sehnsucht trieb Nour raus in die Nacht, in die Kneipe unter betrunkene Menschen. Alles verschwamm immer stärker in Nours Kopf, in ihrem Herzen oder diesem Flirren dazwischen, das alles verbindet, und die große Lust, Alkohol zu trinken, gesellte sich dazu, dabei hatte Nour bisher nie auch nur einen Schluck Alkohol probiert.

Nour suchte in sich Luzias Liebe für Jens, aber sie fand bloß eine zerknitterte Erinnerung und dann das Bild eines dunkelroten Lippenstifts, der tatsächlich im Badezimmerschrank lag. Sie betrachtete die abgenutzte Oberfläche, schloss die Augen und spürte Luzias Lippen auf ihren, als sie ihn auftrug.

Im Schlafzimmer in einer weiteren splittrigen Kommode gab es eine Schublade voller Nylonstrümpfe. Nour zog Luzias Netzstrumpfhose unter ihre eigene Armeehose und schlüpfte in ihre schwarzen Schnürschuhe.

In dem Moment, als Nour die Straße bei Grün betrat, platzte wie aus einer transparenten Kulisse ein Taxi und erfasste sie rasend. Doch fuhr das Taxi einfach durch sie hindurch, so als wäre sie selbst ein Geist. Als sie dem Wagen nachsah, schien er zu verpixeln und zerbarst. Das Spektakel hinterließ ein Zischen, und Nour hörte weibliches Lachen, das aus allen Himmelsrichtungen zu ihr drang, und für wenige Momente hing ein blutrotes Flimmern in der kühlen Nachtluft. Dann war es wieder so still wie zuvor, und niemand aus den umliegenden Jugendstilhäusern öffnete ein Fenster oder trat hinaus auf den Balkon.

Nour zitterte und lief, so schnell es ihre weiche Knie erlaubten, rüber zu der Kneipe, in deren Fenster ein großes blinkendes Schild stand: *Die gemütliche Raucherkneipe in Eimsbüttel.*

»Moin!«, rief ihr die riesige weißblonde Frau hinterm Tresen entgegen. Nour verharrte in der Tür und sah alle Blicke auf sich gerichtet.

»Wo kommst du denn her?«, sagte ein älterer Mann, und die riesige Frau drehte die kummerlose Musik aus.

»Das darf man heute nicht mehr fragen, Modesto!«, sagte die Frau, die neben ihm saß.

»Wieso, Ebba? Ich komme doch auch nicht von hier, ursprünglich!«

»Na, komm!«

»Drei Monate hab ich in Andalusien gelebt.«

Nour sagte: »Guten Abend. Ich komme aus dem Sudan. Heute.«

Die Frau hinterm Tresen antwortete: »Willkommen in Eimsbüttel! Ich bin Rixa, das sind Ebba und Modesto, und der daneben, der ewige Schweiger, das ist Helmut. Was trinkste?«

Sie drehte die Musik wieder etwas auf.

Nour setzte sich an den Tresen und sagte: »Ich trinke, was Luzia getrunken hat.«

»Woher kanntest du denn Luzia?«

»Ich kannte sie nicht, ich wohne bei ihr.«

»Luzia«, sagte Modesto versonnen, »der Reiz des Bösen verdunkelt das Gute.«

»Jetzt halt die Klappe!«, rief Ebba, »niemand weiß, ob sie abgehauen ist, niemand weiß nix!«

»Du wohnst mit Jens?«, fragte Rixa.

»Nein, Jens ist verreist, er hat seine Wohnung zur Verfügung gestellt, ich habe ein Stipendium für ein Jahr.«

Rixa sagte: »Luzia hat immer ein Herrengedeck bestellt, helles Weizen und Hamburger Kümmel.«

»Dann hätte ich das auch gern!«, sagte Nour.

Ebba rief: »Was für ein Stipendium?«

»Ein Stipendium für politisch verfolgte Künstlerinnen.«

»Und warum?«

»Weil ich keinen Mann heiraten will.«

»Man kommt bei euch ins Gefängnis, wenn man nicht heiraten will?«

»Nein, aber wenn man lieber eine Frau heiraten will.«

Modesto sagte: »Ich würd gern mal Sean Connery küssen.«

»Der ist tot!«

»Trotzdem.«

Rixa stellte Nour die Getränke hin und sagte: »Prost.«

Nour trank zuerst den Hamburger Kümmel, der süß und klebrig schmeckte und ein bisschen nach Gewürzen, die sie von zu Hause kannte. Sie probierte einen Schluck Bier, dann trank sie es zur Hälfte aus und fragte: »Wo ist denn die Toilette?«

»Um die Ecke, den Gang runter, aber nicht auf das linke Klo gehen, damit stimmt schon 'ne Weile irgendwas nicht.«

Nour stand in dem kleinen, matt beleuchteten Vorraum vor den zwei Toiletten, und sie fragte sich, ob Rixa links oder rechts gesagt hatte.

Der Alkohol hatte sich in ihrem Kopf ausgebreitet, und sie verspürte etwas Wohliges. Der neuartige Rausch tat gut, es war wie auf einem Seil über einem Abgrund zu tanzen, aber wie durch ein Wunder nicht abzustürzen, anders als in dem einzig wiederkehrenden Traum, den sie seit ein paar Jahren hatte.

Da sie so dringend musste, dass sie kaum noch denken konnte, betrat sie einfach eine der beiden Toiletten, und dort schien alles so weit normal.

Doch als Nour danach die Tür wieder öffnete, war der kleine Vorraum in grüngelbes Licht getaucht, und die Luft war fast schon tropisch feucht. Es roch moosig, schimmlig, aber auch nach Bergamotte oder Orangenzesten.

Nour lief durch die feuchte Luft nach vorn in die Kneipe, alle waren fort, aber dort am Tresen saß holografisch durchlässig Luzia und blickte Nour traurig lächelnd entgegen. Der Raum war von gewaltigen Pflanzen überwachsen, die Nour noch nie gesehen hatte. Die Äste der Bäume waren gekrümmt und hingen tief hinab, als wären sie welk, doch dabei wunderschön.

»Wo bin ich?«, fragte Nour und fügte rasch hinzu: »Wo sind wir?«

Luzia zog an ihrer Zigarette, Nour sah den Rauch in den transparent holografischen Körper hinuntergleiten und sagte:

»Im Interim.«

»Was sind das für Bäume?«

»Sie tragen Trauer, schon immer, aber bei ihnen waren wir froh.«

Luzia blies den Rauch aus und es formte sich ein Vogel daraus, eine Ente, sie schüttelte das Gefieder aus, watschelte einmal über den Tresen, zerfloss und hinterließ nichts als ein paar große Tropfen.

»Was ist passiert?«, fragte Nour.

»Er wollte mich zum Tanzen ausführen.«

»Jens?«

Sie schüttelte den Kopf.

»Ich wollte nie aufhören zu tanzen, wer immer traurig ist, tanzt nicht, tanzen verstärkt alles, genau wie das Trinken.«

»Hast du getanzt, letztes Jahr am Nikolausabend?«

»Nein, ich bin doch mit Jens verheiratet. Ich habe mich wie immer für Jens entschieden. Aber dann ... ich wollte gehen, allein sein, für mich, Stefan hat mich bloß daran erinnert, wer ich einmal war, wer ich noch sein könnte. Verstehst du, dass ich ja gehen wollte?«

»Ja, sehr gut.«

Tränen flossen aus ihren Augen, immer mehr, der Raum füllte sich mit ihnen und Luzias Gestalt zerfloss darin. Es entstand ein gewaltiger Strom, Nour wurde mitgerissen zurück in Richtung der Toiletten, sie strampelte, wand sich aus dem Strom heraus, erreichte gerade noch die andere Tür, bevor das Wasser sie verschließen konnte, und drückte sie hinter sich zu. Von innen stemmte sie sich dagegen, doch das Geräusch des tosenden Wassers verwandelte sich bereits in ein leises Brausen und dann war Ruhe. Kurz darauf drang wieder diese Musik von vorhin aus dem Gastraum, ein Mann sang fröhlich: »Der Teufel hat den Schnaps gemacht, um uns zu verderben, ich hör schon, wie der Teufel lacht, wenn wir am Schnaps mal sterben.«

Sie hörte Ebbas heiseres Lachen, öffnete die Tür und ging zurück in die Kneipe. Alles wirkte wie zuvor, nur dass es voller geworden war.

Erschöpft setzte Nour sich auf den letzten freien Barhocker und sagte: »Ich habe eine Vision gehabt. Ich war hier, aber alle waren fort, nur Luzia war da, sie saß genau hier auf meinem Platz.«

Ebba stand auf und stellte sich neben Nour. »Luzia? Hat sie die drei Männer erwähnt?!«

»Nein, nur einen.«

»Es waren drei gelackmeierte, bestimmt aus Eppendorf! Solche kommen hier oft vorbei, am Jahresende, wenn sie ihre Weihnachtsfeiern in einem schicken Lokal haben, und dann gießen sie sich hier endgültig die Lampen aus. Dabei glotzen sie uns an wie die Zootiere und denken, wir merken das nicht. Für die sind wir doch Zombies, luschige Zombies.«

»Ach komm, Ebba, die haben gutes Trinkgeld gegeben!«, sagte Rixa.

»Luzia ist mit denen raus!«, schaltete sich Modesto ein.

Plötzlich stand der bis dahin schweigsame Helmut auf, stellte sich dicht vor Nour und sagte: »Sie hat mir mal von ihm erzählt, von Stefan.«

Rixa verschränkte die Arme: »Was hat sie dir erzählt?«

»Ich halte mich aus allem raus seit 1999. Deswegen bin ich hier, jeden Tag, ich will mit nichts mehr was zu tun haben, alles soll so bleiben, wie es is, dann is gut, hab ich gedacht, aber jetzt is Luzia weg und es is nichts mehr so, wie es is.«

Ebba schüttelte den Kopf. »Ach, einen Rappel hat die Luzia gehabt, hat gedacht, sie is was Besseres und geht mit denen mit.«

Helmut starrte in sich hinein. »Trüb, trüb war die Nacht, aber trocken, warm für einen Dezembertag. Und da hat sie Stefan wiedergetroffen, der hat was aus sich gemacht.«

Nour sagte: »Da waren diese Bäume überall, ihre Zweige hingen tief runter, sie waren wunderschön.«

»Trauerweiden«, sagte Ebba und zog fest an ihrer Zigarette.

Nour gab das Wort in ihr Telefon ein und sagte: »Ja. Genauso sahen die aus. Wo sind diese Trauerweiden?«

»Schulweg. Ganz in der Nähe.«

»Ist da auch ein See?«

»Na ja, der Weiher, die Weiden stehen rund herum.«

»Wir müssen dahin, ihr müsst mir helfen, ihr müsst mich begleiten. Ich glaube, da ist ihre Leiche irgendwo.«

Alle zuckten zusammen, und Helmut sagte: »Aber wir gehen nie hier weg, nicht weiter als zum Penny die Straße hoch.«

Ebba sagte: »Wir gehen nicht mal zum Arzt, wenn's sein muss.«

Modesto sagte: »Wir sind immer hier, was passiert, passiert nur hier!«

Rixa stellte eine Reihe Schnapsgläser auf und schenkte Kümmel ein. »Am Weiher gibt es keine Leichen, da kann man nichts versenken, der ist nicht mal zwei Meter tief, und vergraben kann man da auch nichts, jede Spur wäre ein Fehler im System. Da ist alles klein und beschaulich, nachbarschaftlich aufgeräumt, jedes Rasenfleckchen etlichen Bürgern wohlbekannt. Familien mit Kindern sind da, die immer gleichen Hunde tollen herum, nachts kiffen da harmlose Jugendliche aus den umliegenden Straßen, niemand wird am Weiher ermordet, versenkt oder verscharrt!«

»Aber warum dann?«, fragte Nour.

Helmut sagte: »Der Weiher hatte irgendeine Bedeutung für Luzia, man muss zuhören, was die Dinge den Leuten bedeuten, um zu verstehen.«

»Jens wusste alles über sie.«

»Nicht alles«, sagte Helmut.

»Ich muss gehen!«, sagte Nour, und Rixa meinte: »Ich mach dir einen Deckel.«

Nour rannte hinaus, über die rote Ampel, die Stockwerke hoch und in die Wohnung.

Sie hatte das Licht überall angelassen, und nun, da sie so viel mehr wusste als vorher, fiel ihr Blick erneut auf die mittlere der schweren Truhen, die den langen Flur verengten, und der Geruch nach Lakritze drang nun noch stärker in ihre Nase als zuvor, und sie lenkte den Blick auf etwas, das ihr schon zu Beginn seltsam vorgekommen war, doch sie hatte nicht genauer hingesehen.

Aus der Truhe rankte ein Kabel heraus, das mit dem Stecker in einer Steckdose endete, aber es gab keine Lampe dazu. Nour spürte, wie ihr Herz raste, als sie auf die Truhe zuging und der Geruch nach Lakritze zunahm. Kurz verharrte sie vor der langen Pinnwand, und ihr Blick fiel auf ein Foto, das genau in der Mitte hing, und da waren die Bäume, die Trauerweiden, und darunter stand Luzia, jung und strahlend, und sie hielt ihre Hand in die Kamera, und an der Hand prangte ein Ring. In dem Moment klingelte das Telefon. Nour hob ab und sagte:

»Du hast ihr am Weiher den Heiratsantrag gemacht.«

»Ja«, sagte Jens.

»Ich öffne jetzt die Truhe.«

»Ja«, sagte Jens.

Nour legte den Hörer beiseite und hob den Deckel der alten Holztruhe langsam an. Darin war eine weitere Truhe verborgen, so eine elektrische, in der ihre Mutter das Eis für die Nachbarskinder aufbewahrte oder halbe Lämmer. Und als sie den Deckel anhob, lagen dort lauter Teebeutel, Jens hatte sie alle ausgepackt und über Luzia verstreut. Nour schloss die Truhe wieder, auch den Holzdeckel, und sie ging zurück zum Telefon, nahm den Hörer und fragte: »Ist es so? Muss man sterben, wenn man gehen will?«

AUSSENFASSADE

Von Frank Göhre
Winterhude

1

Er stand an dem Kinderbettchen und betrachtete seinen Sohn. Der Kleine hatte die Augen geschlossen, die Händchen zu Fäusten gekrümmt. Er schlief. Er schlief offenbar fest nach dieser furchtbaren Nacht. Seine Frau lag auf ihrer Seite des Bettes am Fenster, die Beine an den Körper gezogen. Sie war erschöpft und schnarchte leise. Er hoffte, dass sie noch eine Zeit lang Ruhe vor dem Kleinen hatte, und ging pinkeln. Nachdem er sich flüchtig gewaschen und angezogen hatte, füllte er die Kaffeemaschine und schaltete sie ein. Auf dem Küchentisch lag der Einkaufszettel, den seine Frau noch vor dem Schlafengehen geschrieben hatte. Er überflog ihn und steckte ihn ein. Am offenen Fenster rauchte er seine erste Zigarette und trank in kleinen Schlucken den heißen Kaffee, schwarz und ungezuckert. Draußen wurde es allmählich hell. Der Verkehr brauste lautstark vorbei. Wandsbeker Chaussee, Hauptverkehrsstraße, die Hölle bei Tag und bei Nacht. Raser und Stau, genervtes Hupen und immer wieder ein Crash direkt vor der Haustür. Etagenwohnung, zwei Zimmer, Küche und Bad, ein Leben mit Frau und einem acht Monate alten Kind auf knapp 38 Quadratmetern, kein Spaß war das, aber es war nun mal, wie es war. Auf lange Sicht hin Ende Banane. Endstation.

Seine Arbeit begann an diesem Tag eine Stunde früher. Die Firma hatte den Auftrag, in Winterhude, im Innenhof eines

Gevierts, an einem der Altbauten ein Gerüst aufzubauen. Die Fassade sollte ausgebessert und neu gestrichen werden. Da taten sie was, alles schön sauber mit Grün vor den Fenstern. Die Maurer und Maler wollten schon am Vormittag mit ihrer Arbeit beginnen. Er war einer der vier Gerüstbauer, sie arbeiteten schon länger zusammen, waren gut aufeinander eingespielt.

Er war pünktlich vor Ort, grüßte reihum mit Handschlag und Schulterklopfen, gute Laune vortäuschend, obwohl er nach dieser vergangenen Nacht kaputt war wie Hund. Das schreiende Kind, das immer wieder durchdringend schreiende Kind, unglaublich, diese Ausdauer, diese Kraft. Dazu das schrille Generve der Frau, ein Horror das alles. Der Firmenlaster kam herangetuckert und sie entluden ihn zügig, balancierten die Stahlstangen und Laufroste durch die engen und niedrigen Kellergänge des Flemingstraßenhauses in den Hof.

2

Sie wurde von dem Arbeitslärm unter ihrem Fenster geweckt. Es war kurz nach acht, eine Zumutung, fand sie. Ihr Mann rührte sich nicht. Er lag bäuchlings auf dem Bett, halb nackt, nur die Uhr am Handgelenk, ein Vermögen, einzig und allein zur Show. Sie stand auf, nahm ihr Smartphone und zog ihren Morgenmantel an. In der Küche betätigte sie die Espressomaschine und goss sich ein Glas O-Saft ein. Sie setzte sich in die Diner-Nische, scrollte durch die eingegangenen Nachrichten. Dann wählte sie einen Teilnehmer und hinterließ eine Nachricht: »Wir sehen uns.« Mehr war nicht nötig. Gut eine halbe Stunde später kam ihr Mann, setzte sich zu ihr an den inzwischen gedeckten Frühstückstisch und hob beschwichtigend die Hand.

»Ich hab's gehört, ich hab's gehört, wir müssen nicht darüber reden. Es geht los.«

»Wir müssen uns entscheiden, gemeinsam entscheiden.«

»Aber nicht schon beim Frühstück«, sagte er. Er schnitt eins der aufgebackenen Brötchen auf. Es krümelte. »Ich habe heute den Termin in der Nordheide. Die Umbauten an der alten Scheune. Das sind sehr nette Leute. Es kann sein, dass sie mich noch zum Essen einladen.«

»Du bist zurück, wenn du zurück bist«, sagte sie.

Er seufzte.

»Hör zu, uns brennt wegen der Wohnung nichts auf den Nägeln, rein gar nichts. Aber natürlich denken wir rechtzeitig über eine Alternative nach, hab ich je etwas anderes gesagt?«

»Möchtest du noch einen Cappuccino?«

»Mein Gott!« Er legte die Brötchenhälfte aus der Hand, knallte das Messer auf den Tisch und angelte seine Zigarettenpackung aus der Brusttasche des Hemds.

Sie stand auf, ging zum Fenster und öffnete es weit.

Die Zurufe der Arbeiter waren zu hören, das Klopfen von Metall auf Metall, die schweren Tritte.

Er erhob sich ebenfalls, steckte seine Zigaretten zurück und verließ wortlos die Küche. Sie stützte sich am Fensterbrett ab, legte den Kopf weit in den Nacken und atmete tief durch.

3

Die Frau auf der zweiten Etage winkte ihn heran und fragte, ob sie ihnen etwas anbieten dürfe, eine Limonade vielleicht, es sei doch schon sehr heiß. Er ging zu ihr ans Fenster, dankte und signalisierte seinen Kollegen, kurz zu pausieren. Die Frau reichte die Gläser heraus und erzählte, wie lange sie schon in dem Haus wohne, auch nachdem ihr Mann gestorben und die Wohnung ihr eigentlich zu groß geworden sei.

Vier, nein, genau genommen fünf Zimmer seien es, sie würde ja gerne Flüchtlinge bei sich aufnehmen, eine Mutter mit Kind am liebsten, aber im Haus sei man dagegen, das habe man ihr deutlich zu verstehen gegeben, und sie habe nicht mehr die Kraft, sich zu widersetzen. Sie schüttelten die Köpfe, Menschen gibt's, da möchte man draufhauen. Sie nickten grimmig, mehr aber war nicht zu machen, sie hatten noch zu tun.

Bei seinem Kontrollgang geschah es dann, dieser eine, ihn wie ein Schlag treffende Moment. Aus dem Augenwinkel nahm er hinter einer der Balkontüren eine Bewegung wahr, etwas Helles, und er sah den nur mit einem schmalen Slip bekleideten Körper einer Frau, ihm den Rücken zugewandt, die Arme hoch erhoben, ihre Hände griffen in dichtes, lockiges Haar und – sie drehte sich plötzlich um, es war ihm unmöglich, gleich weiterzugehen.

Sie war schön.

Sie war unfassbar schön.

Eine so schöne Frau hatte er nie zuvor gesehen. Nicht einmal in den Filmen, die er erinnerte.

Sie schien ihm aus einer anderen Welt zu sein.

Wie gebannt blieb er am Fenster stehen.

Unten bei seinen schon zum Aufbruch bereiten Kollegen sah er schnell noch einmal hoch zum vierten Stock. Eine heruntergelassene Jalousie, silbern glänzend. Die Frau dahinter verborgen.

4

Schwer atmend lösten sie sich voneinander, streckten sich aus und wischten mit dem Laken über ihre verschwitzten Körper. Es war früher Nachmittag, und die Temperatur war auf 30 Grad gestiegen. Der ältere Mann lächelte beglückt. Eine Weile blieben sie schweigend nebeneinander liegen.

»Es ist schön mit dir«, sagte er schließlich. »Es ist immer wieder neu.« Er tastete nach ihrer Hand. Sie überließ sie ihm, und er drückte sie an seine Lippen, küsste sie. Sie schloss die Augen, und er machte weiter. Dann aber setzte sie sich auf, strich durch ihr Haar und griff nach ihren Zigaretten.

»Ich habe ein Problem«, sagte sie.

»Ja?«

»Das Haus wird renoviert und soll in Eigentumswohnungen umgewandelt werden«, sagte sie. »Heute wurde mit den Arbeiten begonnen. Uns ist angeboten worden, die Wohnung zu kaufen. Der Preis ist akzeptabel, ich bin überzeugt, wir kriegen das auch hin, mithilfe der Bank, aber Jörg will nicht. Jedenfalls schiebt er's vor sich her.«

Er kam nun ebenfalls hoch, griff nach seiner randlosen Brille und wandte sich ihr zu.

»Der Grund?«, fragte er.

»Ich vermute, dass er was auf dem Land sucht. Und das will ich auf keinen Fall, niemals.«

»Das vermutest du?«

»Eigentlich bin ich mir sicher. Dann wird er sich von mir trennen und sich scheiden lassen.«

»Na, na«, er wiegte leicht den Kopf, »nun mal langsam, meine Liebe. Warum sollte er sich trennen?«

»Um uneingeschränkt sein albernes Landleben führen zu können und mit irgendeiner Tusse ins Bett zu steigen. Das tut er wahrscheinlich schon. – Ich hasse ihn«, brach es aus ihr heraus. »Ich könnte ihn umbringen.«

Der ältere Mann fasste sie an der Schulter, blickte sie eindringlich an.

»Kathrin«, sagte er. »Das ist Unsinn, mach dich doch nicht verrückt.«

5

Als er die Haustür aufschloss, fiel ihm ein, dass er vergessen hatte, einzukaufen. Verdammt, er fluchte und ging zurück. Bei Edeka war großes Gedränge, es war nur eine Kasse geöffnet, und hinter ihm in der Schlange zappelten zwei Kids herum. Er war versucht, ihnen eine zu klatschen. Er war stinkig, total stinkig auf sich.

Seine Frau versorgte gerade den Kleinen. Er küsste sie auf die Wange, grüßte das Kind mit einem kleinen Winke-Winke des Zeigefingers und konnte sich kurz über sein glucksendes Lachen freuen. Wenigstens das. Er verstaute die Einkäufe, legte das Bier auf Eis und ging ins Bad. Er duschte warm, er duschte kalt, bis ihm der Atem stockte, und er rasierte sich zum ersten Mal seit Tagen. Eigentlich hatte er nichts von seinem jugendlichen Schwung verloren, glaubte er, und er brachte sein Gesicht noch näher an den Spiegel, sah die Frau, sah diese wunderschöne Frau im vierten Stock des Altbaus, sah ihr fein geschnittenes Gesicht, sah ihre großen blaugrauen Augen, sah in ihnen eine Sehnsucht, ein Verlangen, und sie winkte ihn zu sich herein, reichte ihm ein hohes, geriffeltes Glas, ein kaltes Getränk, eine Limonade, es war heiß, sehr heiß, eine glühende Hitze lag über der Stadt, sie setzten sich nebeneinander auf eine mit hellem Cord bezogene Couch, alles in dem Zimmer war hell, war so gleißend weiß, dass es ihn schmerzte, er musste den Kopf senken, vergrub sein Gesicht in ihrem Schoß, zwischen ihren Schenkeln, sie waren nackt und sie kühlten ihn, und er hörte ein fernes Summen, ein leise gesungenes Lied. Es war die Stimme seiner Frau, die aus der Küche zu ihm drang. Er hörte das Klappern von Geschirr, und seine Frau rief, was er denn so lange im Bad mache, es gebe Geflügelsalat, selbst zubereitet, sie habe auch schon die Nachrichten eingeschaltet.

Später saßen sie vor dem Fernseher, er breitbeinig, die Bierdose in der Hand, ausdruckslos vor sich hin starrend. Sie hatte die Beine hochgelegt, blätterte in einer Zeitschrift und schaute hin und wieder auf den Bildschirm und kommentierte, wenn deutsche Auswanderer von ihrem Leben auf Mallorca oder sonst wo sprachen, auch nicht leicht war das. Der Himmel dunkelte ein, die Scheinwerfer der auf der Straße vorbeifahrenden Wagen warfen Licht in das Zimmer, kreischende Bremsen stachen wie glühende Eisen in seinen Ohren, es war wie jeden Abend, es war wie jede Nacht. Das Kind schlief in seinem Bettchen. Noch schlief es. Noch schrie es nicht. Er gähnte und trank sein Bier aus.

6

»Ich hätte dich beinahe ausgeschlossen«, sagte Jörg, als sie das Zimmer betrat und die Schuhe abstreifte. »Ich hatte schon den Riegel vorgeschoben. Es war ja kein Licht.«

»Die Nachbarn hätten mir schon geholfen.«

»Die Nachbarn.« Er schnaubte abfällig und lehnte sich in die Couchkissen zurück. Sie waren mit schwerem Stoff bezogen, orientalisch gemusterter Stoff. Jörg fand sie zum Kotzen. »Der Schlüssel allein hätte nichts genutzt, Liebste. Es wäre von innen verriegelt gewesen – von innen, keine Chance.«

»Da kann ich ja von Glück reden, dass du es noch bemerkt hast.« Sie kam zu ihm und griff sich sein Glas. »Whiskey?« Sie nahm einen Schluck.

»Wo warst du denn?«

»Ja, wo war ich? Wo war ich? Lass mich überlegen.«

»Kathrin«, sagte er. »Bitte.«

»Moment.« Sie legte ihre Hand auf die Stirn, schloss die Augen. »Wir waren ... ja, wir waren ... ich weiß es nicht mehr.«

»Wir ...?«

»Es tat gut, es war wirklich sehr ... sehr anregend, sehr intensiv.«

»Das ... das ist nicht gerade schön für mich.«

»Natürlich nicht.« Sie lachte. Es war ein etwas betrunkenes Lachen. »Wie denn auch? Ach, du bist ... du bist ein so lieber Mann.«

Sie versuchte, ihn zu umarmen. Er stieß sie von sich weg.

»Geh ins Bett«, herrschte er sie an. »Wir reden später darüber.«

7

Er schlief schlecht in dieser Nacht, wachte immer wieder auf, beim letzten Mal war es halb drei. Er vergewisserte sich, dass seine Frau gleichmäßig atmete, auch der Kleine war ruhig. Er erinnerte sich, dass seine Frau ihm etwas gegeben hatte. Leise huschte er in die Küche, nahm ein Bier aus dem Kühlschrank und öffnete das Fenster, um eine zu rauchen.

Es hatte eine Zeit gegeben, da war er immer erst weit nach Mitternacht in seiner Bude am Fischmarkt aufgeschlagen, kam aus dem Service im Ristorante seines Onkels, acht und mehr Stunden geackert, durchgängig auf den Beinen, kaputt wie Hund eben. Sein Spruch. Immer schon, seit jeher. Kaputt wie Hund. Da war er noch solo, pennte lange und hoffte, irgendwann doch noch zur See fahren zu können, in ferne Länder, in eine fremde Welt. Es blieb eine Hoffnung, ein Traum. Er schaute hinaus in die sternklare Nacht. Sah auch sie hinaus? Zu ihm? Mit Sehnsucht nach ihm?

Er hörte sie. Ihre Stimme drang grell zu ihm durch.

»Hörst du?! Hörst du nicht?! Der Kleine!«

Er riss die Augen auf, kam taumelnd vom Stuhl hoch.

»Was ... was ist?«

Seine Frau hatte das schreiende Kind auf dem Arm, fuchtelte mit dem Fläschchen.

»Steh nicht so rum! Hilf mir! Was ist nur los mit dir? Du bist ja schon vollkommen angezogen!«

»Ich muss los.«

»Um drei? Mitten in der Nacht?«

Er rieb sich das Gesicht, rieb die Augen.

»Es ist drei?«

»Drei, halb vier, was macht das für einen Unterschied.«

Er erwiderte nichts. Er half ihr, das Kind zu versorgen. Auf der Küchenuhr war es viertel nach, viertel nach drei. Er konnte es nicht glauben. Er war doch hellwach gewesen, hatte ein Bier getrunken und geraucht. Auf dem Küchentisch aber stand nichts, keine Dose, kein Ascher. Er tastete die Taschen seines Overalls nach den Zigaretten ab. Fehlanzeige. Impulsiv trat er einen Stuhl weg. Er stürzte krachend um. Seine Frau starrte ihn aus weit aufgerissenen Augen an, sprachlos.

»Ein halbe Stunde vielleicht, viel mehr nicht, einfach weg, total gelöscht«, vertraute er seinem älteren Kollegen an. Sie saßen hoch auf dem Gerüst an einem Bürogebäude in Altona mit Blick auf den Bahnhof. Busse, PKWs und Fahrräder, viel Verkehr da unten. Den Lärm nahm er schon gar nicht mehr wahr.

»Filmriss«, meinte der Kollege, »kennt man doch, hatte ich auch schon.«

»Ich war nicht dun, das war ... ich weiß nicht, ich versteh's nicht.«

Der Kollege lachte, verschluckte sich an seinem Pausenbrot, hustete.

»Wenn nix weiter passiert ist, mach dir mal keinen Kopp. Oder ist was mit deiner Liebsten?«

»Wie meinste?«

»So ’ne junge Mutter kann schon mal nerven, da kommst du schnell an deine Grenzen.«

»Nein«, sagte er und schüttelte energisch den Kopf. »Da gibt’s nichts.« Das war es bestimmt nicht. Es war … es konnte nur die Hitze gewesen sein, es kühlte ja auch nachts nicht ab, das war es, natürlich, was sonst?

8

Sie stellte sich schlafend, als er die Tasse Tee neben ihrem Bett absetzte und ihr einen Kuss auf die Wange hauchte. Das tat er, wenn es am Abend zuvor Stress gegeben, sie sich gestritten hatten. Sie rührte sich nicht. Sie öffnete die Augen erst, als er die Wohnung verließ. Hörte seine Schritte auf der Treppe, hörte ihn grüßen und mit jemandem palavern, scheißfreundlich vermutlich. Tatsächlich ging ihm die Hausgemeinschaft am Arsch vorbei. Sie reckte und streckte sich und rief sich in Erinnerung, was sie heute zu erledigen hatte. Pedi- und Maniküre im Urban-Spa am Marktplatz, Obst und Gemüse einkaufen und zum Fischstand. Zur Haspa. Sie schaute auf die Uhr, es war schon kurz vor zehn. Sie nahm ihr Handy. Während sie mit dem Kundenberater der Bank einen Termin vereinbarte, trat sie auf den Balkon und sah, dass niemand an der Fassade arbeitete.

9

Er hatte zu Hause angekündigt, dass es heute spät werden würde, Einstand eines neuen Kollegen, für seine Frau kein Thema. Sie wollte mit dem Kind zu ihrer Schwester, den Geburtstag des Vaters besprechen. Also nahm er nach Feierabend den 25er nach Winterhude, saß ganz hinten in der letzten Reihe und registrierte, wie schwer sich Mütter mit ihren Kinderwagen beim Ein- und Aussteigen taten. Niemand half. Das gefiel ihm nicht, aber er unternahm nichts.

Irgendwie glaubte er, nicht auffallen zu dürfen, auf einer Strecke, die er sonst nie genommen hatte, bescheuert war das, aber so war's. Ging nicht anders. Verdammt, er wollte doch nur diese Frau sehen, sie noch einmal sehen, ein wenig länger als nur einen Moment, ihren Anblick genießen, in sich aufsaugen, da war doch nichts bei.

Die Zeit zog sich hin. Er umrundete einige Male den Block, vier-, fünfstöckige Wohnhäuser, Altbau durchweg. Auf der Dorotheenstraße schmale Vorgärten, Hecken und Sträucher, ein Stück Rasen, ein paar Stufen zur Haustür. Die Balkone mit Blumenkästen, mit Blick auf die andere Straßenseite, ein koreanisches Lokal, ein italienisches, eine Eisdiele, eine Weinbar und ein Spanier. Tische im Freien unter großen Schirmen, gut besucht das alles. Buntes Leben, muntere Geselligkeit. Winterhude eben, ein Herzstück der Stadt. Direkt am weitläufigen Park, der grünen Lunge. Vor einem Bioladen ein Erdbeer-Verkaufsstand. Die Bushaltestelle. Jetzt stiegen zwei Männer mit Gitarre und Akkordeon aus und begannen zu spielen.

Die Gryphiusstraße war mit hohen Bäumen gesäumt. Er schlenderte vorbei, hielt Ausschau, ob er irgendwo auf den Innenhof gelangen konnte. Es dämmerte bereits, als er auf der Sierichstraße einen Fahrradfahrer den Keller eines Hauses verlassen sah. Er wartete einen Moment und stieg dann die Stufen hinunter. Er hatte Glück. Die Tür ließ sich mit leichtem Druck öffnen. Dahinter waren mehrere Mülltonnen aufgereiht, auch zwei große gelbe für Kunststoff und so. Der Zugang zum Hof war schnell gefunden. Problemlos gelangte er ins Freie, orientierte sich kurz und robbte durch das dichte Gebüsch zu dem gestern von seiner Mannschaft eingerüsteten Haus.

Er schaute zum vierten Stock hoch.

Die Balkontür war geöffnet.

Er harrte unter dem Schutz des wuchernden Grüns aus. Auf den Balkonen saßen noch Leute, tranken und unterhielten sich, lachten. Irgendwo wurde gegrillt. Für ihn war es noch nicht dunkel genug. Er entspannte sich allmählich, ließ Bilder vor sich erscheinen, einen Körper mit feinen Konturen, die schönen, traurigen Augen.

Es war nach 23 Uhr, als er sich geschmeidig am Gerüst hinaufhangelte, auf jeder Etage kurz pausierte und lauschte. Dann war er oben angelangt und schob sich, mit dem Rücken an die Hauswand gepresst, zur Balkontür vor.

»... Angst«, hörte er. Eine Frauenstimme. Das musste ihre Stimme sein.

»Und da gehst du einfach hin und überprüfst meine Finanzen!«

Er sah sie einem Mann gegenüberstehen. Ein schlanker Mann mit einem kahl geschorenen Schädel. Trug eine dunkle Hose und ein weißes Hemd, die Ärmel aufgekrempelt.

»Das ist unser Geld ...«

»Nein, das ist es nicht, Kathrin! Das sind meine Ersparnisse, mein Verdienst! Aber man hat mich ja gewarnt! Eine blendende Schönheit, aber dahinter ...«

»Das ist nicht wahr ...!«

Der Mann hob die Hand, und er sah, wie die Frau – wie Kathrin, die schöne und so fragile Frau – wie sie schützend ihren Arm hob, ein Glas fiel zu Boden ...

»Ich warne dich!«, sagte der Mann und bückte sich. »Du wirst schon sehen ...«

Das Glas rollte über das Parkett, rollte auf die Balkontür zu, rollte auf ihn zu. Er sprang auf und machte einen Satz, schwang sich über die Querstange nach unten. Über ihm tauchte der Mann auf. Der Mann schrie irgendwas, und er glaubte, sein wutverzerrtes Gesicht zu sehen. Er hörte nicht hin. Er ließ sich fallen.

Was er gehört und gesehen hatte, ließ ihn nicht los. Er lag stundenlang wach in dieser Nacht, sein Körper war ein einziger Schmerz. Aber schon beim ersten weinenden Quengeln seines Sohns war er auf den Beinen und ging seiner Frau zur Hand, mechanisch zwar und wohl auch vor sich hin brabbelnd. Es war ihm nicht bewusst.

»Was? Was willst du wissen?«, fragte sie.

Er blickte sie irritiert an.

»Hab ich ... hab ich was gesagt?«

»Allerdings. Ich versteh's nur nicht.«

»Tut mir leid.«

»Und?«

Er setzte sich auf die Bettkante, stellte fest, dass auf seiner Brust der Schweiß perlte. Kaputt, kaputt wie Hund.

Es war unsäglich schwül in dem Zimmer, auch draußen, eine drückende Schwüle.

»Morgen, morgen Nachmittag«, sagte er. »War da nicht was mit ... mit deinem Vater?«

»Morgen ist Freitag. Sein Geburtstag ist Samstag, und wir sind abends zum Grillen eingeladen. Das habe ich ... nein, das habe ich dir noch nicht gesagt. – Mein Gott, du machst einen noch ganz verrückt.«

10

Ihr Telefonat mit der Hausverwaltung bewirkte nichts. Freundlich aber bestimmt wurde ihr mitgeteilt, dass eine Abdeckung des Gerüsts nicht erforderlich sei. Die Ausbesserungsarbeiten seien Anfang, spätestens Mitte der nächsten Woche abgeschlossen, dann werde das Gerüst umgehend abgebaut, allein schon aus Kostengründen. Die Dame empfahl, die Jalousien geschlossen zu halten und gegebenenfalls die Polizei zu alarmieren.

»Danke, besten Dank auch«, sagte Kathrin und hoffte, dass sich ihr Sarkasmus vermittelte. Sie beendete das Gespräch.

Pünktlich um zwölf betrat sie die Neurologische Praxis in der Kümmellstraße, übernahm wie jede Woche an zwei Tagen die Schicht bis zum Abend. In der Regel war zwischen 19 und 20 Uhr die letzte Behandlung, und sie konnte noch vor ihrem Mann zu Hause sein. Wenn es keinen Notfall gab. Die Kollegin übergab ihr die Akten der nächsten Patienten, kommentierte einige und merkte an, dass der »Doctore« heute ausgesprochen gut gelaunt sei, für sie habe das allerdings schon etwas Unheimliches. Kathrin lachte, und just in diesem Moment erschien der etwas ältere Mann im weißen Kittel, schob seine Brille hoch, zwinkerte Kathrin begrüßend zu und sagte beim Zurückgehen in sein Arztzimmer so beiläufig wie ihm eben möglich: »Wir sehen uns.« Das kam ihr sehr gelegen, sie brauchte noch einmal seinen Rat.

11

Ihm war den ganzen Tag über übel, und auch nach Feierabend bei einigen Bieren ging es ihm nicht besser. Und schon gar nicht in der Nacht, in der er von fiebrigen und flüchtigen Träumen geplagt war, von wechselnden blassen Gesichtern, liebevoll das der so schönen, begehrenswerten Frau und dann, auf ihn zuschießend, eine feuerspeiende Fratze. Da gab es nichts zu rätseln. Der Mann in ihrer Wohnung war ein Ungeheuer, er war gewalttätig, er bedrohte sie ... du wirst schon sehen, du wirst schon sehen ...

Er glaubte, den Boden unter den Füßen zu verlieren, ihm war, als stürze er kopfüber ins Dunkel, spürte den Urin seines Sohnes auf der Haut, und er war nahe dran, den Kleinen zu schlagen, und er erschrak zutiefst, tastete nach seiner Frau, die von ihm weg rückte und irgendwas murmelte. Als der Morgen graute, war er wie gerädert, kaputt wie Hund, wieder einmal. Zum Teufel auch.

Die Schwägerin kam später als vereinbart, ihr Gesicht war gerötet, sie hatte den Kindersitz vergessen. Die Schwestern gifteten sich an. Er nahm seiner Frau das Kind ab und veranlasste sie, auf die Rückbank des Opels zu krabbeln. Dann reichte er ihr den Kleinen und haute sich vorn in den Sitz. Provokativ schob die Schwägerin ihren dünnen Rock hoch und zeigte viel Bein. Sie hatte schöne, schlanke Beine. Er gab sich unbeeindruckt, aber der pochende Schmerz in seiner Schläfe verstärkte sich. Während der Fahrt quer durch die Stadt wurden seine Lider schwer, er dämmerte weg.

»Die Sonne«, sagte er, als seine Frau ihn anstieß, »das ist die ... diese verdammte Hitze.«

»Nun steig schon aus!«, sagte sie. Die Schwägerin hatte auf dem Seitenstreifen direkt vor dem Kleingartenverein Hagenbeck geparkt. Sie beluden sich mit ihrem Zeug, mit Kind, Getränkebox und Salatschüsseln, und trotteten zu der Parzelle des Vaters. Er stand am Tor, gesund und munter, wie es schien, mit seinen nun achtundfünfzig Jahren. Er nötigte ihnen erst einmal eine Runde Klaren auf, das musste sein, es war sein Tag. Sie ließen ihn hochleben, laberten so rum, es gab nichts Neues zu berichten. Auf dem Grill brutzelten Bauchspeck und Würste aus dem Sonderangebot. Die Schwestern rückten Klappstühle und verteilten das Plastikbesteck.

»Olaf kommt später«, teilte die Schwägerin zur Überraschung des Alten und auch seiner Frau unvermittelt mit.

»Olaf? Welcher Olaf?«

»Kennst du nicht.«

»Aber ich ...«, setzte der Alte an.

»Du auch nicht, sorry. Wir sind erst seit Kurzem zusammen.«

»Du meinst wohl, in der Kiste«, sagte seine Frau.

»Allerdings, wir vögeln uns dumm und dämlich.«

Seine Frau lachte, sie lachte, wie er sie noch nie hatte lachen gehört. Das Kind begann zu schreien. Er wandte sich ab, er zitterte am ganzen Körper. Das Pochen in seinem Schädel wurde unerträglich. Er ballte die Hände zu Fäusten.

Das Kind schrie.

Es schrie, und es schrie.

Es schrie.

Seine Frau tat, was sie tun konnte.

Sie wiegte den Kleinen, sie sprach beruhigend auf ihn ein. Das Kind schrie weiter. Es wehrte sich gegen den Schnuller. Es strampelte, es zappelte in den Armen seiner Frau herum, schreiend, unaufhaltsam schreiend.

Sein Blick verengte sich.

Mit einem Satz stürzte er auf Frau und Kind zu.

Brüllte jetzt auch.

Er schrie: »Du Drecksau! Du elende Drecksau! Lass sie in Ruhe! Lass die Pfoten von ihr! Weg, weg! Du wirst schon sehen! Ich pack dich! Ich schlag dich tot!«

Das Kind war still.

Er stoppte sich. Alle Geräusche um ihn herum waren schlagartig ausgeblendet. Er sah das Gesicht seiner Frau. Sie starrte ihn an, mit offenem Mund. Er drehte sich zur Schwägerin um. Und zu dem Alten. Auch sie glotzten ihn an.

Er wartete nicht ab, bis sie reagierten. Mit Worten und sonst was. Er rannte los.

12

Er rannte, er rannte durch das Viertel am Tierpark, rannte weiter durch Eimsbüttel, auf den Ring, rannte, bis er nicht mehr konnte, bis er alle war. Er stützte sich an einer Hauswand ab, hielt keuchend Ausschau nach einem Straßenschild oder sonst einem Hinweis. Er wusste nicht, was mit ihm los war und was ihn dermaßen gehetzt hatte. Er konnte keinen klaren Gedanken fassen. Ihm war schwindelig. Seine Augen brannten. Er schnappte nach Luft. Seine Beine knickten ein.

»Ich habe Schluss gemacht«, sagte Kathrin.

»Schluss, womit?«

»Du weißt schon«, sagte sie. »Es war nichts Besonderes.« Sie hatte die Worte des Doctore im Ohr: Besänftige ihn, zeig Reue.

Jörg zog skeptisch die Augenbrauen hoch. Kathrin schenkte ihnen Wein nach. Jörg griff zur Fernbedienung und schaltete den Ton des Fernsehers aus.

Er räusperte sich.

Draußen dunkelte der Himmel ein.

Die Nacht brach an.

Schritt für Schritt stakste er voran, mit ausdruckslosem Gesicht und laut vernehmlich vor sich hin sprechend: »Ich will ... ich werd's ihm zeigen, verlass dich drauf ... der tut dir nichts mehr ... von wegen ... halt die Schnauze, du Dreckskerl, ich werd'... ich stopf dir das Maul ... Hände weg, lass die Pfoten von ihr ... ich mach dich tot ...«

Passanten wichen ihm aus. Das kannte man hier im Viertel. Ein Patient aus den nahen Alsterdorfer Krankenanstalten, schwer gestört, Psychiatrie.

In der Ferne war ein leichtes Grollen zu hören.

Ein Gewitter zog auf.

»Kathrin«, sagte Jörg. »Kathrin, es wäre wirklich schön, wenn du ... wenn du ... wenn wir uns nicht jedes Mal wieder wegen dieser Wohnung streiten würden ...«

»Ich seh es ja ein«, sagte sie. »Du hast recht.«

»Darum geht's doch nicht. Nicht darum, dass ich recht haben will. Ich ...«

Sie stand auf und streifte die Träger ihres Kleids über ihre Schultern. Es fiel zu Boden. Sie stand vor ihm, nackt bis auf den Slip. Sie legte ihm den Finger auf die Lippen ...

Er klingelte an einer Haustür in der Gryphius, drückte wahllos einen der oberen Knöpfe. Der Summer ertönte, und er schlüpfte in den mit einem Teppich ausgelegten Hausflur. Marmorierte Kacheln an den Wänden, bronzene Geländerstangen. Die Keller war unverschlossen. Er war schnell im Innenhof, sah hoch an der Fassade des eingerüsteten Hauses.

Ein Blitz zuckte am Himmel.

Kathrin hielt ihren Mann umarmt. Sie ließ sich mit ihm auf die breite Couch fallen, auf den orientalisch gemusterten Bezug, dessen Anblick er kaum noch ertrug.

Kathrin küsste ihn.

Sie nestelte an seiner Gürtelschnalle.

Er war gerade auf das Gerüst geklettert, als es donnerte und die ersten Regentropfen fielen. Hastig stieg er weiter nach oben, begann wieder mit seiner Litanei: »Lass die Finger von ihr ... du wirst schon sehen, du tust ihr nichts ... ich sag's dir nur einmal ...«

Kathrin spreizte ihre Beine und half ihm, und er begann, sich rhythmisch zu bewegen, heftig und schneller und schneller werdend, kräftiger, und sie seufzte und stöhnte, und ein Schrei löste sich von ihren Lippen ...

Er hörte sie.

Windböen ließen die nicht ganz hochgezogene Jalousie klappern, der Regen pladderte.

Mit einem gewaltigen Satz stürzte er in das Zimmer, sah sie, sah ihr verzerrtes Gesicht, sah sie verdeckt von dem auf ihr liegenden Mann, er packte ihn und riss ihn von ihr weg, der Dreckskerl kam stolpernd auf die Beine, klammerte sich an ihn, sein alkoholgeschwängerter Atem schlug ihm ins Gesicht, der Mann schrie, er schrie etwas, und auch die Frau, die Frau, er hörte sie, er vernahm ihre Stimme, und es war, als rief sie ihm zu, und mit all seiner Kraft löste er sich von dem Mann, sprang ihn wild an, rammte ihn, und sie taumelten hinaus auf den Balkon, aneinandergeklammert, und es drang nicht mehr in sein Bewusstsein, dass die hüfthohe Gerüststange aus der Halterung brach und er ...

Als Kathrin das Gerüst betrat, schaute sie auf die beiden miteinander verschlungenen Körper der Männer, die leblos auf den Fliesen der vier Stock tiefer liegenden Terrasse lagen, und sie hob ihr Gesicht, in dem sich weder Freude noch Trauer spiegelten, schloss die Augen und ließ den Regen an ihrem nackten Körper herunterrinnen.

ENGELFRIKASSEE

Von Timo Blunck
Niendorf

»Zartbitter! Hi-ier! Zartbitter!«

»Ihr Hund heißt Zartbitter?«

»Ja, wie die Schokolade. 70 Prozent Kakao.«

Der Labrador-Rüde, der jetzt aus dem Wasser auf uns zustürmte, hatte einen tiefen Braunton, sein kurzes Fell glänzte wie eine Tafel Ritter Sport. Mit großer Geschwindigkeit näherte er sich seinem Frauchen, machte keine Anstalten, langsamer zu werden. Im letzten Moment korrigierte er seinen Kurs und hechtete mir gegen den Oberschenkel. Ich rief:

»Nein, nicht anspringen!«

Zu spät. Zartbitter hinterließ fleißig matschige Tatzenabdrücke. Seine Halterin lächelte zwar verlegen, griff aber nicht ein.

»Das tut mir so leid. Chocolate-Labbies sind leider besonders schwer zu erziehen. Zartbitter benimmt sich, wie er will.«

Zum Beweis schüttelte sich der Racker, verteilte weiteren Dreck auf meiner Hose. Ich log:

»Das macht doch überhaupt nichts. Sind sowieso meine Schmuddelklamotten.«

Als hätte ich Schmuddelklamotten. Meine mintgrünen Leinenpantalons kamen frisch aus der Reinigung. Zum Glück hatte die Schlammdusche vor meinem himmelblauen Wildlederblouson haltgemacht, den hätte ich sonst nämlich wegwerfen können. Frau Zartbitter war die Sache wirklich peinlich, sie wurde sogar etwas rot. Entzückend. Sie zeigte auf meine flauschige Begleitung.

»Und wie heißt diese süße Fellnase?«

»Das ist Knef. So wie Hildegard.«

»Hildegard Knef? Die Sängerin?«

»Genau die. Ich bin großer Fan.«

»Mmh. Knef. Ruft sich aber nicht sonderlich.«

»Das könnte man über Zartbitter genauso sagen.«

Touché. Ihr Lächeln verwandelte sich von verlegen zu aufgeschlossen. Sie musterte mich eindringlich, nahm zum ersten Mal den Mann jenseits des Hundes wahr. Und ihr gefiel offensichtlich, was sie sah, denn sie verschränkte instinktiv die Arme vor der Brust. Kleines Einmaleins der Körpersprache: Verteidigungshaltung, der Typ könnte mir gefährlich werden.

Ich hatte mir meine Mischlingsdame Knef genau für diesen Zweck zugelegt. Vergesst Tinder, der schnellste Weg zum Herzen einer attraktiven Frau war über ihren Vierbeiner. In Cafés, Restaurants und Eisdielen, auf Floh- und Wochenmärkten, an Bushaltestellen oder einfach nur so auf der Straße: Hundebesitzer waren alle vom gleichen Stamm und hatten immer sofort ein Gesprächsthema. Früher hatte ich viel Zeit damit verbracht, mir den perfekten Anmachspruch auszudenken. Originell musste er sein und der Situation entsprechend, um spontan und nicht auswendig gelernt zu klingen. Vor allem aber durfte er nicht zu aufdringlich wirken. Wobei meine charmante Vortragsweise in Kombination mit meinem ansprechenden Äußeren so einiges zuließ. Manchmal hatte ich gerade mit einem leicht übertriebenen Klischee den größten Erfolg: »Ich wusste nicht, dass Engel so tief fliegen können.« Aber auch Klassiker wie »Ich wette 20 Euro, dass du mir nicht deine Nummer gibst« oder ein humorvolles »Glaubst du an Liebe auf den ersten Blick? Sonst geh' ich raus und komm noch mal rein« funktionierten immer mal wieder. Jegliches Spruchgold verblasste allerdings im Vergleich zu: »Was ist das denn für eine Hunderasse?«, eine in ihrer Unverbindlichkeit unschlagbare Frage, die aber im selben Atemzug eine sehr intime Schnittmenge herstellte und somit die mit Abstand beste Pick-up-Line der Welt war. Jedoch nur, wenn man selbst einen Hund an der Leine führte. Dabei eignete sich Knef noch mal ganz besonders für die mit 97-prozentiger Sicherheit kommende Gegenfrage »... und Ihrer?«, denn Knef war keine Rasse. Knef war vier Rassen: Ein Mix aus Bobtail und Wolfsspitz, dazu ein Schuss Eurasier, abgerundet mit einem Spritzer Dackelgenen. Wie insbesondere Letzteres technisch funktioniert hatte, war mir schleierhaft, aber Knef hatte definitiv Dackelohren. Außerdem kam sie aus dem Tierheim und das gab mir noch mal zusätzlich den Gutmensch-Bonus. Und schon befand man sich in einer tiefsinnigen Konversation über das Wesen des Hundes im Allgemeinen, seine Vorzüge gegenüber Katzen und warum wir uns ein Leben ohne unser Ausnahme-Exemplar gar nicht mehr vorstellen konnten.

Der beste Ort für derlei nicht ganz zufällige Begegnungen war natürlich die Hundewiese. Diese typisch deutsche Einrichtung gab es in praktisch jedem Park der Republik. Nur hier in diesem Areal durften die Vierbeiner ausnahmsweise mal von der Leine, aber die Freiheit wurde knallhart kontrolliert, in Hamburg sogar von einer speziellen Einsatztruppe der Polizei. Hundewiesen waren nicht groß, Spazierengehen funktionierte hier nicht. Mensch stand herum und schaute Tier beim Spielen mit seinen Artgenossen zu. Wer jetzt nicht ins Gespräch kam, hatte wahrscheinlich auch beim Abschlussball allein getanzt. Ideale Hangouts also für einen kontaktfreudigen Mittdreißiger wie mich, immer auf der Suche nach menschlicher Inspiration und auch physischer Nähe nicht abgeneigt, selbst wenn sie nur von kurzer Dauer war.

Eine der größten Hundewiesen Hamburgs befand sich in Niendorf. Diesen weitgehend unterschätzten Stadtteil im Nordwesten der Hansestadt verband der durchschnittliche Spaziergänger wohl zunächst mit dem Niendorfer Gehege, einer äußerst gepflegten Kulturlandschaft mit antikem Baumbestand und vielen Freizeitattraktionen. Dem ernsthaften Hundehalter aber war dieses Gelände viel zu restriktiv, ja regelrecht hundeunfreundlich. Der echte Niendorfer verortete das Gehege sowieso im ›alten‹ Niendorf, dem Gebiet rund um den Niendorfer Markplatz. Diese Gegend war eine Art ›Blankenese-light‹ (für alle Nicht-Hamburger: Blankenese ist der exklusivste Nobelvorort der Hansestadt), in den schmucken Jugendstil-Villen wohnten sogar ein paar Promis! Das ›neue‹ und für den Kenner einzig wahre Niendorf war aber der ›wilde Norden‹, das ehemalige Ohmoor und die Gebiete nordwestlich des Flughafens ›Helmut Schmidt‹. Diesen um einiges weniger eleganten Flecken dominierten trostlose Betonburgen und die wahrscheinlich schmalsten Reihenhäuser Deutschlands. Aber hey, das war meine Hood. Als junger Mann konnte ich es kaum erwarten, endlich wegzuziehen, heute war ich froh, hier meine Wurzeln zu haben. Ich ♥ Niendorf!

In meiner Nachbarschaft befanden sich auch das ›Naherholungsgebiet‹ Rahweg und der Kleingartenverein Hasenheide e.V., beide idyllisch an der Tarpenbek gelegen, eine der unbedeutenderen Wasserstraßen Hamburgs. Eigentlich war diese Anlage ein Ding der Unmöglichkeit, bestes Bauland in relativer City-Nähe, mit der U-Bahn-Linie 2 ist man in zwanzig Minuten in der Innenstadt. Aber sosehr sich die Immobilien-Spekulanten auch die Finger danach leckten, das Objekt lag einfach zu dicht am Flughafen. Neben Lärm und Luftverschmutzung kam noch erschwerend hinzu, dass die sanft rollenden Hügel des Geländes in Wirklichkeit die letzten Überbleibsel des Zweiten Weltkriegs waren. An dieser Stelle wurden nämlich noch bis in die frühen 50er-Jahre die Resttrümmer der von den Engländern zerbombten Hansestadt vergraben. Deshalb funktionierte in der Gegend auch die Entwässerung nicht, immer wieder fluteten die Lauben, versanken die Wege im Regenwasser. Als Original-Niendorfer kannte ich das ›Naherholungsgebiet‹ noch als den ›Baggersee‹. Das Kernstück der Anlage war nämlich ein künstlicher Teich, der sogar einen kleinen Sandstrand hatte. Hier war ich als Kind im Sommer fast jedes Wochenende zum Baden, hatte Schwimmen gelernt und mit meinem Vater geangelt. Leider war der See mittlerweile ›umgekippt‹, verweste Algen trieben an der Oberfläche, es roch modrig und an der Böschung sammelte sich braun-grauer Schaum. Deshalb hatte die Parkverwaltung wohl auch genau hier die Auslaufwiese angelegt, mit Hundehaltern konnte man es ja machen.

Zartbitter lief wieder in die trübe Brühe. Meine neue Hundebekanntschaft erklärte:

»Labradore sind Apportierhunde, sie sind sehr wasserfreudig. Ihr Fell ist extrem dicht, sie werden nicht nass.«

No shit! Ich wischte mir den Matsch von der Hose.

»Na, da kann sich die Textilindustrie ja noch so einiges abgucken.«

Sie kicherte.

»Ich heiße übrigens Josepha. Und du?«

Das ging aber schnell. Und gleich auf Du!

»Ich bin Mar...«

Ein riesiger Airbus im Landeanflug unterbrach mich mit ohrenbetäubendem Lärm. Knef fing an zu winseln, drängte sich an meine Beine. Ich streichelte ihr den Kopf.

»Alles gut, meine Süße.«

Der Flieger zog vorbei.

»Ich bin Marius.«

»Hallo Marius. Freut mich, dich kennenzulernen.«

Ich lächelte mein schönstes Lächeln.

»The pleasure is all mine.«

Josepha war mindestens eine 8 1/2. Hochgewachsen und sportlich, aber mit genug Kurven, um sich beim Schmusen keine blauen Flecken zu holen. Sie trug ihr blondes Haar im Pferdeschwanz, ihre blauen Augen funkelten hinter extralangen Wimpern. Eine schmale Nase und ein fein geschwungener Mund komplettierten ihren hanseatischen Look, der durch eine grüne Barbour-Jacke mit Cordkragen noch unterstützt wurde. Dazu trug sie beige Jeans und Gummistiefel der Marke Hunter. Ein Outdoor-Girl mit modischem Anspruch, eine Frau nach meinem Geschmack.

»Knef mag das Wasser nicht. Sie geht höchstens bis zum Bauch rein und auch dann nur zum Trinken.«

Wie zum Beweis tippelte meine Hundelady in den See, wo sie von Zartbitter leicht überbegeistert begrüßt wurde. Knef war das sichtlich unangenehm, sie warf mir einen genervten Blick zu. Labradore sind immer so stürmisch! Und leider gleichzeitig so unbeholfen! Josepha machte eine kreisende Bewegung mit dem rechten Zeigefinger.

»Uhrzeigersinn?«

Ja, war denn schon Weihnachten? Hatte die 8 1/2 mich gerade zum gemeinsamen Flanieren aufgerufen? Und zwar im Uhrzeigersinn, also rechts um den See? Der erfahrene

Rahweg-Spaziergänger kannte natürlich diesen Begriff, der sich auch auf die gesamte Runde durch den Park erweitern ließ. Ich erwiderte:

»Uhrzeigersinn passt mir gut, mein rechtes Bein ist nämlich etwas kürzer als mein linkes.«

Josepha schenkte mir ein perfektes Lächeln, ihre makellosen Zähne strahlten mit dem Weiß ihrer Augäpfel um die Wette. Sie rief:

»Hi-ier, Zartbitter, hi-ier!«

Der tapsige Schokolabbie sprang wieder aus dem Teich, schüttelte sich ausgiebig. Diesmal war ich gewarnt, hielt gebührenden Abstand.

Es war einer dieser herrlichen Samstagnachmittage im Oktober. Die Sonne war zwar nicht mehr ganz so warm, aber immer noch genauso hell wie im August. Und rein ästhetisch war der Herbst sowieso viel aufregender als der Sommer. Die Blätter strahlten in satten Rot- und Gelbtönen, die schräg stehende Sonne tauchte den Park in ein leuchtendes Gold. Das ideale Wetter, um zu flanieren. Dabei missachteten Josepha und ich gemeinsam die Leinenpflicht, sehr zur Unbill der zahlreichen Angler, die die überall aufgestellten »Angeln verboten«-Schilder offenbar ähnlich ernst nahmen wie Porsche-Fahrer die Richtgeschwindigkeit auf der Autobahn. Knef war ein Ghetto-Hund, man hätte sie einfach so an der nächsten Bushaltestelle rauslassen können, und sie wäre bestimmt zurechtgekommen. Im Park interessierten sie immer die Mülltonnen am meisten, und sie hatte keine Hemmungen, wildfremde Passanten anzubetteln oder Entenfütterern die Brotkrumen zu klauen. Angler mochte sie besonders, denn die hatten Köder in den Taschen und Knef traute sich ohne Weiteres, diese zu durchsuchen. So auch heute.

»Knef, no! Come back here!«

»Du redest Englisch mit deinem Hund?«

»Ja, ich möchte, dass sie zweisprachig aufwächst.«

Jetzt musste Josepha laut lachen.

»Du bist echt ein lustiger Typ. Aber warum gerade Englisch?«

»Ich habe lange in London gelebt, bin erst letztes Jahr wieder nach Niendorf gezogen.«

»Ah. Was bist du eigentlich von Beruf?«

»Ich bin ...«

Ein weiterer Jet störte unsere Konversation. Diesmal hielt sich Josepha die Ohren zu.

»... Investmentbanker.«

Das war natürlich gelogen, aber ›Sachbearbeiter in der Kreditabteilung bei der Commerzbank‹ erschien mir in diesem Zusammenhang einfach zu profan. Außerdem hatte ich tatsächlich mehrere Jahre in England gearbeitet, allerdings nicht in der ›City‹, dem Finanz-Center Londons, sondern in einer Filiale der Barclays Bank in Putney, einem Vorort der Hauptstadt.

Josepha schaute mir tief in die Augen. Sie hob die perfekt geformten Augenbrauen.

»Spannend.«

Flirtete sie mit mir? Mir wurde etwas heiß in meinem Wildlederblouson. Frau Zartbitter war definitiv nicht der Prototyp reservierte Hanseatin, den sie rein äußerlich darstellte. Und sie legte noch einen drauf:

»Hast du vielleicht Lust, anschließend einen Kaffee trinken zu gehen?«

Jetzt fing ich tatsächlich an zu schwitzen. Das war normalerweise meine Zeile, und ich hätte sie frühestens am Parkplatz gebracht. Ich stotterte:

»Ja, äh, gerne.«

»Wie wär's mit dem Café am Minigolfplatz? Im Burgunderweg?«

Was, sie kannte sogar meinen Lieblings-Geheimtipp? Meine kulinarische Trumpfkarte, Überraschungs-Highlight in der ansonsten gastronomischen Wüste Niendorfs. Verdammt, jetzt wurde ich beinahe etwas sauer. Ich war es nicht gewohnt, mir die Initiative aus der Hand nehmen zu lassen, musste mich außerhalb meiner Balz-Routine erst einmal zurechtfinden. Aber ich blieb gelassen, hielt es mit meiner Lieblingssängerin, der großen Hildegard Knef: Einem geschenkten Gaul schaut man nicht ins Maul.

Drei Stunden später saß ich bei Josepha zu Hause an ihrem Esstisch im Gotenweg. Ihre schicke Wohnung war Teil einer Neubauanlage, die auf dem Grundstück eines ehemaligen Einfamilienhauses errichtet worden war. Keine architektonische Meisterleistung, aber ein effizienter Weg, aus einer Wohneinheit vier zu machen, ohne dabei den beschaulichen Charakter der Vorstadtstraße zu zerstören. Diese Form von Immobilienspekulation sah man immer häufiger in meinem Viertel, auch bei mir im Teutonenweg gab es schon ein paar dieser Klinkerkästen. Ich ließ begeistert die Gabel fallen.

»Das schmeckt ja wahnsinnig gut!«

Was als Kompliment geplant war, klang eher wie ein lustvolles Stöhnen. Josepha war eine begnadete Köchin. Gleich nach dem Kaffee hatte sie mich noch auf einen Snack zu sich gebeten.

»Espresso macht hungrig, stimmt's?«

Eigentlich das Gegenteil, aber bevor ich antworten konnte, setzte sie nach:

»Ich habe noch etwas Entenpastete im Haus, dazu frisches Baguette und einen leckeren Burgunder – ist doch passend, oder?«

Sie zeigte auf das Straßenschild neben der Einfahrt zum Minigolfplatz.

»Burgunderweg, haha!«

Das war dann wohl ihr Humor. Frau Zartbitter war definitiv nicht von der Stange, aber ich gewöhnte mich schnell an ihre direkte Art. Ihr Tempo war atemberaubend, aber hey, go with the flow, dann war ich eben mal das Mauerblümchen. Und so war dies bereits der dritte Gang, den sie mir in ihrem geschmackvoll eingerichteten Zuhause servierte. Ich fragte:

»Wie nennst du dieses wundervolle Gericht?«

Josepha lächelte verschmitzt.

»Das ist mein Engelfrikassee.«

»Engelfrikassee? Weil es so himmlisch schmeckt?«

»So ungefähr.«

Sie ging in die Küche. Ich rief ihr hinterher:

»Was ist das eigentlich für ein Fleisch? So zart, so saftig. Oder ist das irgendwas aus Soja, vielleicht Seitan, wie heißt das noch, ›Beyond Meat‹?«

Sie erschien mit einer weiteren Flasche Weißburgunder.

»Das möchtest du wohl gerne wissen.«

»Ja, denn das ist wirklich überirdisch gut. Womit hast du das bloß gewürzt? So etwas Köstliches habe ich noch nie gegessen.«

Josepha schwieg. Wieder machte sie diese verführerische Bewegung mit den Augenbrauen, dazu legte sie den Kopf leicht zur Seite. Ich gab nicht auf.

»Ach nun komm schon, sag doch, verrat mir das Rezept.«

Sie wackelte mit dem Zeigefinger.

»Das ist keine gute Idee. Wenn ich's dir verraten würde, müsste ich dich nämlich anschließend leider umbringen.«

Wieder verschwand sie in der Küche. Ich nahm mein Weinglas und folgte ihr.

»Wow!«

Ich staunte mit offenem Mund. ›Küche‹ – ein Wort, für das es im Deutschen kein Synonym gab. Das für diesen Raum sowieso maßlos untertrieben schien. Josephas Arbeitsplatz war eher ein Speise-Atelier, ein Gourmettempel, eine Kathedrale der Kochkunst. Über ihrem Gasherd mit sechs Flammen hingen diverse Töpfe und Pfannen aus Gusseisen und Kupfer an einem silbernen Pot Rack. Sie hatte nicht nur einen, sondern zwei extrabreite Öfen. Hinter Glastüren standen Gewürze, Öle und exotische Zutaten in sauber aufgereihten Dosen und Flaschen. In der offenen Speisekammer türmten sich Kartons und Gläser mit mir weitgehend unbekannten Beilagen und eingelegten Früchten. Auf ihrer Kücheninsel stand ein beeindruckender Holzblock mit einer beachtlichen Kollektion von japanischen Messern. Ich langte nach einem der Griffe. Sie gab mir einen kleinen Klaps auf den Handrücken.

»Das lass mal lieber. Die werden schon vom Hingucken stumpf.«

Sie griff sich einen Küchenbrenner vom Regal und ließ kurz die Flamme aufleuchten.

»Lust auf Nachtisch?«

Wir tranken wieder Espresso. Wie zu erwarten, war auch die Crème Brûlée ein absoluter Hochgenuss gewesen. Überhaupt hatte das Mahl mich in einen seltsamen Trance-Zustand versetzt, der Mix aus Gaumenattacke und erlesenem Wein zeigte Wirkung. Dabei fühlte ich mich seltsam leicht, keine Spur von Völlegefühl. Ich schwebte auf einer Schlemmer-Wolke, hätte ohne Weiteres die ganze Nacht weiteressen können. Josepha war thematisch schon wieder auf der Hundewiese.

»Du weißt, dass sie im Rahweg nicht nur Trümmer vergraben haben, oder?«

»Das wusste ich nicht.«

»Ja, da liegen auch diverse Leichen, und zwar nicht nur Soldaten, sondern auch Frauen und Kinder.«

»Bist du sicher?«

»Absolut. Hat mir Marc-Dieter erzählt.«

»Marc-Dieter?«

»Mein Ex-Freund. Der war Geschichtsprofessor.«

Ich hob die Hand.

»Augenblick, war?«

Josepha grinste seltsam diabolisch.

»Ja, war. Aber das tut nichts zur Sache.«

Sie verscheuchte eine imaginäre Fliege.

»Da redet natürlich keiner drüber, aber nach den Luftangriffen hatten die Verantwortlichen überhaupt keine Zeit, geschweige denn die Leute, um alle Toten zu identifizieren oder ihnen ein vernünftiges Begräbnis zu geben. Die haben sie einfach zusammen mit dem ganzen Schutt vergraben.«

»Das kann ich kaum glauben. Das ist so barbarisch, so ...«

»Ach, das ist einfach nur praktisch. Die Leichen lagen auf der Straße und fingen an zu stinken. Würde man heute genauso wieder machen.«

Ich war etwas schockiert. Ohne Vorwarnung hatte die Unterhaltung eine schon fast morbide Abzweigung genommen, die definitiv nicht post-kulinarischer Smalltalk war. Aber so steil wie Josepha in die dunkle Kurve gegangen war, so geschmeidig säuselte sie sich wieder ins Licht.

»Na schöner Mann, dir hat's offensichtlich geschmeckt.«

Sie tätschelte meine Hand.

»Ein voller Bauch steht dir übrigens. Ich geh mal eine rauchen.« Sie zeigte auf den Balkon. Ich fragte überrascht:

»Du rauchst?«

Sie zwinkerte mir zu.

»Ja, aber nur vor dem Sex.«

Moment, eine Zigarette VOR dem Sex? Dann fiel der Groschen.

Anschließend fiel ich in einen unruhigen Schlaf. Im Traum stand ich am Rand der Hundewiese im Rahweg. Es war früher Morgen, Nebel lag über dem noch feuchten Gras. Vor mir rollten die sanften Hügel des Naherholungsgebietes. Ich atmete tief durch, genoss die frische Luft und die romantische Stille. Stille? Plötzlich jagte ein Düsenjäger so tief über mich hinweg, dass ich den Kopf einziehen musste. Kaum richtete ich mich wieder auf, wiederholte sich die Attacke. Und noch ein Jet. Und noch einer. Es war, als würde mich eine ganze Schwadron Jagdflieger angreifen. Der Lärm war infernalisch, ein hoher Sinuston begann in meinen Ohren zu klingeln. Schwarzer Qualm verdunkelte die aufgehende Sonne, der schwere Geruch von Kerosin biss mir in die Nase. Ich musste heftig husten, kniff die Augen zusammen. Als ich sie wieder öffnete, hatte sich das Geschwader mit einem leisen Echo hinter dem Horizont verzogen. Langsam verflüchtigten sich auch die Rauchschwaden. Doch die dahinter auftauchenden Hügel hatten jedweden Liebreiz verloren. Der Rasen war aufgeplatzt, so als hätte jemand zu fest an beiden Enden gezogen. Aus den Rissen quoll blutrote Erde, zerborstene Balken und andere Trümmer ragten wie abgebrochene Zähne in die Nebelschleier. Auch das Licht hatte sich gewandelt, aus der zarten Morgenröte war ein kaltes Neonblau geworden, das die Szene gespenstisch von hinten beleuchtete. Ich hörte mich selbst sprechen:

»Jetzt fehlen nur noch die schrägen Geigen und wir haben einen Horrorfilm.«

Aber statt eines Streichorchesters erklang eine einzelne Posaune am äußersten rechten Ende meines Stereobildes. Und als wäre das nicht genug der akustischen Fehlbesetzung, begann auf der linken Seite ein dezent schwingender Reggae-Beat zu spielen.

»Reggae? In einem Gruselschocker? Dass ich nicht lache!«

Das hätte ich nicht sagen sollen. Mit einem bösen Zischen erschien eine dunkle Gestalt im Nebel vor mir. Ihr langer Schatten legte sich über meine Augen, war so tiefschwarz, dass ich für einen Moment glaubte zu erblinden. Kaum löste sich die Finsternis, bemerkte ich weitere Silhouetten. Sie tauchten aus den klaffenden Wunden, die die Jagdflieger hinterlassen hatten, auf wie Orcas aus der Tiefsee. Und wie die großen Raubwale fletschten sie bedrohlich die Zähne, fingen an, in einem tiefen Bariton zu summen. Ihre Stimmen mischten sich mit Posaune und Beat, erzeugten eine passable Bassbegleitung. Die erste Gestalt war mir mittlerweile so nahegekommen, dass ich ihre Gesichtszüge erkennen konnte. Überrascht stellte ich fest, dass es sich um Josepha handelte. Allerdings ähnelte sie der Frau, die neben mir im Bett lag, nur fern – sie war eher ihre Zombie-Ausgabe. Die Haut hing ihr in Fetzen vom Schädel, entblößte den weißen Knochen darunter. Ihre Augäpfel rollten in leeren Höhlen, die gelben Zähne hingen ohne Zahnfleisch im Kiefer. Die Haare fielen ihr in fettigen Strähnen über die abgemagerten Schultern, die bleich durch ihre zerschlissene Barbour-Jacke schimmerten. Trotz ihres offensichtlich schlechten Zustandes war sie in der Lage, sich sanft im Reggae-Rhythmus zu wiegen. Sie hob den Arm, streckte mir eine Hand entgegen, die fast nur noch Skelett war.

Wieder hörte ich meine Stimme. Diesmal sang ich!

»Schatz, wie heißt das Mahl, das ist so unheimlich lecker?«

Zombie-Josepha erwiderte heiser, ihre untoten Stimmbänder erzeugten einen rauchigen Flüsterton:

»Engelfrikassee, Engelfrikassee.«

Ich nahm sie bei der Hand, zog sie zu mir heran. Sie roch nach Erde und Moos, gar nicht mal unangenehm.

»Schatz, wie heißt der Snack, den gibt's bestimmt nicht beim Bäcker?«

»Engelfrikassee, Engelfrikassee.«

Wir tanzten ein paar Schritte. Ich wechselte die Harmonie, rutschte ein paar Töne höher.

»Schatz, diese Gewürze harmonier'n miteinander.«

Josepha zuckte mit dem, was ihr an Augenbrauen geblieben war.

»Engelfrikassee, Engelfrikassee.«

Sie lag gut im Arm, bis auf die Stellen, wo meine Hand ins Leere griff. Unterhalb ihres Brustkorbs war nichts, ich streifte ihre Rippen von innen.

»Schatz, ich schmecke Zimt, Thymian, Dill, Koriander.«

Wieder raunte Josepha, was offensichtlich ihr einziger Beitrag zu unserem Song sein sollte:

»Engelfrikassee, Engelfrikassee.«

Wir drehten uns umeinander, dabei stellte ich fest, dass die anderen Zombies mittlerweile im Halbkreis um uns herumstanden, dahinter hatte sich die Band aufgebaut. Neben dem Posaunisten war ein halb verwester Trompeter am Start, auch die restlichen Musiker waren lebende Leichen. Die versammelten Untoten intonierten mit krächzenden Kehlen:

»Gruß aus der Küche, Liebe zergeht auf der Zunge,
tausend Gerüche, Schnäpse und Bier versagen,
Tee emailliert den Magen.«

Sie rieben sich über die eingefallenen Bäuche, soweit überhaupt vorhanden.

»Tee emailliert den Magen.«

Jetzt fiel mir auf, dass ich mich offensichtlich in einem Klartraum befand. Mir war bewusst, dass ich träumte, dass dieses absurde Grusical vollständig meiner Fantasie entsprungen war und ich deshalb auch in der Hand hatte, was als Nächstes passierte. Ich entschied mich, endlich Licht ins Dunkel um das mysteriöse Fleisch auf meinem Teller zu bringen.

»Schatz, was ist da drin, das ist doch nicht hier vom Hügel?«

Josepha lächelte ohne Lippen.

»Engelfrikassee, Engelfrikassee.«

Ja, ja, aber ...

»Schatz, wo gibt's das Fleisch? Ist das jetzt Lamm, Rind, Geflügel?«

Wieder nur ...

»Engelfrikassee, Engelfrikassee.«

Ich wurde ungeduldig, aber bevor ich nachhaken konnte, setzte erneut der Zombie-Chor ein.

»Gruß aus der Küche, Liebe zergeht auf der Zunge,
tausend Gerüche, Schnäpse und Bier versagen,
Tee emailliert den Magen.«

Die lebenden Leichen hatten angefangen, sich synchron zu bewegen, vollführten eine einfache Tanzroutine.

»Tee emailliert den Magen.«

Sie kamen mir immer näher, aus dem Halbkreis wurde ein Kreis, dann ein Ring, schließlich ein Kessel. Ich stand Schulter an Schulter mit den Zombies, deren Zahl exponentiell zuzunehmen schien. Ich stellte mich auf die Zehenspitzen, so weit ich blicken konnte, blitzten Totenschädel im Neonlicht, drängten modrige Körper in meine Richtung. Ihr Summen war schon lange nicht mehr harmonisch, hatte sich zu einem gefährlichen Geifern aufgeschwungen. Jetzt hörte auch der Geruch auf, angenehm zu sein, giftige Fäulnis machte sich breit. Ich suchte nach Josepha, aber meine Zombie-Freundin war in der Menge verschwunden.

»Aua!«

Eine Leiche hatte mich in den Nacken gebissen.

»Hey, lass das!«

Ein weiterer Untoter versenkte seine Zähne in meiner Wade, ließ nicht mehr los.

»Was soll das? Aufhören!«

Ich spürte Zähne am ganzen Körper, wurde von allen Seiten angeknabbert. Immer mehr Zombies rückten heran, kletterten übereinander, drohten mich zu erdrücken.

»Nicht doch, das tut weh!«

Das war dann wohl zu viel des Guten. Klar oder unklar, wer auch immer entschied, dass ich nun genug geträumt hatte, weckte mich mit einem besonders schmerzhaften Biss in die Schulter.

»O Marius, du bist so heiß, ich könnte dich aufessen!«

Ich war zurück in der Realität. Zu meinem Entsetzen erkannte ich, dass auch diesseits der Traumgrenze das Beißen kein Ende nahm. Und dass Josepha die Übeltäterin war. Das erste Morgenlicht erreichte Frau Zartbitter nackt und auf allen vieren. In einer seltsam gekrümmten Position hockte sie über mir und – biss! Ich lag auf dem Rücken und traute meinen Augen nicht. Immer wieder schnellte ihr Kopf auf mich nieder, schnappte sich mit den Zähnen ein Stück Haut. Wo waren eigentlich mein T-Shirt und meine Boxershorts? Ich war ihr schutzlos ausgeliefert. Brust, Bauch, Beine, Arme, sie zog und zerrte, bis es wirklich wehtat.

»Sag mal, was machst du da eigentlich? Bist du völlig verrückt geworden?«

Sie war offensichtlich schon eine Weile bei der Sache, denn ich trug am ganzen Körper krebsrote Gebissabdrücke.

»Ach, ich knabbre doch nur ein bisschen. Weißt du eigentlich, wie gut du schmeckst? Du machst mich so scharf!«

Mmh, das ungewöhnliche Kompliment zeigte trotz der noch ungewöhnlicheren Situation Wirkung. Außerdem war meine Bettgefährtin trotz (oder gerade wegen) ihrer Beißposition ein überaus stimulierender Anblick. Nun wurde auch ich scharf. Sofort fokussierte Josepha auf das Zeichen meiner Erregung. Verzweifelt rief ich:

»Nein, bitte nicht in den …«

Aber es war zu spät.

»Knef, meine Süße, ist ja gut, ich bin wach!«

Meine Hundedame leckte mir das Ohr, drückte ihre feuchte Schnauze gegen meine Wange. Ich guckte auf mein Handy, schon 11:15 Uhr! Ich war wohl wieder eingeschlafen. Ein Blick zur Seite, Josepha schnarchte noch leise vor sich hin. Mit einem beherzten Ruck sprang ich auf, aber ein gewaltiges Stechen gleich über dem rechten Auge zwang mich wieder auf das Kopfkissen. Das war dann wohl doch ein bisschen viel Burgunder letzte Nacht. Ich versuchte es noch mal etwas langsamer, hielt mich am Bettrahmen fest. Jetzt ging's. Leicht schwindelig zog ich mir meine Shorts an und torkelte in die Küche. Schwanzwedelnd folgten mir Zartbitter und Knef, die sich auf ein Frühstück freuten. Mein Hangover war brutal. Der Kopfschmerz war eine fiese Würgeschlange, die sich um meinen rechten Hirnlappen gelegt hatte. Gnadenlos erhöhte sie den Druck. In meinem drangsalierten Schädel formte sich nur ein Gedanke: »EIS!« Ich riss den Kühlschrank auf, aber im Gefrierfach befanden sich keine Eiswürfel. Ein Sortiment von tiefgekühlten Fleischpaketen in Plastikfolie füllte akkurat gestapelt den ungefähr zehn Liter großen Freezer. Sei's drum! Ich griff mir eins der Bündel und hielt es mir mit beiden Händen an die Stirn. Ah, schon besser! Ich klappte den Kühlschrank zu und setzte mich auf einen der Barhocker an der Kücheninsel. Ich stützte mich auf meine Ellenbogen und lehnte mich in das Fleischpaket, das unter meiner Körperwärme anfing zu tauen. Eiswasser tropfte auf meine Handgelenke, lief mir die Unterarme hinab und sammelte sich auf der Marmoroberfläche der Insel. Schließlich legte ich das Fleisch zur Seite, wollte mir gerade ein neues Bündel aus dem Eisfach holen, als ich bemerkte, dass ein kleines Stück Papier an meiner Stirn klebte. Ich zog es ab und betrachtete es. Es war eins dieser selbst klebenden Tiefkühlschilder, auf denen man Inhalt und Einfrier-Datum festhielt. Obwohl völlig durchnässt, konnte man die Schrift darauf noch gut erkennen. In fein säuberlich geschwungenen Buchstaben hatte jemand »Thomas, 17.9.21« notiert. Thomas? Ich ging wieder zum Kühlschrank, öffnete das Eisfach. Ich nahm noch ein Paket heraus. Auf diesem stand »Sven, 5.1.22«. Ich legte es zur Seite, forschte weiter. Ich fand einen »Angelo, 7.6.22«, einen »Klaus, 15.10.20« und zwei weitere »Thomas, 17.9.21«. Darunter lagen drei Bündel mit der Aufschrift »Marc-Dieter, 13.5.21«. Marc-Dieter? Ein leiser Alarm begann in meinem Kopf zu klingeln. War das nicht der Name von Josephas Ex-Freund gewesen, dem Geschichtsprofessor? Jetzt fing der Alarm auch an zu blinken.

»Was machst du an meinem Kühlschrank?«

Hinter mir hatte Josepha die Küche betreten. Sie war barfuß und trug einen seidenen Bademantel mit Kirschblütenmuster, der ihr hervorragend stand. Sie sah hinreißend aus. Bis sie anfing zu schreien:

»Was fällt dir ein? Durchsuchst du jetzt schon meine Sachen, du verdammter Stalker?«

Mit je einem Paket »Marc-Dieter« in den Händen drehte ich mich zu ihr um.

»Nein, natürlich nicht, ich hatte nur nach Eis gesucht, wegen meiner Kopfschmerzen. Aber dann ...«

Ich hielt Marc-Dieter in die Höhe, fragte mit zitternder Stimme:

»Engelfrikassee?«

Mit einem gewaltigen Satz sprang Josepha auf die Kücheninsel, griff sich eins der japanischen Messer aus dem Holzblock. Sie zischte:

»Bingo! Der Kandidat hat 100 Punkte. Allerdings hatte ich dich gewarnt.«

Ich ließ die Bündel fallen.

»Gewarnt? Wovor?«

»Dass ich dich umbringen müsste, wenn ich dir das Rezept verraten würde. Was hast du daran nicht verstanden?«

Wie eine große Katze stürzte sie sich auf mich. Blitzartig ließ sie die Klinge vorschnellen, landete auf Händen und Füßen. Zunächst dachte ich, sie hätte mich verfehlt, aber dann spürte ich einen stechenden Schmerz auf der Stirn. Fast gleichzeitig färbte sich mein Gesichtsfeld rot. Hinter dem Blutvorhang erschien Josepha, ihre weit aufgerissenen Augen betrachteten mich neugierig. Sie wedelte das Messer vor meiner Nase hin und her und begann, heiser zu lachen.

»Das ist mein Yanagiba. Zu deutsch ›das Weidenblatt‹.«

Schmatzend leckte sie die blutige Klinge. Sie flüsterte:

»Engelfrikassee ist Menschenfleisch.«

Mit einer geübten Bewegung aus dem Handgelenk schnitt sie mir die Kehle durch. Das Messer war so scharf, dass ich die eigentliche Verletzung gar nicht spürte. Aber ich fühlte das Blut aus mir herausströmen, hörte es auf den Küchenboden plätschern. Mir wurde übel, kalter Schweiß tropfte mir den Rücken runter. Dann war mein Körper auch dazu nicht mehr in der Lage. Mir versagten die Knie, ich rutschte in meiner eigenen Blutlache aus. Ich versuchte, mich am Pot Rack festzuhalten, dabei riss ich das Regal aus der Wand. Ungebremst schlug ich der Länge nach hin, um mich herum fielen Töpfe und Pfannen mit einem tosenden Scheppern zu Boden. Sofort erschien Knef neben mir. Mit schwindender Kraft streichelte ich meine treue Fellnase. Ich röchelte:

»Tja, das ist dann wohl nicht so gelaufen, wie wir es uns vorgestellt haben, was?«

Knef hatte allerdings wenig Interesse an meinen letzten Worten. Sie schnüffelte an dem Blut, das noch immer aus meiner Wunde floss. Dann begann sie gierig, die Flüssigkeit aufzulecken. Jetzt gesellte sich auch Zartbitter zu ihr, mit wachsender Begeisterung schleckten die Hunde meinen Lebenssaft vom Parkett. Ich schloss die Augen. Ein leiser Reggae-Beat erklang am linken Rand meines Stereobildes, auf der rechten Seite begann eine einzelne Posaune zu spielen. Über mir hörte ich Josepha singen:

»Engelfrikassee, Engelfrikassee.«

DER AUFTRAG

Von Katrin Seddig
Altona

Ich ging durch die Stadt, weil ich musste. Ich war keine freiwillige Geherin, ich war eine Auftragsgeherin. Dazu später mehr. Es war die Zeit der allgemeinen Heimkehr. Ich sah den Leuten alles Mögliche an. Ich sah, wie sie sich sehnten, nach ihrer Wohnung, nach ihrer Wärme und dem Abendbrot. Ich sah, wie sie das Licht über dem Küchentisch anschalteten, das Besteck hinlegten, gemeinsam aßen, miteinander redeten. Ich versank in ihren Leben und füllte mich mit Sehnsucht.

I

Es war Nacht und ich hörte den Nachbarn. Er redete immer mit sich selbst, vor allem in der Nacht, er sang, er lachte, schimpfte, er war sein größter Feind und sein bester Freund. Ich zog mir die Decke über die Ohren, aber ich konnte nicht schlafen, er war sehr präsent.

Wenn ich ihn tagsüber sah, schien er mir nicht wie jemand, der mit sich selbst redet. Wenn er auf sein Fahrrad stieg, sah er wie ein ganz gewöhnlicher Mensch aus, keiner der den ganzen Tag über schnalzende, trillernde Geräusche von sich gab, der lange und laut lachte, bis das Lachen schließlich eskalierte, in ein Keckern überging, zu einem Vogelgeräusch wurde, einem Tiergeräusch, bis es schließlich abebbte, zu einem lang gezogenen Seufzen verklang, bis er sich, ganz am Ende, aufraffte und »Enjoy the Silence« sang, sein Lieblingslied. Müde wurde er nie. Schlafen musste er nie. Aber dann stieg er irgendwann auf sein Fahrrad und fuhr die Straße hinunter und machte gar nicht den Eindruck, der Mensch zu sein, der er war, wenn er nachts neben mir keckerte.

Mein Telefon klingelte, und es kam mir gleich so vor, als ob er es wäre, der mich mit dieser weiblichen Stimme anrief. Er hatte so viele Stimmen.

Wir haben einen interessanten Auftrag für Sie.

Wer wir? (Woher wollten »sie« wissen, ob etwas für mich interessant war? Ich konnte solche auf mich bezogenen Spekulationen nur als Anmaßung empfinden.)

Es ist ganz einfach.

Aha. (Ich wollte, dass es spöttisch klang, aber es klang nicht so, ich hatte meine Stimme nicht unter Kontrolle, ich war labil.)

Es wird angemessen bezahlt.

Das war ein Punkt, und ich musste einen Moment darüber nachdenken.

Sie machen ein paar Spaziergänge und beschreiben uns das Wesentliche.

Ich legte auf. Es war mitten in der Nacht. Es war unseriös. Es war alles Mögliche.

Aber ich war auch gleich versucht. Ich war Schriftstellerin, doch nicht sehr erfolgreich. Ich schrieb Romane und Geschichten, ich verkaufte sie sogar, aber es fiel einfach nicht so viel dabei ab. Zu dieser schwierigen Zeit hatte der Punkt mit der angemessenen Bezahlung einen angenehmen Klang.

Wenige Tage später erwachte ich und wusste, sollten *sie* wieder anrufen, würde ich Fragen stellen. Ich lag in meinem Bett und stellte Überlegungen an. Welcher Betrag würde auf dem Zettel stehen müssen, dass ich es vor mir selbst vertreten konnte, den Vertrag zu unterschreiben? Weder gab es einen Zettel noch einen Vertrag. Aber ich konnte es mir nicht anders vorstellen, als dass sie mir einen Zettel zuschieben würden, unter der Hand natürlich, unter ihrer gemeinschaftlichen Hand, in einer kleinen Pizzeria in Eimsbüttel, italienischer Schlager, Knoblauch und Oliven, ich würde den Zettel ganz ruhig aufnehmen, ihn mir ansehen und staunen. Was für ein Betrag!, würde ich denken, was für eine hübsche, runde Zahl!

»Ja«, sagte ich laut in meinem Bett, »ja!«

Ich begann, mir die Sache schönzureden. Etwas beschreiben, das Wesentliche? Das war ein Auftrag, den eine Schriftstellerin durchaus annehmen konnte. Ich legte einen Betrag fest, für den ich es tun würde.

Aber wenn sie mir diesen Betrag böten, mussten sie etwas im Sinn haben. Etwas gar nicht mal so Koscheres, in das sie mich jetzt einfach so hineinzogen, morgens in meinem Bett, noch warm und unschuldig, unter meiner Decke.

Auf keinen Fall würde ich es tun! Auch nicht für diesen horrenden Betrag.

Zwei Tage später riefen *sie* tatsächlich wieder an und boten mir sehr viel weniger Geld, als auf dem imaginären Zettel gestanden hatte. Ich ging in mich und fand keinen Widerstand mehr vor. Es war ja nichts dabei. Ich sollte ja niemanden beschatten.

Denn das hätte ich nicht getan. Es sei denn ..., dachte ich, und ließ mir diese Hintertür ein bisschen offen. Wenn es etwas sehr Wichtiges, moralisch Zweifelsfreies wäre, das nur ich allein auszuführen in der Lage gewesen wäre? Aber was hätte das sein können? Ein hochwertiges, professionelles Beschatten würde man immer den Detekteien überlassen, weil solche Leute darauf spezialisiert sind, jemanden unbemerkt, *nach den Regeln* zu verfolgen. Ich kannte die Regeln nicht, ich war eine Frau von zwar nicht besonders auffälligem, aber auch nicht unauffälligem Aussehen. Immerhin trug ich ockerfarbene Turnschuhe und einen ockerfarbenen Mantel, im richtigen Licht konnte ich leuchten wie eine warme Lampe. Außerdem nutzte ich roten Lippenstift, es kam mir einfach falsch vor, blass und unscheinbar herumzulaufen, außer, man wäre Detektivin, für die das Blasslippige Bestandteil ihrer Berufskleidung wäre, ihrer unabdingbaren Unsichtbarkeit, außer vielleicht, das Beschattungsumfeld wäre plötzlich rotlippig und auffällig, dann würde natürlich das Blasslippige, Unauffällige auf einmal zu etwas Auffälligem. Schon hatte ich mich also in Gedanken verstrickt, die mir die Tür zum Beschattungsauftrag noch ein wenig weiter aufstießen.

Ich sollte aber niemanden beschatten. Ich sollte mein Wohnhaus in der Schnellstraße verlassen, die Harkortstraße entlanggehen, die Kreuzung am Kaltenkircher Platz überqueren, in die Plöner Straße einbiegen, am Posthochhaus vorbeilaufen, an der Metro und am Briefzentrum, am Bahnhof Diebsteich vorbei, die Brücke überqueren, die vor nicht zu langer Zeit noch über brackiges, braungrünes Wasser führte, jetzt aber über eine Baugrube, und so fort. Ich fand die Anweisungen in meinem Briefkasten. Das Geld kam als Schein zu mir, im selben Umschlag, es gab keine Spuren, nichts als diesen Umschlag ohne Absender und diesen Geldschein. Die Anweisungen an mich waren in Helvetica gesetzt. Ich benutzte auch oft Helvetica, aber auch gerne Arial oder Times New Roman, je nach Stimmung. Ich hatte mal eine Beziehung mit einem leidenschaftlichen Typographen (Wie man sieht, kann man diese Wörter zusammenbringen, in ein und demselben Satz).

II

Während ich gemäß meiner Anweisung ging, warf ich einen Blick auf meine neuen ockerfarbenen Turnschuhe, in denen, wie ich wusste, meine wohlgeformten, verlässlichen Füße steckten. Meine Füße sahen immer hübsch aus und machten nie Probleme. ›Meine lieben, lieben Füße!‹, dachte ich. Es war wichtig, sich zu lieben. Meine Füße machten es mir leicht, sie zu lieben, mit den Zähnen sah das schon anders aus. Meine Schuhe, das war fast alles, was ich von mir sah, dazu ein Stück meiner dunkelblauen Jeans, und natürlich die zu mir gehörenden wachsenden und schrumpfenden Schatten unter den Straßenlaternen. Denn es war Abend, es war genau zur richtigen Zeit, ich hielt mich an alles, was sie von mir verlangten, ich war ein zuverlässiger Mensch.

Ich diktierte in mein Handy: »Gerichtstraße – rosa Frau mit Beinschiene / Haubach-Schule – Plastikkind / Einfahrt Holstenbrauerei – Mann fotografiert Abbruch / Harkortstraße – Mann transportiert mit Lastenfahrrad weiße Schaumstoffteile / Frau mit Drillingskinderwagen, Babys schlafen / Nieselregen (relevant?) / Pappkiste unter S-Bahn-Brücke: gelbes Kissen, fünf Fläschchen *Jagdstolz Kräuterlikör* / Kreuzung Kaltenkircher Platz – dichter Verkehr ...«

Ich konnte alles immer erst hinterher diktieren, denn ich musste warten, bis die Leute weit genug entfernt waren, damit sie nicht hörten, wie ich sie beschrieb. Inzwischen kamen andere Leute, deren Merkmale ich mir einprägen musste, damit ich sie beschreiben konnte, währenddessen ich die Merkmale der ersten Menschen bereits wieder vergaß und so weiter. Es war eine schwierige Aufgabe, sie brachte mich durcheinander. Ich wusste gar nicht, wie ich Menschen beschreiben sollte, ohne sie mit meiner Sprache zu demütigen. Der Stadt war es egal. Aber auch die Stadt wollte ich nicht demütigen. Es war ja meine, die, in der ich lebte. Die Merkmale, die ich erwähnte, waren ohne Relevanz. Ich sollte das Wesentliche erfassen. Aber wie? Während ich nur an allem so vorbeiging? Während ich es alles nur kurz sah oder fast gar nicht?

Ich hatte das Gefühl, manipuliert zu werden.

III

Vier Tage später lief in der *Plöner Straße* ein Mann vor mir, er war groß und kräftig und stank. Ich dachte, *was stinkt dieser Mann!*, und ich fragte mich sofort, ob man das über Menschen denken darf. Sollte ich nicht besser denken, *er riecht nicht gut*? Mein Gott, er roch nicht gut!, er roch so sehr nicht gut, dass ich das Atmen einstellte. Dann musste ich aber doch Luft holen, und so drang, stärker als vorher – denn ich nahm einen gierigen Zug davon – dieser Geruch in mich ein. Möglicherweise kam diese Wahrnehmung dem, was in meinem Auftrag als »das Wesentliche« bezeichnet wurde, näher als alles andere, über das ich bisher so uninteressant berichtet hatte. Aber wollte ich das denn? War denn dieses Wesentliche nicht zersetzend, indem es in mich eindrang, ohne dass mir ein Mittel dagegen zur Verfügung stand? War das das Schwierige, das Gefährliche an meinem Auftrag?

Ich konnte nicht anders, als hinter diesem Mann herlaufen. Was war er nur für ein Mensch? Durch die zerfetzte Hose konnte ich blass seine nackten Beine leuchten sehen, selbst seine Unterhose war zerrissen und ich sah – ich wollte es nicht – Teile seines nackten Hinterns. Er schlenkerte ein Radio in der Hand, aus dem laute Opernmusik drang, mit der anderen kratzte er sich am Kopf. Ab und zu blieb er stehen und sah sich angriffslustig um. So kam es mir jedenfalls vor, vielleicht hatte er auch keinerlei Angriffslust in sich, vielleicht war er einfach nur nervös. Er wirkte ausgesprochen kräftig. Wie konnte ein Mann, der so vollkommen fern aller Fürsorge und Pflege zu leben schien, so kräftig aussehen? Musste er denn nicht schwach und ausgezehrt sein? Er wirkte wie ein Mensch, der in der Wildnis überlebt, während nur seine äußere Hülle verwahrlost, sein Inneres, seine Muskulatur und seine Faszien aber immer geschmeidiger geworden waren, im Gegensatz zu meinen, die knirschten, sobald ich mich nur ein wenig dehnte und streckte.

Immer, wenn er stehen blieb, um sich wieder angriffslustig oder auch nur nervös umzusehen, blieb auch ich stehen, denn ich wollte ihm nicht noch näher kommen und wollte vor allem nicht Ziel seiner Blicke werden. Wenn ich ihn hätte überholen können, dann hätte ich es getan, aber dafür ging er zu schnell. Ich verlangsamte meine Schritte, um den Abstand zwischen uns zu vergrößern, aber dann blieb er wieder stehen, als wüsste er, dass ich hinter ihm gehe, und sein Geruch war schon vollkommen in mich eingedrungen, unentwegt atmete ich ihn ein. Das ist es, was Menschen mit anderen Menschen tun, dachte ich verbittert, sie kommen ihnen nahe und dringen in sie ein. Mit ihren Worten, ihren Gesten, ihren Blicken und ihrem Geruch.

Links von uns war der Zaun zum Gelände der Briefpost, rechts die Straße und dahinter stieg die Böschung an, hoch zu den Bahnschienen, die auf eisernen Brückenpfeilern die Stresemannstraße überquerten. Es gab keinen anderen Weg, ich musste diesem Mann folgen, ihn einatmen, ihn sehen und seine Arien hören, aus seinem Radio, das er lustig an der Hand schwenkte.

Ich möchte nicht verschweigen, dass ich über diesen Betrachtungen alle anderen Beobachtungen, ob sie nun nach objektiveren als meinen Maßstäben wesentlich gewesen wären oder nicht, vernachlässigte. Nur in diesen einen Menschen konnte ich mich vertiefen, ihn wahrnehmen und über ihn grübeln.

Wie wir fast an der Stresemannstraße waren, beschleunigte ich meine Schritte und näherte mich ihm, da drehte er sich um und sah mich intensiv an, als wüsste er die ganze Zeit schon, dass ich hinter ihm lief. Sein Gesicht war grimmig und schmutzig, aus zusammengekniffenen Augen starrte er mich an, als ob er mich erkannte, bis tief in mein Innerstes hinein.

Er ist es, dachte ich, mein Nachbar, ganz gewiss war es mein Nachbar. Er sah anders aus als sonst, hatte einen Bart bekommen, war schmutzig geworden, und, jetzt fiel es mir ein, ich hatte ihn schon eine ganze Weile nicht mehr gehört. Nachts war es ganz still hinter der Wand, obwohl ich das nicht wirklich wusste, denn ich schlief inzwischen ganz gut und tief, das machten die Wanderungen durch die Stadt, die meine Tage immer stärker beanspruchten. War er wirklich mein Nachbar? Dieser bärtige, verwahrloste Mann?

Der Auftrag, den ich die ganze Zeit mit mir herumtrug, der mich beschäftigte und der bereits anfing, mich zu quälen, der Schreck, der in mich fuhr, als er mich so durchdringend ansah, überlagerten sich und formten sich zu einem Gedanken aus. Wenn es etwas zu finden gab, etwas zu beschreiben, etwas, das Sinn machte, dann ihn.

»Ey«, schrie er mich an, »was bildest du dir ein!«

Er spuckte auf den Boden, er hasste mich.

»Nichts. Ich bilde mir nichts ein.«

»Lüg nicht!«, schrie er. »Du Lügner! Lügner!«

Ich lief schnell weg. »LügnerIN«, murmelte ich empört, »LügnerIN!« Ich überquerte die Kreuzung Kaltenkircher Platz, blieb unter der S-Bahn-Brücke in der Harkortstraße stehen und sprach in mein Handy: *Großer Mann, vollkommen verwahrlost, zerrissene Kleidung, stechender Blick, unangenehm riechend, hört Opernmusik aus seinem Radio.*

In der Nacht stand ich auf und legte mein Ohr an die Wand. Es war still. Das beruhigte mich. Ich war nicht verrückt, er war es gewesen, er war obdachlos geworden und ruckzuck verwahrlost. Einen Moment hatte ich Mitleid mit ihm. Einen Moment fehlte er mir. Der Gesang, das Lachen. *Enjoy the Silence.* Die Nacht war so still.

IV

... / Die Stresemannstraße ist die schmutzigste Straße Hamburgs, sie ist so grau. So grau. An ihren Rändern hocken Geschäfte, die in diesen Schmutz ganz und gar eingekleidet sind, er ist ihre Hülle und ihre Konservierung, die Miete ist bezahlbar, im Herzen eines Infernos von Lärm und Abgasen und Feinstaub, hier überlebt das, an dem niemand ein Interesse hat als der Arme, die Finanzschwache, die die Umstände nicht stören, und deshalb gehe ich gerne hier spazieren und betrachte die Architektur des Zufalls und des Zerfalls, die das Alte neben dem Neuen, das auch schon wieder alt ist, platziert hat, wie ein Kind, das gleichgültig, lustlos die Bausteine nebeneinander aufreiht, bis es sie alle mit dem Fuß umstößt und sein Brüderchen schlägt. Zu meinen orangefarbenen Füßen lugt ein vergittertes Souterrainfenster auf die Straße, hinter dessen verschmutzter Scheibe steht eine angebrochene Flasche Wein, daneben ein Strauß staubiger Seidenblumen, dahinter ein Mensch mit Herz und Geschmack, in der Dunkelheit seiner Wohnung, in der er sich eine Kerze anzündet und ein paar mehlige Kartoffeln genießt, während in seinem Fernseher jemand erschossen wird, während außerhalb, wo ich jetzt bin, das Martinshorn eines Rettungswagens heult, während ihm drinnen der Wein die staubige Kehle hinab-

rinnt, das ist die Stresemannstraße, auf der täglich ein Fahrradfahrer überfahren wird und eine Taube verblutet / …

Ich merkte, dass ich Sachen hinzufügte, die mir wahr zu sein schienen, die mehr dem Bereich des Wesentlichen zuzugehören schienen als das, was ich sehen konnte, sie kamen mir in den Kopf und schienen mir wahr und wesentlich und das beruhigte mich. Ich war im Flow. Ich lief und diktierte und war einigermaßen zufrieden. Ich konnte kaum noch nach Hause gehen, selbst wenn ich den für mich bestimmten Weg schon abgeschritten war, ich lief immer noch weiter und lieferte ihnen, was sie haben wollten. Ich war einfach gut. Meine Texte schickte ich per E-Mail an renate47@gmx.com. Ich erhielt auf diesem Weg nie eine Antwort und stellte mir vor, dass Renate47 von all dem gar nichts wusste.

V

Das Kind traf ich im *Quartierspark Mitte Altona*. Wenn die *Mitte Altona* eine Mitte sein wollte, dann ungefähr zwischen Alster und A7, sie war auf die alten Gleisanlagen des Bahnhofs Altona gebaut worden, lauter neue sechsstöckige Häuser, in denen viele junge Menschen wohnten, die richtigen Berufen nachgingen und ein bis zwei Kinder hatten, die im Quartierspark miteinander spielten, während ihre ebenfalls befreundeten Eltern vor der *Blauen Blume* saßen, die in der alten Kleiderkasse an der Harkortstraße untergebracht war, und Aperol Spritz tranken. Im Sommer. Jetzt bummelten sie mit dem Hund über die tote Wiese. Oder sie kickten ihrem Kind einen Fußball zu.

Es war bereits dunkel, in der *Blauen Blume* brannte Licht, einer der hübschen blauen ungarischen Züge fuhr langsam und quietschend über die auf hohen Pfeilern ruhenden Schienen am hinteren Ende der Grünanlage. Im Sommer hatte ich täglich auf den Treppenstufen längs des Rasens gesessen, den Familien zugesehen und Bier getrunken, es schien mir lange her.

Auf einmal stand ein Kind vor mir, es trug einen Schneeanzug, zeigte mit dem Finger auf mich und sagte: »Da bist du ja.«

Ich war mir sicher, dass es mich verwechselte, aber es lächelte mich an, als ob es mich gut kannte.

»Du verwechselst mich«, sagte ich zu dem Kind.

Es schüttelte den Kopf.

»Ich kenne dich nicht«, sagte ich zu dem Kind.

»Ich kenne *dich!*«, sagte das Kind.

»Woher?«

»Woher wohl?«, sagte das Kind.

»Ich weiß es nicht«, sagte ich. Ich war mir langsam nicht mehr sicher.

»Ich weiß es nicht«, äffte das Kind mich nach. Es war ein eher unangenehmes Kind. Ich empfand einen richtigen Widerwillen gegen dieses Kind. Es steckte in diesem hellblauen Anzug und schien ganz aus einem Stück zu sein, hellblau, und rosig im Gesicht. Sein Gesicht war rund, die Wangen waren rund, es hatte runde Augen, es war ein Kind, wie Kinder nun mal sind, wie gerade eben gebacken. Nichts knitterte, nichts schuppte und löste sich langsam auf. Alles war noch straff und frisch und nagelneu. Je länger ich dieses Gesicht betrachtete, desto mehr kam es mir vor, als ob dieses Kind aussah wie alle Kinder, als würden Kinder sich überhaupt nicht voneinander unterscheiden.

»Wie heißt du?«, fragte ich.

»Wie heißt du?«, fragte das Kind.

Ich runzelte die Stirn, ich verspürte einen wachsenden Groll, ich lief weiter und ließ das Kind einfach stehen. Nach einigen Schritten sah ich mich um, es war weg. Normalerweise hätte mich so etwas nicht verunsichert. Kinder sind flink und verblüffend. Das ist ihre Natur. Aber ich stellte einen Zusammenhang her. So langsam stellte ich einen Zusammenhang her. Es konnte kein Zufall sein, Zufälle gibt es eigentlich nicht, nicht in Texten, und das war ein Text. Mittlerweile war es alles ein Text. Das war mir klar. Ich diktierte in mein Handy: »*Kind im Schneeanzug*«. Es schien mir so bedeutsam, dass ich nach Hause lief und sehr viel über dieses Kind aufschrieb. Es war ein Kind dieser Stadt, ein sehr wichtiges, ein wesentliches Kind.

VI

Der Mann ohne Gesicht tauchte kurz nach dem Radio-Mann auf, und eigentlich noch vor dem Kind in dem Schneeanzug, aber ich brauchte länger, um ihn zu verarbeiten. Ich traf ihn Anfang November auf dem *Friedhof Diebsteich*, den ich beauftragt war aufzusuchen, für nicht mehr als fünfzig Euro, so günstig war ich zu haben. Der *Friedhof Diebsteich* lag gleich neben dem *S-Bahnhof Diebsteich*, der mittlerweile gar nicht mehr in Betrieb war. Sie bauten einen neuen Fernbahnhof, der den in Altona ersetzen sollte, und all das Alte, Versumpfte, Verschimmelte, Verrostete und Zugewachsene, was man da jetzt noch hatte, würde verschwinden und dem Neuen, Glänzenden, Sauberen und ganz und gar Zukünftigen Platz machen. Noch während ich darüber schrieb, war es alles schon anders, und vieles schon weg. Aber den Friedhof gab es noch, und es lohnte sich, ihn zu besuchen. Ich hätte ihn für umsonst besucht, ich hatte ihn einfach sehr gern. Ich drehte meine Runde in der Dämmerung, zwischen den an Allerheiligen frisch geschmückten Grabstätten und Grüften der Sinti und Roma, da huschte er also hervor und war auch gleich wieder weg. Ich war gerade voller angenehmer Gedanken, wir hatten einen warmen und schönen Herbst, die Blätter über mir rauschten, der Boden war bunt gesprenkelt, dies alles munterte mich auf, ermutigte mich und erfüllte mich seltsamerweise mit Stolz auf den Friedhof, die Stadt und mich selbst. Gerade in diesem Moment, in dem ich mich so wohl fühlte, huschte er hinter einem Busch hervor. Wie alle Menschen, außer sehr schüchternen, war ich an den Impuls gewöhnt, meinen Blick zuerst auf das Gesicht eines Menschen zu richten, aber er hatte nun mal keines, und mein Blick glitt also ab, er trug einen dunkelblauen, kurzen Mantel, durchaus elegant, aber mehr Beobachtung war mir nicht möglich, denn dann war er auch schon an mir vorbeigehuscht, er war ein ausgesprochener Huscher. Ich wendete mich nach ihm um, aber von hinten machte er keinen gesichtslosen Eindruck. Er hatte Haare. Er hatte einen Hinterkopf. Und schon war er zwischen den Bäumen verschwunden.

Natürlich war ich erschrocken, mein Herz klopfte schneller, ich atmete rascher und sah mich in der Folgezeit immer wieder um, ob er irgendwo in der Dämmerung lauerte, aber hätte er überhaupt lauern können, in seinem Zustand? Und dann schlichen sich auch schon Zweifel in meine Beobachtung. Ein Mensch hat nun mal ein Gesicht, ohne könnte er gar nicht einfach so herumlaufen, wie sollte er sich orientieren? Er *musste* also ein Gesicht gehabt haben, das ich nur übersehen haben konnte. Aber was sagte das über mich als Beobachterin aus, wenn ich solch wichtige Details übersah?

Ich hätte gleich hinterhergehen, ihn überholen und dann noch einmal von vorne betrachten sollen. Ich hätte gesehen, dass er ein Gesicht hatte.

Ein Mann in einem halb langen, dunkelblauen Mantel. Er hatte kein Gesicht.

Zu Hause versuchte ich, ihn mir zu gegenwärtigen. Es ging nicht. Es lag an seiner Gesichtlosigkeit. Ich kochte mir Tee, lauschte an der stillen Wand, die so still war wie nie und schrieb einen Satz über mich: *Ich verliere den Bezug zur Realität. Ich konstruiere meine eigene. Der Irre hinter der Wand ist weg. Die Irre bin jetzt ich.*

Ich lachte laut. Ich versuchte das Keckern. Es gelang mir nicht.

VII

Fünfzehn Uhr siebenundzwanzig / Präsident-Krahn-Straße / drei Frauen in / beigefarbenen Steppmänteln / blondiert / Altonaer Bahnhof / flatteriger Mann / schwingt sich mit den Krähen auf / sprenkeln den Himmel / mit diesen krächzenden, bitteren Geräuschen / Neue Große Bergstraße / drei kleine Hunde / Herzen und Küsse / auf die Hündchen / Mann vor TK-Maxx / Für Elise / auf der Gitarre / kläglich / dass die Leute sich / dass sie fliehen / dass kein Mensch ihm / Neue Große Bergstraße / gelbe Blätter / kleben / platt / zerbröseln / zermatschen / in die Straße / in die Haut / in die Geschäfte / die offenen / warmen / Kürbisse / immer wieder neue / Halloween / Kürbisse / Gips und Eisen / Plastik und Gummi / Altonaer Balkon / HSV / Derbyaufmarsch / »Na, das wird ja wieder was werden«, / sagt die Frau / das wird ja wieder was werden / da marschieren sie / für unseren / während die / Schiffe unten auf der Elbe / Container / während der Himmel / gleichgültig, / blass / der Himmel / blind …

Es war zu viel, zu viele Leute am Altonaer Balkon, bei diesem Derbyaufmarsch der HSV-Anhänger, diese vielen aufgeregten Leute, die ich als solche nicht mehr erfassen konnte, sondern nur noch wie einen, wie eine Masse, wie ein Teig aus Haut und Blut.

Ich kaufte mir Kopfhörer. Ich musste mich abgrenzen.

Mit einem Satz musste ich das Wesentliche bereits erfassen. Der Mann, wie er vor dem *TK-Maxx* stand und *Für Elise* auf der Gitarre zupfte, was sollte man zu diesem Mann sagen, als dass er *Für Elise* auf der Gitarre spielte, das doch jeder Mensch auf der Welt auf dem Klavier spielt? Die Leute liefen an ihm vorbei, als würde er da gar nicht stehen, und das Wesentliche an ihm war, dass er unsichtbar, dass er gar nicht da war.

Ich war erschöpft, aber ich lief weiter. Ich konnte nicht mehr aufhören, ich wusste, ich war nahe dran, bei diesem Mann am *TK-Maxx*, da war ich schon nahe dran, ich musste nur noch ein Stück weiter laufen, den Weg verlängern, die Aufnahmen vervollständigen, ich musste einfach nur dranbleiben. Der Mann ohne Gesicht hatte kein Gesicht, das war natürlich wesentlich, der Mann mit dem Radio war *nicht* der Mann, der neben mir wohnte, das war das Wesentliche an ihm, und das Kind in dem Schneeanzug kannte mich gar nicht, und es war auch kein mir bekanntes Kind. Ich begriff, dass das für mich Wesentliche an den Leuten war, was sie nicht waren.

Ich war erschöpft, verunsichert, krank. Ich erkannte, die Stadt war für mich nichts als die Leute darin, denen wesentlich war, was sie nicht waren. Ich hörte, dass ich laut lachte. Die Stadt überforderte mich, sie brachte mich um. Sie war zu viel. Ihr Wesentliches war tödlich.

VIII

Ich hatte mich beruhigt, ich saß im Sessel und hörte Musik mit meinen neuen Kopfhörern: *Ascenseur pour l'échafaud.* Das war die Musik zum Film: *Ascenseur pour l'échafaud*, auf Deutsch: *Fahrstuhl zum Schafott*. Die Musik war von Miles Davis, von 1958. Miles Davis hatte kein Problem damit, einen Auftrag zu erfüllen. Es hatte ihn nicht gestört. Vielleicht hatte es ihn gestört, aber es hatte ihn nicht abgehalten. Ich konnte es nicht. Ich war nicht Miles Davis. Die Welt war kein *Film noir*, die Welt war düster und dumm, sie hatte keine Schönheit. Das war das Problem. In all dem die Schönheit aufzustöbern. Denn war nicht sie das Wesentliche? Alles sah für mich nur immer aus wie etwas anderes, oder ich suchte danach, nach dem Anderen, das ich schon kannte und in dem zu finden hoffte, was ich sah.

»Sie arbeiten nicht ordentlich!«, sagte eine dieser Stimmen am Telefon.

»Was soll das heißen?«

»Das mit dem Mann ohne Gesicht, das stimmt nicht.«

»Woher wollen Sie das wissen?«

»Wir wissen es.«

»Tja, er war da.«

»Wir denken, dass Sie nicht zuverlässig sind.«

»Ich werde nicht das Gegenteil behaupten.«

»Das hätte auch keinen Sinn.«

»Ich höre auf.«

Die Person am anderen Ende schwieg. Es war kein bedeutungsvolles, sondern ein leeres Schweigen. Ich legte auf, zog mich aus und ging unter die Dusche. In der Dusche fiel mir ein, dass ich das Kind verschwiegen hatte. Es war mir egal. Etwas von all dem musste auch mir gehören.

Als ich aus der Dusche kam, tropfend, warm, klingelte das Telefon.

Ich sagte, »Okay ... na gut ... okay.«

Meine Straße war voller brauner Eichenblätter, die Eichen waren gelb und braun, aber hauptsächlich gelb. In der Nacht knallten die Eicheln auf die Motorhauben, auf die Dächer der Autos, als wollten sie jemanden töten. Im *Millerntor-Stadion* kämpften der FC St. Pauli und der HSV um den Sieg. Der HSV würde gewinnen, der HSV gehörte nicht in die zweite Liga, nicht nach St. Pauli. Gehörte wer nach St. Pauli? Eine Menge Leute, die in ihren Altbauwohnungen ihr Geschirr spülten.

IX

Ich konnte nicht aufhören.

Ich lief an der *Holsten-Brauerei* vorbei. Sie war nun Ruine, Berge von Schutt und bizarr verbogenen Eisenstangen. Es hatte sehr gestaubt, als die Baggerarme sich in die Wände verbissen und Stücke herausgerissen hatten, als die Abrissbirnen alles zerschlugen. Staubwolken erhoben sich über das Areal, wir atmeten sie tapfer ein und sahen, wie das Alte in sich zusammenfiel, wie es zweimal schluckte, rülpste, schrie und dann lang hinschlug und starb.

Der Geruch war nun weg. Hefe, Hopfen, Malz. Die Ratten, die früher an der Harkortstraße herummarschierten, stolze kleine Biersoldaten – waren sie, ihr Bündel an einen Stock geknüpft, im Tross nach Harburg gezogen? Waren diese gut genährten, prächtigen Brauereiratten jetzt alle nach Harburg, Hausbruch gezogen, wo jetzt das Bier gebraut wurde, immer noch dasselbe, alte Bier?

Wohnungen sollen nun hier gebaut werden, noch mehr Wohnungen, ein schönes Wohngebiet, für schöne Menschen mit schönen Kindern, es war auf den Banderolen an den hohen Zäunen des Betriebsgeländes abgebildet, es würde alles einfach wunderschön werden!

Ich starrte durch diesen Zaun an der Harkortstraße hindurch, für siebzig Euro tat ich das, ich hatte mich überreden lassen, warum auch nicht?, es faszinierte mich, das Kaputte, Zertrümmerte, der Zusammenbruch, die Leere, das ließ etwas in mir aufkommen, ein kühles Hochgefühl. Wünschte ich mir die Zerstörung? *Wenn irgendwann, eines nicht so fernen Tages, alles Alte weg ist, brauchen wir vor dem Verlust keine Angst mehr haben,* erklärte ich mir mein Gefühl, und fragte mich, warum ich *wir* dachte, als wollte nicht ich allein diesen schwachen Gedanken haben.

Ich ging wieder zum Friedhof. Er gefiel mir so gut. Das Café *Buena Vista* vor der Unterführung zum Bahnhof *Diebsteich* war nun zu, für immer. Die Leute aus der Nachbarschaft saßen nicht mehr mit ihren Hunden draußen, um Bier zu trinken und Chili zu essen. Irgendwann würde hier, genau an dieser verwinkelten, schattigen Stelle, alles weit und offen und sauber sein. Neue Läden würden gebaut, weitflächige, helle Läden, skandinavisches Design, junge Leute, große beleuchtete Buchstaben, Skaterinnen und Kaffeetrinker, Bänke und Fahrräder, die Zukunft.

Arbeiter harkten auf dem Friedhof das Laub zusammen. Einzelne Blätter taumelten herab, ein mattes Leuchten lag in der feuchten Luft. Auf dem Sockel für Elisabeth Görsch, geborene Lüddemann, verharrte ein kopfloser Engel. Ein dünner, aknezerfurchter Junge führte missmutig seinen Hund spazieren. Eine alte Frau mit vom Wind zerzaustem weißen Haar kam mir mit einer grünen Gießkanne entgegen und grüßte mich. Aber nicht, als ob sie mich kannte. Einfach nur so.

Ich hatte mich wieder im Griff. Es war alles, wonach es aussah. Die Leute, die Stadt, sie waren genau das, wonach sie aussahen. Ich kannte mich in ihr aus. Ich kannte die Wege, wusste, wem ich ausweichen musste und warum. Ich war zu Hause.

Die Frau mit dem zerzausten weißen Haar, das war ich. Ich war es nicht jetzt, aber irgendwann. Mit dieser grünen Gießkanne tränkte ich an einem zukünftigen Tag, an dem die Friedhofsbäume rauschten wie das Meer, die Pflanzen auf dem Grab eines lieben Menschen. Ich war melancholisch, aber nicht unglücklich. Ich begegnete mir selbst, wie ich mich mühte, das Wesentliche zu erfassen. Natürlich kannte ich den Mann ohne Gesicht, er war solch ein Huscher, dass man das Wesentliche an ihm vergaß, sobald man es einmal zu Gesicht bekommen hatte. Ich kannte auch den Mann mit dem Radio, er schlief zwischen den Gräbern auf einer Bank, er war ein Mann der Natur, er liebte die Oper und manchmal vielleicht auch *Depeche Mode.* Ich kannte das Kind im hellblauen Schneeanzug, und natürlich kannte es mich, denn es war ich. Ich brauchte nicht zu lügen, ich musste es alles nur aufschreiben.

Als das Telefon klingelte und ich ihre Stimme hörte, eine vollkommen fremde Stimme, die ihnen allen gehörte, die in diesem italienischen Restaurant in Eimsbüttel an diesem Tisch gesessen hätten, während sie mir auf einem Zettel eine Summe unter ihrer Hand über den Tisch geschoben hätten, was sie aber nicht getan hatten, sagte ich rasch: »Rufen Sie nie wieder an!«

Dann legte ich auf. Oder ich legte auch nicht auf, weil sie gar nicht angerufen hatten. Es spielte ja keine Rolle. Es gab die Straßen und es gab die Plätze, die Häuser, die Leute, die Autos und die Texte.

Es gab die Texte.

Es gab meinen Nachbarn, es gab das Kind im Schneeanzug, den Mann mit dem Radio und vielleicht gab es sogar Renate47.

Was ich nicht vergessen durfte, in meinem Text zu erwähnen: Der HSV hatte 0:3 gegen den FC St. Pauli verloren! Ich hatte immer noch ein bisschen Geld auf dem Konto und das Klima würde kippen, es kippte ja schon, aber heute pflanzte die Genossenschaft neue Bäume in unseren Innenhof in Altona, Hamburg. In der Nacht hörte ich wieder meinen Nachbarn. Ich konnte ihn nicht verstehen, aber er wirkte gelöst, und als er anfing zu singen, fühlte ich mich erleichtert: *Words like violence / Break the silence / Come crashing in / Into my little world.*

REEPERBAHN 29 REVISITED

Von Tina Uebel
Reeperbahn

Reinhard ist ein Engel. Würde ich denken, wäre ich religiös. Bin ich nicht, ich bin Atheist, und wir Norddeutschen sind eh allerhöchstens anchristianisierte Heiden. Reinhard wohnt, wobei »wohnen« ein Euphemismus ist, unter mir, und er kümmert sich um Rommel so liebevoll, da könnte sich Mutter Teresa noch was abgucken bei.

Rommel ist mittlerweile dürr wie ein Skelett, und er schafft die zwei Treppen runter ins Clochard nicht mehr. Seither kauft Reinhard für ihn ein, bei Penny, wo sonst, und er hat irgendwo einen Rollstuhl für Rommel aufgetrieben, den Rommel nicht nutzt, obwohl Reinhard ihn vermutlich die zwei Treppen runterträgt.

Reinhard ist ein dicker Hüne, Rommel war immer schon schmal. Ich wohne seit fast zwanzig Jahren ganz oben in der Reeperbahn 29, einem lieblos dahingerotzten Nachkriegshaus, dessen obere Stockwerke niemand sieht, der dort unten durchs Neonbuhei treibt. Ein Ex-Puff, winzige Fickzimmer auf den Etagen, ein Fünfzigerjahrefahrstuhl fuhr früher mal die Freier direktemang in die sexuelle Bedürfnisanstalt. Der Fahrstuhl fährt seit Langem nicht mehr, seine Kabine hat vor Dekaden in meinem jetzigen Wohnschlafzimmer angehalten und einfach aufgegeben, er ist nunmehr mein Kleiderschrank.

Ich bin ein gutbürgerliches Vorortkind, das, als es an seinem Vorort zu ersticken drohte, begann, nach St. Pauli zu gravitieren, denn St. Pauli ist der einzige Ort, wo wir hingehören, wir, die wir nirgendwo hingehören. Ich verbrachte lange Nächte meiner Jugend im Clochard, vielleicht nicht das Herz St. Paulis, aber seine Niere oder Leber oder Bauchspeicheldrüse, irgend so eins dieser unterschätzten Organe, die den Laden am Laufen halten. Das Clochard ist 24/7 geöffnet, außer einmal im Jahr, wenn der Kammerjäger zwei Stunden lang so tut, als könne er unsere mannsgroßen Kakerlaken in den Griff bekommen; früher, als ich Vorortkind dort soff und abhing, schliefen auf den Bänken die Berber – die Berber St. Paulis nannten sich Berber mit entschiedenem Stolz und lästerten über die Penner St. Georgs, die sie *Penner* nannten und asoziales Gesocks. In der Jukebox gab es nur Schrott, mit drei Ausnahmen: *Hey Joe*, *In the Ghetto*, und, natürlich, *Auf der Reeperbahn nachts um halb eins;* wenn ich Geld hatte, spielte ich alle drei so oft wie möglich, rein, um Schlimmeres zu verhindern. Als ich fünf oder sieben Jahre später im fünften Stock darüber einzog, hatte der Betreiber längst gewechselt, die Berber mussten anderswo schlafen, in der Jukebox gab es nunmehr Metal, was es immer noch gab, waren die Schmalzbrote, die es schon immer gab, die aber meines Wissens nach nie jemand gegessen hat, so crazy waren noch nicht mal die Berber. Ich war seit Jahren nicht dort gewesen, als ich zur Wohnungsbesichtigung antrat, drei Stockwerke über dem Clochard, und hatte auch keinerlei Intentionen, dort zu wohnen, wer täte sich das schon an, jedenfalls keiner von den 200 Interessenten, die Schlange standen, im Treppenhaus kehrten bereits 50 Prozent um – denn unser Treppenhaus riecht nicht gut –, die anderen oben in der sogenannten Wohnung. Hier will keiner wohnen, ich auch nicht, außer, dass doch. Dachte ich so, das mach ich mal, kann ich später mal erzählen, ich hätte in meiner Jugend mal so zwei Jahre direkt auf der Reeperbahn gewohnt, geblieben bin ich dann zwanzig.

Neben der Hesburger-Imbiss-Bratnische führt unser Eingang, der immer nach Pisse riecht, zwei Treppenabsätze, deren Unebenheiten mit Tränenblech kaschiert sind, in den ersten Stock, wo das Clochard ununterbrochen, 24/7, lärmt, lebt, schwitzt und dünstet. Hier ist immer Musik, hier ist immer Bass, hier ist immer Nacht, hier reden wir alle immer miteinander, wenn wir uns denn trotz des Basses noch verstehen, hier verstehen wir uns, auch wenn wir uns wegen dem Bass nicht mehr verstehen. Hier ist das Bier billig und die Schmalzbrote umsonst. Ich kam eines Morgens oder Mittags oder Wannauchimmer nach Hause, und ein schlaksiges Vorortbürgerkind in seinen Dreißigern taumelte mir in die Arme und weinte in meine Schulter darüber, dass Bukowski gestorben sei. St. Bukowski, Schutzheiliger aller Misfits.

Gegenüber vom Eingang des Clochards diese schwere Metalltür, wir haben keine Klingeln, wenn mich Leute besuchen, müssen sie anrufen, und ich werfe den Schlüssel, eingewickelt in ein Geschirrhandtuch, vom Balkon. Dahinter das Treppenhaus, in Fäkalfarben gestrichen, bis Hüfthöhe in Standardstuhl, darüber in Leichtem Durchfall. Auf den nächsten drei Etagen zahlt das Sozialamt fünf- oder sechshundert Mark, später Euro, für die Verlorenen, die hier jetzt in den Exnuttenzimmern wohnen anstatt unter der Brücke. Etage fünf, so sagte man mir, hätten sich in den Achtzigern mal Yuppies als Party-Place eingerichtet, 55 Quadratmeter mit einer unisolierten Holzfront nach Süden und Einfachverglasungsfenstern, die auf sechs Metern schierer Himmel sind, in all seinen norddeutschen Schattierungen von Grau. Unter mir tobt wochenends die Reeperbahn, im Morgengrauen reißen sich die Möwen den Himmel unter den Nagel, und ich liege auf meinem Bett, Matratze auf Europalette, sehe den Möwen zu und weiß, dass ich niemals je wieder irgendwo so hingehören werde wie hier.

Rommel heißt Rommel, weil er in seiner Jugend, damals, bevor er ein Hungergespenst ward, mit wilden Deals und undurchschaubaren Jobs durch Nordafrika groovte, Genaues weiß man nicht, egal, jedenfalls ist er ein erklärter Leser, ich bringe ihm Bücher, über die wir schnacken, ich leihe ihm Geld, von dem wir beide wissen, er wird es nicht zurückzahlen. Sein Zimmer ist immer überheizt, weil Rommel immer schon dünn war, aber je dürrer er wird, umso mehr friert er. Ich habe ihn zu meinen Poetry-Slams eingeladen, die ich direkt gegenüber im Molotow veranstalte, aber er ist nicht gekommen, er sei auf dem Verkehrstrennstreifen hängen geblieben, weil, da sei ein Zaun aus Drahtseilen. Ich aber kenne Rommel schon lange, und er hat es mir selbst mal gesagt, denn Rommel ist klug und ehrlich: Er schäme sich seiner selbst. Ich hatte eine Stunde auf ihn eingeredet, er solle doch bitte einfach mal rüberkommen zum Slam, er sei auf der Gästeliste, aber er schäme sich, sagte er, er sei zu kaputt. Ich finde das nicht, sagte ich, weil ich Rommel lieb habe und an ihm nichts Schämenswertes finden kann, aber er wollte nicht auf mich hören. Er hört dann später auch auf Reinhard nicht, der für ihn einkauft und ihm einen Rollstuhl besorgt und ihm anbietet, ihn die zwei Treppen ins Clochard runterzutragen, all das, als Rommel längst beschlossen hat, in seinem Zimmerchen zu sterben, weil er sich als der Welt nicht mehr zumutbar befunden hat. Mein Rommel, mit seinem struppigen, rotblonden Piratenbart, dem bitterharten Humor, der schiefen Brille und dem ausgezehrten Jesuschristuskörper.

Reinhard, Erzengel Reinhard, hat um Rommel gekämpft, mit Zähnen und Klauen. Reinhard hat um sich selbst gekämpft. Beide übrigens haben nur sehr moderat getrunken, nur Bier. Beide haben verloren.

Ich komme morgens nach einer Party heim, beziehungsweise, ich komme nicht heim, denn die ganze Reeperbahn ist abgesperrt: Unsere Reeperbahn 29 hat gebrannt. Im leeren Clochard steht Horst, kreidebleich unter seiner Ibizabräune, die blondierten Strähnen stehen empört von seiner Kopfhaut ab, ich müsse das sehen, sagt er, ich muss das wohl sehen, der erste Stock ist komplett ausgebrannt, krass, aber keiner ist tot. Horst, zu dieser Zeit Chef vom Clochard, erzählt mir, wie es war: Ein Junkie aus dem ersten Stock habe sich seinen Stoff über 'ner Kerze aufgekocht, den Schuss gesetzt, sei weggekippt, habe die Kerze umgeschmissen, sei aufgewacht, als die Matratze brannte. Habe geistesgegenwärtig die Matratze aus dem Fenster geschmissen, worauf das Vordach des Nachbarhauses zu brennen anfing. Er tauchte dann unten im Clochard auf, eine Körperhälfte komplett abgeflämmt, während unterdes der erste Stock lichterloh in Flammen stand, habe sich, abgeflämmt, Haare, Bart und Klamotten weg an Backbord, an die Theke gesetzt, 'ne Kippe angezündet, sinniert, und schließlich gesagt, du, Horst, Alder, du wirst das nicht glauben, aber du, echt jetzt, ich sach' dir – Mann, meine Bude brennt. Du, ich glaub, ich brauch jetzt erst mal 'n Bier.

Beim zweiten Brand bin ich zu Hause, ich hatte nach dem ersten Brand zwei Rauchmelder gekauft, die nicht funktionieren, ich wache trotzdem davon auf, dass ich gerade sterbe, und krieche auf allen vieren auf den Balkon, von dem sich meine Möwen momentan fernhalten. Unten die Reeperbahn gesperrt, Feuerwehrautos. Ich huste mir die Bronchien aus dem Leibe, die Feuerwehr sagt mir per Megafon, ich solle in meine Wohnung zurückgehen. Ich sage ohne Megafon, dass der Laden gerade brennt, sie sollten sich mal umgucken, große rote Autos, *ihre* großen roten Autos, heyhey, knickknack, möglicherweise wären sie tatsächlich deshalb da, weil die Bude brennt. Gibt ihnen zu denken, sie sind Argumenten zugänglich, schlussendlich werde ich mit

Rettungsleiter abgeborgen, was wohl so cool ist, ein Freund aus Schweden schickt mir anderntags ein Youtube-Video der Aktion.

Als die Mordkommission im Haus ist, bin ich just sagenhaft unausgeschlafen. Ich war von einem Langstreckenflug aus Übersee gekommen, hatte noch zwei verworrene Stunden geschlafen, bevor ich zu einem Termin muss, und renne auf dem ersten Treppenabsatz in *CSI St. Pauli:* Drei Männer in weißen Overalls, mit Spurensicherungstaschen und Überschuhen, ob ich vorgestern oder gestern was Verdächtiges gehört hätte, und wo ich denn eigentlich gewesen sei. Ich habe gottlob ein Alibi, und nein, ich kannte das Opfer nicht und wüsste auch nicht, wer es warum habe umbringen wollen. Hat sich dann irgendwie versendet.

Da war Rommel schon tot, und Reinhard noch nicht. Rommel hatte aufgegeben, aber Reinhard hat hart gekämpft. Reinhard hat immer gearbeitet, mal für'n Ein-Euro-Job, mal umsonst, Hauptsache Arbeit. Reinhard ist gut mit Computern, und wenn er mich um Geld fragt, dann geht es um Rommel. Ich geb ihm das Geld und versuche, es irgendwie so zu drehen, dass Reinhard selbst was davon abkriegt, aber dafür ist er zu stolz. Bloß einen richtigen Job bekommt er halt nicht, denn er hat kein Zahnfleisch, und so sehr ich ihn mit jeder Faser meines Herzens liebe, ihm ins Gesicht sehen kann ich nicht, macht mir Albträume. Im Kieferknochen hängen seine Zähne nur noch aus Gewohnheit. Wenn Reinhard lacht oder lächelt, und das tut er, gottlob, oft, denn er ist klug, liebevoll und großherzig, wird leider jedem *innocent bystander* schlecht; ungünstig bei Kundenkontakten. In den zehn Jahren unserer Quasifreundschaft – denn ich behalte immer eine gewisse Distanz hier, sonst werd ich irre – denke ich tausendmal darüber nach, wie viel Geld der Staat gespart hätte, hätte er Reinhard nicht auf dem Abstellgleis Reeperbahn 29 ausrangiert, sondern ihm einfach mal eine Maulsanierung bezahlt. Ich bin mir sicher, Reinhard hätte für sich selbst sorgen können. Er hat bis zuletzt für Rommel gesorgt.

Ich war in Shanghai, mit einem Stipendium, und das Größte an der Reeperbahn 29 war zweifellos, dass es niemals Dünkel gab, nicht meinerseits, nicht mir gegenüber, die ich mit einer gewissen Cervelatprominenz gelegentlich in der Zeitung stand, deren Miete nicht das Sozialamt zahlte, die nach Shanghai reiste, während Rommel es noch nicht mal über die Straße schaffte. Ich war in Shanghai, als Reinhard mich anrief und mir sagte, Rommel sei tot. Und es habe keine Trauerfeier oder Beerdigung gegeben, obwohl er, Reinhard, die Leute vom Amt gestalkt habe, obwohl er gesagt habe, er sei quasi Angehöriger, habe man ihn nicht von der Beisetzung benachrichtigt. Wir haben nie herausgefunden, wo Rommel begraben ist. Ich hätte Blumen und Bier zu Rommels Grab gebracht, hätte es eines gegeben.

Reinhard bekam einen Schlaganfall im Penny-Markt. Er hatte Glück, jemand hat den Rettungswagen gerufen, das ist nicht selbstverständlich hier, auf St. Pauli, wo alle fünf Minuten acht Besoffene umfallen. Der Rettungswagen kam sofort, Reinhard wurde sofort richtig behandelt, er behielt keine bleibenden Schäden. Horst hingegen war längst weg, auch Schlaganfall, seine Ibizabräune und die blondierten Strähnchen haben wohl nicht gegen das Altwerden geholfen, wir haben uns noch einige Monate gesorgt, aber die Nachrichten wurden spärlicher und versiegten. Dann zog ich aus, obwohl ich immer dachte, das könne ich nicht, es würde mir das Herz brechen, und das tat es auch, aber zwei Tage vor meiner Schlüsselübergabe wurden gegenüber die Esso-Häuser wegen Einsturzgefahr geräumt, die Esso-Tanke geschlossen, deren Crew ich über zwanzig Jahre erst zur

Geburt ihrer Kinder gratuliert hatte und dann unlängst, mit Highfive, zu deren guten Abis und Studienplätzen. Das Molotow wurde geschlossen, der Westernstore. Ich übergab den Schlüssel und lief mehrere Monate hintenrum zur U-Bahn, weil ich das, die Betonkadaver jahrzehntelangen Lebens, nicht mitansehen konnte.

Ich hatte mich um einen Nachmieter bemüht für meine wunderbaren, gestörten 55 Quadratmeter, ein Zimmer nach vorne, an dessen Spanplattenaußenwand ich in einem scheißkalten Winter, in dem mein Vermieter verlässlich um 22:00 Uhr Heizung und Warmwasser abdrehte, Styropor klebte und mit lackierter Holzfront samt Zierleisten liebevoll kaschierte. Ein kleines nach hinten, wo ich schrieb, mit fingerlosen Handschuhen im Winter. Ich hatte einen Fahrstuhl, in dessen Kabine mein Kleiderschrank war, ich hatte einen hängenden Kühlschrank über meiner Minipantry – Küchen oder Badezimmer waren im Bordell nicht zwingend gewesen –, ich hatte die besten Nachbarn der Welt, die größten Kakerlaken der nördlichen Hemisphäre, die lautesten Bässe, die man sich nur wünschen kann. Samstagabends vibrierten die Kakerlaken auf dem Fußboden, und meine Sechs-Meter-Einfachverglasung nach Süden klirrte. Ich hatte sechs Meter Fenster nach Süden, über die Steppe des Spielbudenplatzes blickend, einen Balkon dahinter, auf dem wir mit drei, vier Freunden an Samstagabenden saßen, einen Kasten Bier zur Hand, um die Reeperbahnmeute zu betrachten wie Waldorf und Statler die Muppetshow. Ich hatte ein Zuhause, wo ich zum ersten Mal und dann gleich zwanzig Jahre lang hingehörte, weil es bei uns auf Pauli egal ist, was du hast, es zählt, wer du bist. Ich hatte den Himmel voller Möwen, die sich im Morgengrauen kreischend und spottend auf die Reste der gestrigen Nacht stürzten. Ich habe immer noch *Hey Joe* im Ohr. Ich habe keinen Nachmieter gefunden.

Ich war schon ausgezogen, als ich Reinhard das letzte Mal sah, zufällig, unten bei Hesburger. Seine Zähne hatten nunmehr aufgegeben und das sinkende Schiff verlassen. Was aber schlimm war: Er stank. Reinhard hatte sich nie gehen lassen, und wenn auch jede Etage mit ihren fünf Jammerzimmern nur eine düstere Dusche besaß, Reinhard war immer wie aus dem Ei gepellt. Stolz und Würde, klingt abstrakt, ist aber olfaktorisch. Als wir uns umarmten, musste ich die Luft anhalten. Dass er tot war, erfuhr ich verspätet über einen Nachbarn, der ja gar keiner mehr war, weil ich dort nicht mehr wohnte. Ich weiß nicht, wie und woran Reinhard starb, und wo er begraben wurde, oder ob überhaupt. Wüsste ich es, würde ich hoffen, er läge neben Rommel, und würde die beiden besuchen, und Möwen mitbringen, und Bier und Bass, wir sind uns respektvoll fremd geblieben, wir waren Familie, so was von, damals, in der Reeperbahn 29, überm Clochard, das den ersten Coronalockdown nicht überlebt hat.

TEIL III

MACHT UND OHNMACHT

QUERAB SCHWARZTONNENSAND

Von Zoë Beck
Blankenese

Personen

KAI-UWE: CEO eines traditionsreichen Hamburger Familienunternehmens
BERND: Kai-Uwes Anwalt
JENS: Kai-Uwes PR-Chef
SÖREN: Gutachter
GERALD: Staatsanwalt und Golfkumpel von Kai-Uwe
CORDULA: Ehefrau des Verunglückten

2 POLIZISTEN
KELLNER
CHEFKOCH
BEDIENUNG

ENSEMBLE

I

Hamburger Yachthafen in Wedel an der Elbe, ein warmes Frühsommerwochenende. Die meisten Liegeplätze sind belegt, Segelboote und Motoryachten liegen dicht an dicht. An einem der langen Bootsstege sticht eine Yacht besonders hervor. Sie ist etwas länger und höher als die anderen, funkelt nagelneu und trägt den Namen Bull Shark. Neben der Bull Shark steht KAI-UWE (57), CEO eines extrem erfolgreichen Hamburger Familienunternehmens, einziger Erbe desselben und beliebtes Objekt der Klatsch- und Promipresse. Er trägt

Segelschuhe, rote Chinos und ein gelbes Poloshirt mit hochgeklapptem Kragen. Er telefoniert, hört aber zumeist vor allem konzentriert zu und gibt bestätigende Laute von sich. In diskretem Abstand steht JENS (54), sein PR-Chef. Gekleidet ist er ziemlich genau wie Kai-Uwe. Er tippt auf seinem Smartphone herum, als BERND (60) auf einem klapprigen Fahrrad den Steg entlanggeradelt kommt. Im Fahrradkorb liegt eine vollgestopfte Alditüte. Bernd ist Kai-Uwes Anwalt. Auch er ist im Stil der anderen gekleidet, nur farblich gedeckter.

JENS Bist du irre, du kannst doch nicht mit deinem scheiß Rad ...

BERND Danke, Bernd, dass du so schnell gekommen bist, Bernd! Das ist so lieb von dir, gleich zu springen, wenn wir dich anrufen, Bernd! Du bist der Größte, Bernd! *(Steigt vom Fahrrad ab.)* Dir auch 'nen guten Tag, Arschloch.

JENS Ja, sorry. Aber du kannst hier nicht einfach mit dem Rad ...

BERND Jetzt sag lieber, warum ich hier bin. *(Winkt Kai-Uwe zu, der auf und ab tigert, immer noch telefonierend.)*

JENS Wir hatten einen Unfall. Mit der Bull Shark.

BERND Scheiße. Anderes Boot gerammt?

JENS Einhandsegler.

BERND Und der will jetzt klagen?

JENS Der will erst mal gar nix, der ist in die Schiffsschraube geraten. Ich weiß nicht, wie viel noch von ihm übrig ist. Kai-Uwe fragt gerade nach.

BERND Ach du Scheiße. Tot?

JENS Nee.

BERND War der in dem RTW, der mich fast übern Haufen gefahren hat?

JENS Nee. Der RTW war für Anita. Hast du den Hubschrauber gesehen? Der war in dem Hubschrauber.

BERND Was ist denn mit um Gottes willen mit Anita?

JENS Also. Da war so ein dumpfer Knall. Wir haben gleich angehalten. Sein Bootchen trieb da in der Elbe, Vollschrott, und er Gesicht nach unten im Wasser. Wir ihn rausgefischt, also was von ihm übrig war. Eigentlich hat Anita ihn rausgefischt, ich kann ja kein Blut sehen. Den linken Arm hat sie nicht mehr erwischt ...

BERND Ach du Scheiße!

JENS Ja, den rechten Fuß auch nur so halb ...

BERND Ach du Scheiße!

JENS Jedenfalls hat sie ihn auf die Badeplattform gezogen. Riesensauerei, der hat ja alles vollgeblutet, und ich kann kein Blut sehen ...

BERND Schrecklich.

JENS Und wir dann mit Vollgas hierher, dann das volle Programm, Rettungshubschrauber und was nicht alles.

BERND Und Anita?

JENS Kai-Uwe hat gesagt, sie soll auch in die Klinik, falls sie 'nen Schock hat, und außerdem hat sie die ganze Zeit gekotzt, nachdem wir angelegt haben. Ich glaube, das lag an dem Fuß. Der hing nur noch an einer Sehne, hat sie gesagt.

BERND Ach du Scheiße!

JENS Ja, ich hab nicht hingesehen, ich kann ja kein Blut ...

BERND Aber der Typ lebt noch?

JENS Bis jetzt ...

(Beide sehen zu Kai-Uwe, der ihnen zuwinkt und sich nähert.)

KAI-UWE *(ins Telefon)* Ja nee, fährt einwandfrei, und von außen sieht man nix. *(Er klopft BERND zur Begrüßung auf die Schulter, dann tigert er wieder weg.)*

BERND Mit wem spricht er gerade?

JENS Mit dem Typen, der seine Yacht wartet.

BERND *(geht zu KAI-UWE, reißt ihm das Telefon aus der Hand, sagt ins Telefon.)* Moin, wir melden uns wieder, danke!

KAI-UWE Was soll das denn?

BERND Erst mal redest du mit mir, bevor du irgendwem irgendwas erzählst!

KAI-UWE Aber er muss doch wissen, was los ist! Und sauber machen!

JENS Na hoffentlich kann er Blut sehen.

KAI-UWE (*winkt ab*) Ich hab Sergej schon ein paarmal mit auf die Jagd genommen, der weidet dir ein Reh in Rekordzeit aus.

JENS (*würgt leise*)

BERND Also Jens hat schon gesagt, dass ihr einen erwischt habt. Wer ist gefahren?

KAI-UWE Na ich.

BERND Wie ist es zu dem Unfall gekommen?

KAI-UWE Keine Ahnung, der war da plötzlich. Ka-dunk, schon war's passiert.

BERND Hm. Wo?

KAI-UWE Stück weiter die Elbe runter. Höhe Schwarztonnensand.

BERND Hm. Hmmm. Durfte er da segeln?

KAI-UWE Da ist ja neues Fahrwasser gebaggert worden. Denke schon.

BERND Wie kann es sein, dass du den nicht gesehen hast?

KAI-UWE Du bist mein Anwalt, sag du's mir!

BERND Kai-Uwe! So kann ich nicht arbeiten!

KAI-UWE Der war da plötzlich.

JENS Vielleicht waren wir ein klitzekleines bisschen zu schnell.

BERND Hast du was getrunken?

JENS Klar!

BERND Nicht du.

KAI-UWE Nein! Du kennst mich doch!

BERND Also ja. War schon Polizei da?

JENS Nee, die müssten jeden Moment ... Weiß auch nicht, wo die bleiben. *(Sieht auf seine Rolex.)*

BERND Kai-Uwe, pass mal auf, kannst du bitte jetzt sofort irgendeine Pulle Schnaps holen und vor allen Augen ein Gläschen heben?

KAI-UWE Wieso ... *(er versteht)* Aaaaah! Clever! Gleich wieder da. *(Verschwindet auf der Bull Shark.)*

BERND Gut, hätten wir das geklärt. Du schwörst, dass er während der Fahrt ...

JENS Nicht ein Tropfen! Niemals! Da ist er konsequent!

BERND Das üben wir noch. Das darfst du denen nicht so dicke aufs Brot schmieren.

JENS Klar. Klar. Verstehe.

BERND Wetterbedingungen?

JENS Einwandfrei. War ja gerade erst. Siehste ja.

BERND Hm. Hmmm. Wind?

JENS Nicht so dolle, denk ich.

BERND Kann also sein, dass der Segler Schwierigkeiten hatte?

JENS Ich war mit Anita auf dem Sonnendeck. Ich hab keine Ahnung.

BERND Hm. Wir brauchen Sören.

JENS Wer ...

BERND Gutachter für genau solche Fälle. Wo bleibt denn die Polizei?

KAI-UWE (*kommt zurück, Küstennebel in der einen Hand, drei Gläser gestapelt in der anderen*) So, Leute, kann losgehen.

JENS Ja, nee, nich für mich, mir ist noch schlecht.

KAI-UWE Gerade dann!

JENS Na gut. *(Nimmt ein Glas und lässt sich einschenken, hält es dann Bernd hin.)*

BERND Nee, einer muss ja hier nüchtern ...

JENS *(kippt den Schnaps runter und lässt sich von KAI-UWE nachschenken)*

KAI-UWE Ich geh doch immer mit Gerald golfen.

BERND Staatsanwalt Dr. Langenbeck?

KAI-UWE Genau. Der hat gesagt, die Kollegen von der Polizei diskutieren noch die Zuständigkeiten. Wir haben noch ein paar Minuten. *(Kippt einen doppelten Küstennebel.)*

BERND Sehr gut. Dann schreib ich Sören, dass er kommen soll. Und Anita soll sich im Krankenhaus umhören, wie es dem Typen geht.

KAI-UWE Sag mal, was ist denn besser für mich, wenn er's schafft, oder wenn er's nicht schafft?

BERND *(tippt konzentriert eine Nachricht auf seinem Smartphone)* Kommt drauf an, was er aussagt, wenn er's schafft. Und wie glaubwürdig er ist.

KAI-UWE Aber wenn ich ihn totgefahren hab?

BERND Unfälle passieren. Aber du hast Anita und Jens als Zeugen. Er hat keine. Und wenn er tot ist, gibt's auch keinen, der gegen dich aussagen kann.

Der Bootssteg füllt sich mit gut gekleideten Menschen. Viele über den Rücken gehängte Pullover und hochgestellte Polokragen. Sie grüßen die drei Männer höflich und respektvoll, halten etwas Abstand. Auch die anderen Stege sind plötzlich bevölkert. Zwei uniformierte Polizisten und GERALD (47) mischen sich unter die Menge.

BERND Was ist jetzt los?

KAI-UWE Queen Mary 2.

BERND Ach stimmt, das ist ja heute.

Auf der Elbe fährt der Luxuskreuzer Queen Mary 2 vorbei. Die drei Männer stellen sich routiniert mit dem Rücken zur Elbe, legen sich die Arme um die Schultern und posieren grinsend für Kai-Uwes Smartphone. Dann macht Jens noch ein Selfie von ihnen, zum Schluss hantiert Bernd mit seinem Smartphone und bemüht sich, alle drei draufzubekommen, bevor das Schiff vorbeigefahren ist.

Die Menge winkt der QM2 zu, fotografiert ebenfalls wie wild. BERND, KAI-UWE und JENS laden die Selfies in ihre Social-Media-Profile und zeigen sich gegenseitig die Resultate. Dann ist das Schiff verschwunden, die Leute gehen, die drei Männer machen weiter, als wäre das alles gerade nicht passiert.

BERND Staatsanwalt Dr. Langenbeck! *(Er winkt GERALD zu, der mit den beiden Polizisten über den Bootssteg kommt.)*

GERALD Die Herren!

KAI-UWE Mensch, Ger... Herr Langenbeck, Herr Dr. Langenbeck, guten Tag.

GERALD Schreckliche Sache. Sie sind der Besitzer der Bull Shark? *(Gibt den uniformierten Polizisten ein Zeichen, dass sie sich Notizen machen sollen.)*

KAI-UWE *(spielt mit)* Ja, genau.

BERND Ich bin sein Anwalt. Leider konnte ich nicht verhindern, dass er sich auf den Schreck einen kleinen Schluck genehmigt hat.

GERALD Verständlich. Verständlich. Wir würden trotzdem einen Test machen müssen. Und Sie sind Zeuge?

JENS Schlimm, ja, ich stehe noch vollkommen unter Schock. Wir alle. Ein riesiger Schock.

KAI-UWE Ich glaube, ich bin gar nicht verneh... Bernd, wie heißt das?

BERND Vernehmungsfähig. Der Ärmste ist gerade nicht wirklich in der Lage, über die Sache zu reden. Er geht jetzt sofort zum Arzt.

GERALD Sicher. Danach melden Sie sich aber gleich, nicht wahr? Sie müssen natürlich zu Protokoll geben, wie das alles passiert ist.

KAI-UWE Selbstverständlich, Dr. Langenbeck. Nur jetzt gerade ... Meine Nerven.

GERALD Sicher. Sicher. Ganz klar. Das versteht doch nun jeder.

JENS Wie geht's denn dem ...

GERALD Sieht nicht gut aus. Aber die Ärzte tun ihr Möglichstes. *(JENS, BERND und KAI-UWE machen betroffene Gesichter und nicken feierlich.)*

BERND Dann zeige ich Ihnen mal die Bull Shark, damit Sie sich ein Bild machen können, und mein Mandant muss jetzt dringend los zum Arzt, der klappt uns sonst noch zusammen.

GERALD Ach, wissen Sie was, dann soll Ihr Arzt doch gleich Blut abnehmen.

POLIZIST 1 Herr Dr. Langenbeck, sollen wir ihn nicht besser hier vor Ort testen?

POLIZIST 2 *(hat das Messgerät bereits in der Hand)*

GERALD Na gut, aber beeilen Sie sich, der Mann muss dringend medizinisch behandelt werden.

KAI-UWE *(bemüht sich, schwach und betroffen zu wirken)* Danke, Herr Dr. Langenbeck. *(Pustet in das Gerät.)*

POLIZIST 2 Oha. *(Zeigt GERALD das Ergebnis.)*

GERALD Jaja, er hat doch gerade was getrunken, auf den Schreck.

POLIZIST 1 *(macht sich Notizen)*

GERALD *(an BERND gewandt)* Na dann sehen wir uns das mal genauer an. Wollen wir?

BERND *(zu KAI-UWE, während er mit GERALD die Bull Shark entert)* Kann ich mein Fahrrad hier stehen lassen?

KAI-UWE Eigentlich nicht.

JENS *(macht eine Show für die Polizisten)* Komm, Kai-Uwe, wir müssen zum Arzt, du kannst ja kaum allein laufen, so sehr, wie du zitterst! *(Geht mit KAI-UWE ab.)*

Die beiden Polizisten bleiben allein auf dem Steg zurück und betrachten verwundert das alte Fahrrad mit der Alditüte.

II

Eine Woche später. Die Terrasse eines Luxushotels an der Elbchaussee in Nienstedten direkt am Elbuferhang, der so genannten Butterseite *der Straße, weil die dort befindlichen Villen Elbblick haben. Die gegenüberliegende, nördliche Seite der Straße wird* Margarineseite *genannt. Man schaut von der Terrasse des berühmten Hotels aus auf Finkenwerder, eine frühere Elbinsel, die seit den 1960er-Jahren durch Deiche mit dem Land verbunden ist; darauf befindet sich vor allem das Werksgelände eines europäischen Flugzeugherstellers.*

KAI-UWE sitzt mit BERND und JENS an einem mit Austern und anderen Köstlichkeiten gedeckten Tisch, zwei Champagnerflaschen ruhen in silbernen, mit Eis gefüllten Champagnerkühlern. KAI-UWE trägt farbenfrohe Golfkleidung, Sonnenbrille und Kopfbedeckung, die anderen ebenso, nur BERND ist wie üblich in seiner Farbwahl etwas gedeckter. Neben seinem Stuhl steht die Alditüte auf dem Boden. Bei ihnen sitzt noch SÖREN (32), er trägt Anzug und Krawatte und ist bemüht, sich nicht anmerken zu lassen, wie sehr er schwitzt.

SÖREN Und Sie haben ihn gar nicht gesehen?
BERND Moment! *(Flüstert mit KAI-UWE.)* Er konnte ihn nicht sehen, weil er das Segel nicht oben hatte.
JENS Aaah, das klingt gut.

SÖREN Mhm. *(Tippt auf seinem iPad.)* Aber irgendwann sollten Sie ihn kurz gesehen haben, sonst klingt das, als hätten Sie nicht aufgepasst.

KAI-UWE Vielleicht, als wir vorher an ihm vorbeigefahren sind.

BERND Langsam und mit Abstand.

KAI-UWE Langsam und mit Abstand an ihm vorbeigefahren sind.

SÖREN Ja. Man könnte zum Beispiel sagen, dass er absichtlich ins Fahrwasser geraten ist. Vielleicht, um sich dranzuhängen. Weil ja sein Segel unten war. Warum auch immer.

KAI-UWE Sehr gute Idee.

JENS Suggerieren, dass er aktiv und selbst verschuldet in die Scheiße geraten ist.

SÖREN Ganz genau. Wie schnell waren Sie?

BERND Moment! *(Er beugt sich vor und flüstert mit KAI-UWE.)* Er hat sich an die vorgeschriebene Geschwindigkeit für Yachten in diesem Elbabschnitt gehalten. Find mal raus, wie viel das da ist.

SÖREN *(tippt auf seinem iPad)* Ist notiert. Also ich sehe da gar keine Probleme, was das Gutachten betrifft. *(Greift nach seinem Champagnerglas und will sich nachgießen.)*

KAI-UWE *(klopft ihm auf die Schulter)* Sehr gut, mein Freund. Sehr gut. Dann noch einen schönen Tag, und du schickst es mir morgen. Ja?

SÖREN *(das leere Glas in der einen, die volle Flasche in der anderen; er sieht KAI-UWE perplex an, es braucht einen Moment, bis er die Aufforderung versteht)* Ach so, ja. Natürlich. *(Stellt das Glas auf den Tisch, die Flasche zurück in den Kühler und steht auf.)* Dann wünsche ich den Herren ebenfalls noch einen schönen Tag.

JENS Danke und grüß deinen Vater!

SÖREN Sehr gern, vielen Dank, ich soll Sie alle natürlich ebenfalls grüßen, das hab ich ganz vergessen zu sagen. Entschuldigung.

KAI-UWE Aber das macht doch nichts, Junge. Sag noch schnell, wie geht's deiner Mutter?

SÖREN Sehr gut, danke, also den Umständen entsprechend ... Ehrlich gesagt, im Moment nicht so gut. Aber es ist ein Auf und Ab, und sie ...

KAI-UWE Dein Vater soll mich anrufen, wenn er was braucht. So eine Privatpflege ist ja teuer.

SÖREN Das ist sehr großzügig von Ihnen, danke.

KAI-UWE Junge, so darfst du das nicht sehen. Reine freundschaftliche Verbundenheit. Das hat mit dem Auftrag natürlich nichts zu tun.

SÖREN Danke, das ist ...

KAI-UWE Grüße zu Hause, danke, du bist der Beste. Und du mailst mir dann das Gutachten, ja?

SÖREN *(kurz davor, sich zu verbeugen; er reicht allen der Reihe nach die Hand und tritt den Rückzug an)* Und danke für den Champagner und ...

BERND Mach's gut, Sören, danke dir!

JENS Ja, man sieht sich!

KAI-UWE *(wartet schweigend, bis er weg ist)* Meine Güte, aus dem wird nie was.

BERND Wir dürfen ihm nicht zu viel zahlen, das fällt auf.

KAI-UWE Ich dachte, ich übernehme eine Weile die Kosten für die Pflege seiner Mutter.

BERND Das fällt auf. Mach eine Spende an die Pflegeeinrichtung draus.

JENS Sehr gut. Da machen wir eine Pressemitteilung ... Edle Spende des Hamburger Unternehmers in Höhe von einer halben Million an privates Pflegeheim für ...

BERND Ohne Pressemitteilung. Das fällt doch auf!

JENS Kann ich denn gar nichts für irgendwas verwenden?!

BERND Du hast schon das Foto mit der QM2 gepostet, das war schon fast zu viel.

JENS Also bitte! Das ist mein Job!

BERND Und meiner, euch aus dem Knast rauszuhalten. Im Abendblatt hatten sie beide Storys direkt nebeneinander. »Einhandjollensegler bei Bootsunfall auf Elbe lebensgefährlich verletzt« und »Besuch der QM2 in Hamburg, auch der berühmte Hamburger Unternehmer begrüßte mit Freunden den Luxuskreuzer«. Da muss nur mal jemand auf den Zusammenhang kommen und anfangen, Fragen zu stellen.

KAI-UWE Was denn für Fragen?

BERND Warum du der scheiß Queen Mary zuwinkst, aber kein Wort darüber verlierst, dass du gerade heldenhaft einen Segler gerettet hast, vielleicht?

KAI-UWE Reiner Altruismus, man muss ja nicht alles an die große Glocke ...

BERND Das riecht nach Vertuschung. Jens, überleg dir mal was.

JENS Erst sagst du, kein Wort darüber, jetzt sagst du, ich soll mir was überlegen!

BERND Kann doch keiner ahnen, dass der das überlebt. Wie ist da eigentlich der aktuelle Stand?

KAI-UWE Anita hat mir die Krankenakte besorgt.

BERND Will ich wissen, wie sie das gemacht hat?

KAI-UWE Ole und ich spielen Tennis. Der ist da Chefarzt.

BERND Ich will es also nicht wissen. Wir haben die Krankenakte nie gesehen. Zeig mal her.

KAI-UWE *(schiebt ihm sein iPad rüber)* Rechter Arm fehlt, linkes Bein amputiert, fünfzehn Blutkonserven, bisher vier Operationen, weitere stehen aus, aktuell künstliches Koma ... Da steht alles.

BERND Aber der wacht wieder auf?

KAI-UWE Scheint ein zäher Knochen zu sein.

BERND Wäre einfacher, wenn nicht.

KAI-UWE Was soll ich machen. Ich kann schlecht hingehen und ihm die Schläuche rausziehen.

JENS Oder die Maschinen abstellen.

KAI-UWE Oder jemanden bitten, es zu tun.

BERND *(überlegt)* Nein, ich denke, es geht auch so. Du hast Anita und Jens als Zeugen. Er hat keine. Das sollte alles reichen. Dazu noch das Gutachten ... Doch, das reicht.

JENS Soll ich denn jetzt noch eine Pressemitteilung schreiben?

KAI-UWE Über die Rettungsaktion.

BERND *(überlegt)* Nein. Das ist zu spät. Aber wir brauchen dringend ein Attest für Anita. Haben wir das? Schwere Traumatisierung und so weiter und so weiter.

KAI-UWE Ich schreib Ole.

BERND Nichts Schriftliches! Ruf ihn an und verabredet euch zum Tennis.

KAI-UWE Das kann ich doch schriftlich ...

BERND Ruf ihn einfach an, Herrgott!

KAI-UWE *(nimmt sein Telefon, steht auf und stellt sich ein wenig abseits, um seinen Tenniskumpel anzurufen)* Ja, mein Lieber, wie geht's uns denn so? ... Gleich morgen? ... Ah, ja, dann Dienstag ... Hervorragend! ... Ich freu mich! (usw.)

JENS Wenn es rauskommt, sagen wir, dass wir aus Rücksicht auf Anitas Gesundheitszustand zurückhaltend waren?

BERND Ich muss da noch drüber nachdenken. Staatsanwalt Langenbeck meinte jedenfalls, es kommt sehr wahrscheinlich zu keiner Anzeige, und die Untersuchungen sind bald abgeschlossen. Es fehlt nur noch die Aussage von dem Segler, aber das kann ja noch dauern.

JENS Wie der das überlebt hat ...

BERND Normalerweise bist du Hackfleisch, wenn du in so eine Schiffsschraube gerätst.

JENS Zäher Knochen.

BERND Ganz zäher Knochen.

KAI-UWE *(setzt sich wieder zu ihnen)* Was wissen wir eigentlich über den?

BERND Lehrer.

JENS Und trotzdem so zäh.

BERND Sportlehrer.

JENS Vielleicht deshalb.

KAI-UWE Wo?

BERND Mümmelmannsberg.

KAI-UWE Und kann sich so eine Einhandjolle leisten?

JENS Die kosten doch nix.

KAI-UWE Ach so. Na dann. Was kostet so was?

JENS Unter zehn.

KAI-UWE Das ist ja nix.

JENS Sag ich doch.

BERND Verheiratet, keine Kinder.

KAI-UWE Sehr gut, ein paar Leute weniger, die auf die Idee kommen könnten, rumzuschnüffeln.

BERND Die Kinder wären noch nicht in der Lage, herumzuschnüffeln. Er ist 36.

KAI-UWE Ja, nee, da hätte er früh anfangen müssen. Und was ist mit der Frau?

BERND Praxis für Physiotherapie, auch da in der Ecke. Man besitzt ein kleines Häuschen. Alles sehr unauffällig.

KAI-UWE Und die Frau hat noch nicht Alarm geschlagen?

BERND Staatsanwalt sagt nein, die steht noch unter Schock und sitzt jeden Tag im Krankenhaus bei ihrem Mann.

KAI-UWE Hm, irgendwann wird sie anfangen, die Schuld woanders zu suchen.

BERND Müssen wir abwarten.

KAI-UWE Müssen wir? Aber vielleicht sollten wir uns darauf vorbereiten, meinst du nicht?

BERND Du meinst, finden wir Dreck bei ihm?

KAI-UWE Oder bei ihr. Nur zur Sicherheit.

BERND Die sind so unauffällig, die siehst du nicht mal, wenn sie vor dir stehen.

KAI-UWE Das sind manchmal die Schlimmsten. Dann kommen sie mit diesem »die Reichen sind an allem schuld«-Gejammer, die Presse steigt drauf ein ... Kann ich nicht gebrauchen. Wir müssen sicher sein, dass von denen nichts kommen kann.

BERND Na gut. Ich kümmere mich.

JENS Wie wäre es denn noch mit einer Instastory fürs Wochenende über ...

KAI-UWE Nix mit Yachten! Oder Schiffen!

JENS Ich dachte, hier auf der Terrasse, wir lassen uns noch mal frische Austern bringen, bisschen Foodporn und so, den Chefkoch noch mit aufs Bild nehmen ...

KAI-UWE Ja, von mir aus, mach das.

JENS *(erhebt sich und winkt einem KELLNER, mit dem er dann im Hotelrestaurant verschwindet)*

BERND Was noch gut wäre.

KAI-UWE Sag an.

BERND Geh mal bei den Polizisten vorbei, die das auf dem Tisch liegen haben, und tu so, als wolltest du noch was helfen. Nee, besser, bedank dich für die tolle Arbeit. Kleine Spende für den Polizeisportverein. Ja, das ist gut.

KAI-UWE Soll ich da persönlich hin?

BERND Immer besser. Deine Zeit ist kostbar, eigentlich kannst du dir nicht mal eine halbe Stunde abknapsen, aber für unsere Freunde und Helfer nimmst du sie dir.

KAI-UWE Wann soll ich das denn auch noch. *(Tippt auf seinem iPad herum.)* Hm, ich könnte die Sauna ausfallen lassen.

BERND Bei dem Wetter brauchst du eh keine Sauna.

KAI-UWE Du hast das Konzept immer noch nicht verstanden. Du solltest mal mitkommen.

BERND *(greift sich seine Alditüte und steht auf)* Du bist nicht der Einzige, der viel zu tun hat. Ich empfehle mich. *(Verabschiedet sich im Abgehen von JENS, der gerade zurückkommt.)*

JENS *(setzt sich zu KAI-UWE)* Chefkoch kommt gleich.

KELLNER *(bringt neue Austern und schenkt Champagner nach)* Noch einen Wunsch, die Herren?

KAI-UWE Brauchen wir noch Deko?

JENS Nein, ich denke, das reicht so.

KELLNER Die Queen Mary 2 verlässt gerade Hamburg und kommt hier innerhalb der nächsten halben Stunde vorbei. Es könnte kurzfristig etwas voller auf der Terrasse werden, ich hoffe, Sie stören sich nicht daran.

JENS Oh, das hatte ich ganz vergessen. Hervorragend! Mit Austern, Champagner, Chefkoch UND QM2. Das gibt doch eine gute Instastory.

KAI-UWE Interessiert das wirklich jemanden?

JENS Wenn du nicht willst, dass dir die Klatschpresse am Arsch klebt, musst du selbst für Content sorgen, dann wird es denen langweilig und sie können nichts mehr verkaufen, weil eh dein gesamtes Leben online stattfindet. Wie oft hatten wir das Thema jetzt schon?

KAI-UWE *(seufzt)* Dann mal los.

Der Chefkoch des Restaurants kommt in voller Chefkochmontur, begrüßt Kai-Uwe und Jens herzlich. Die Terrasse füllt sich mit Leuten. Im Hintergrund fährt die Queen Mary 2 vorbei, diesmal elbabwärts. Die Leute machen Selfies und winken dem Schiff. Der KELLNER macht mit Sörens Telefon Fotos von den beiden samt Chefkoch, wie sie grinsend hinter dem üppig gedeckten Tisch posieren, im Hintergrund der Luxuskreuzer.

III

Drei Monate später. Ein kleines, aber exklusives Vereinslokal kurz vor dem Ortseingang von Blankenese. Es liegt an der Elbchaussee in einem hübschen Park am Elbhochufer. Nebenan sind ein paar Tennisplätze, die heute aber nicht genutzt werden können, weil es schüttet. Auch das Vereinslokal ist wie leer gefegt, bis auf KAI-UWE, JENS und BERND. Sie tragen helle Tennisschuhe, helle Hosen und bunt gemusterte, aber geschmackvoll-teure Poloshirts. Nur BERND trägt einen klassischen weißen Tennispullover mit dem markanten V-Ausschnitt. Neben ihm steht eine Alditüte. Hinter dem Tresen räumt eine BEDIENUNG auf.

JENS Dann können wir doch die Spendenaktion für die Polizeihundestaffel nächste Woche groß aufziehen. Fänd ich gut.

KAI-UWE Sehr gut. Sehr gut. Ich muss dafür aber keinen von den Hunden ...

JENS Also fürs Foto wär es schon gut, wenn du wenigstens mal kurz so tun würdest, als hättest du keine Angst vor Hunden.

KAI-UWE Muss ich wirklich? Ich meine, was, wenn mich einer von denen beißt?

BERND Die sind so trainiert, dass sie nur Verbrecher beißen.

KAI-UWE Ach so. Aber kann man da nicht so 'ne Fotomontage oder was ...

CORDULA, eine gut aussehende Frau Ende 30, kommt ins Vereinsheim gestürmt. Sie trägt Jeans, Turnschuhe und eine schlichte Bluse und ist klatschnass vom Regen. Sie steuert direkt auf den Tisch zu, an dem die drei Männer sitzen.

CORDULA Ich bin die Ehefrau.

JENS Äh … Das ist hier nur für Mitglieder.

KAI-UWE Die Ehefrau von …?

CORDULA Von dem Mann, den Sie zerstückelt haben. Ich dachte, Sie hätten irgendwann den Anstand, sich von selbst zu melden.

KAI-UWE Oh, Sie sind das …

BERND Entschuldigung, ich bin sein Anwalt. Ich habe ihm davon abgeraten, mit Ihnen Kontakt aufzunehmen, bevor die polizeilichen Ermittlungen abgeschlossen sind. Das müssen Sie verstehen.

CORDULA Nein, das muss ich nicht verstehen. Ein normaler Mensch hätte sich erkundigt, wie es meinem Mann geht. Ein normaler Mensch hätte wissen wollen, wie es mir geht. Und ob er etwas für uns tun kann.

KAI-UWE Für Sie tun …? Bitte was?

BERND Wir haben uns regelmäßig nach dem Zustand Ihres Mannes erkundigt. Regelmäßig. Engmaschig.

JENS *(murmelnd)* Katastrophe.

KAI-UWE Es geht ihm doch wieder gut, er ist wieder zu Hause, richtig?

CORDULA Seit gestern.

KAI-UWE Das freut mich.

CORDULA Minus einem Arm, einem Bein und ein paar verzichtbaren Innereien. Die Milz ist weg, eine Niere und dann noch …

KAI-UWE Aber er lebt. Das ist doch schön!

CORDULA Sie sind so ein Arschloch.

BERND Moment! Sie beleidigen hier meinen Mandanten, vor Zeugen, das sollte Ihnen bewusst sein!

CORDULA *(ignoriert ihn)* Ein riesiges Arschloch. Ich kannte Sie bisher nur aus den Medien und dachte, vielleicht sind Sie einer von den Guten. Aber was Sie meinem Mann, was Sie uns angetan haben ...

JENS Er hat Ihrem Mann das Leben gerettet! Ich war dabei!

CORDULA Er hat ihn überfahren, weil er zu schnell war und nicht richtig hingesehen hat!

BERND Also das ist eine Unterstellung. Unhaltbar.

CORDULA Mein Mann hat mir alles erzählt.

JENS Ich war doch dabei! Und Anita auch!

KAI-UWE Ich bin gar nicht zu schnell gefahren. Ich meine, was heißt das schon, zu schnell. Mit einem Boot.

CORDULA Wissen Sie was, ich muss das gesamte Haus umbauen lassen. Badezimmer, Küche, überall Treppenlifte. Mein Mann kann nicht mehr normal Auto fahren, aber er ist darauf angewiesen, falls er weiterarbeiten will. Und auch sonst. Für ein bisschen Unabhängigkeit und Normalität, sofern es die noch für ihn gibt. Deshalb braucht er eine behindertengerechte Spezialanfertigung. Fahrradfahren geht ja nun schlecht.

KAI-UWE Sind Sie denn nicht versichert?

CORDULA Nicht gut genug. Die Versicherungen zahlen nur einen Teil.

KAI-UWE Das heißt, Sie wollen Geld von mir?

CORDULA Anfangs wollte ich nur eine Entschuldigung. Eine Erklärung. Einfach nur ein Gespräch über das, was passiert ist. Aber jetzt – ja, Sie haben recht, ich will Geld. Ich fände es nur fair, wenn Sie einen Teil der Kosten übernehmen, schließlich haben Sie die auch verursacht.

KAI-UWE Von wie viel reden wir hier?

BERND *(legt KAI-UWE die Hand auf den Arm, flüsternd)* Nicht drauf eingehen!

CORDULA Na ja, insgesamt, also alles zusammen ... Uns fehlen dreißigtausend. Alles andere bekomme ich mit Krediten hin, und ich habe mir Geld bei Verwandten geliehen. Und mein Bruder hat ein Crowdfunding gemacht. Aber die Dreißigtausend bräuchte ich für dieses Auto.

BERND Entschuldigen Sie uns einen Moment. *(Steht auf, packt KAI-UWE am Arm und zerrt ihn in eine Ecke des Vereinsheims.)*

KAI-UWE *(raunend zu BERND)* Das ist doch ein Klacks. Das kann ich doch ohne Probleme ...

BERND *(raunend)* Wenn du das machst, ist das ein Schuldeingeständnis, da kannst du ja gleich aufs nächste Revier mit ihr gehen. Bei so einer außergerichtlichen Einigung bist du für immer der Schuldige.

KAI-UWE Wegen lächerlichen Dreißigtausend?

BERND Es geht nicht. Das kannst du nicht bringen.

KAI-UWE Und jetzt?

BERND Wir wimmeln sie ab.

KAI-UWE Ich kann ihr doch anonym das Geld geben, da über dieses, wie heißt das ...

BERND Crowdfunding? Es gibt kein Anonym im Internet. Das haben irgendwelche Journalisten nach kürzester Zeit rausgefunden, und du bist am Arsch.

KAI-UWE Auch wieder wahr. Und wie werden wir sie jetzt los?

BERND Lass mich mal. *(Geht zurück zum Tisch, wo JENS angestrengt in sein Telefon starrt und CORDULA mit verschränkten Armen dasteht und die beiden genau betrachtet.)*

BERND Gute Frau. Wir haben zwei eidesstattliche Zeugenaussagen, dass Ihr Mann Schuld an diesem bedauerlichen Unfall trägt. Er war nicht richtig zu erkennen, er war sehr wahrscheinlich in einem Gewässerabschnitt unterwegs, der nicht für Einhandjollen freigegeben ist, und er hat versucht, sich an die Yacht meines Mandanten dranzuhängen, um Fahrt aufzunehmen. Das können Sie alles dem Gutachten entnehmen.

CORDULA Das Gutachten kenne ich. Es ist ein Witz. Es gibt mehrere Gutachten, die es komplett widerlegen. Unabhängige Gutachten, übrigens.

BERND Und doch war niemand dieser Gutachter vor Ort, auch Sie nicht. Wie gesagt, die beiden Zeugenaussagen haben ordentlich Gewicht. Die Schuld liegt unserer Auffassung nach bei Ihrem Mann. Hinzukommt, jetzt einmal abgesehen von der Tatsache, dass Sie meinen Mandanten hier vor Zeugen schwer beleidigt und versucht haben, ihn zu erpressen ...

CORDULA *Ich* habe diese Wurst da erpresst?

BERND Kann ich bezeugen. Jens, du doch auch?

JENS Unbedingt. Unbedingt.

CORDULA *(dreht sich um zum Tresen)* Sie haben doch alles gehört, was hier gesagt wurde?

BEDIENUNG Ich hör hier hinten gar nichts. *(Verschwindet durch eine Pendeltür mit der Aufschrift »Küche«.)*

CORDULA Mein Gott, was seid ihr alle für ein erbärmlicher Scheißhaufen.

BERND Das habe ich jetzt überhört. Das, und die Wurst. Also, abgesehen davon bereiten wir gerade eine Schadenersatzklage gegen Ihren Mann vor. Einmal der Schaden an der Yacht ...

CORDULA Ich fass es nicht.

BERND ... und dann der bedauerliche Ausfall seiner engsten Mitarbeiterin, die seit diesem Vorfall arbeitsunfähig ist. Das sind Lohnkosten, schließlich ist sie jetzt schon deutlich über sechs Wochen krank, und die ganzen Projekte, die sie betreut hat ... Ich kann Ihnen noch gar nicht sagen, was da alles zusammenkommt, aber so viel steht fest, billig wird das nicht.

CORDULA Sie wagen es, meinen Mann zu verklagen, nachdem Sie ihn zerfetzt haben?

KAI-UWE Also bitte, junge Frau, ich habe ihm das Leben gerettet!

Schweigen. Cordula starrt die drei Männer an. Die drei Männer starren erst zurück, aber nur sehr kurz, dann weichen sie ihrem Blick aus und fummeln verlegen an ihren Kaffeetassen oder Telefonen herum. Die BEDIENUNG kommt durch die Pendeltür zurück, und man hört sie im Hintergrund mit Geschirr klappern.

CORDULA Ich sage es noch mal, vor Zeugen und zum Mitschreiben: Sie alle sind ein erbärmlicher Scheißhaufen. *(Verlässt energisch das Vereinsheim.)*

Das Schweigen besteht noch einen Moment, nur durchbrochen vom geschäftigen Treiben der BEDIENUNG. Diese kommt endlich hinter dem Tresen hervor und sammelt leere Tassen ein.

BEDIENUNG Noch 'nen Schnaps aufs Haus, die Herren?

KAI-UWE *(unisono)* Oh ja.

JENS *(unisono)* Oh ja.

BERND *(unisono)* Oh ja.

Von draußen ist Gewittergrollen zu hören.

IV

Das folgende Wochenende. Der Yachthafen in Wedel. Es ist Nacht. Die Bull Shark brennt lichterloh. BERND, KAI-UWE und JENS stehen am Ufer im Schein des Feuers und starren den Bootssteg hinunter. Dort ist die Feuerwehr im Einsatz. Die drei Männer tragen feine Abendgarderobe, BERND ist wie üblich etwas dezenter gekleidet. Neben seinen Füßen steht eine Alditüte.

JENS *(betroffen)* Das gibt eine Riesenstory. Eine Riesenstory.
BERND Wie gut ist das Ding versichert?
KAI-UWE Mehr als.
BERND Wenigstens was.
JENS Sie war schon echt schön.
KAI-UWE Wir werden sie alle vermissen.
JENS Wir könnten eine Collage machen. Die schönsten Ausflüge mit der Bull Shark. Oder einfach: Die schönsten Erinnerungen. Oder, noch besser, warte, warte: Kundenaufruf, wer Fotos von ihr gemacht hat, von irgendwelchen Festen oder so.
KAI-UWE Auch nicht schlecht.
BERND Aber da hat man einmal Karten für die Philharmonie und dann so was.
KAI-UWE War doch eh gerade Pause.
JENS Und wir haben schöne Selfies mit dem Dirigenten.
BERND Ich wär schon noch gern bis zum Schluss geblieben.
KAI-UWE Ich kann aber doch nicht untätig herumsitzen, wenn meine Bull Shark brennt.
BERND Ach, da kommt Dr. Langenbeck. *(Winkt.)* Hier, Herr Staatsanwalt!
GERALD *(kommt auf die drei Männer zu; er trägt einen Trainingsanzug und wirkt frisch geduscht, die Haare sind noch nass)* Kai-Uwe, das ist ja furchtbar!
KAI-UWE Danke. Ja. Schrecklich.
GERALD Weiß man schon, wie das passieren konnte?

KAI-UWE Der eine Feuerwehrmann meinte, da müssen wir die Untersuchung abwarten, aber wahrscheinlich Brandstiftung.

GERALD Das werden wir genauestens untersuchen. Und wenn sich herausstellt, dass es wirklich Brandstiftung war, wird es Konsequenzen haben.

JENS Dieser Hass auf Yachtbesitzer wird immer schlimmer. Oder SUV-Fahrer. Man kann kaum noch seine Villa verlassen!

BERND Es wurde tatsächlich eine Person gesichtet, die hier herumgeschlichen ist. Ich habe schon mit dem Sicherheitsdienst gesprochen, es gibt Aufnahmen von den Überwachungskameras.

GERALD Spitze. Den finden wir. Dafür werde ich sorgen. Kai-Uwe, es tut mir unendlich leid für dich.

KAI-UWE Das tut gut, vielen Dank, mein Freund.

BERND Ich glaube, wir alle wissen, wer dafür verantwortlich ist. Wenn es denn Brandstiftung war. Wovon auszugehen ist.

GERALD Sie haben einen Verdacht?

BERND Kai-Uwe wurde letztes Wochenende massiv bedroht. Man hat versucht, ihn zu erpressen.

GERALD Wer denn?

BERND Die Ehefrau.

GERALD Ach, die, deren Mann da ...

BERND Genau die.

KAI-UWE Na ja, bedroht vielleicht nicht direkt, aber sie war schon echt auf hundertachtzig. Sie wollte Geld von mir.

GERALD Im Ernst? Unglaublich! Warum weiß ich davon nichts?

KAI-UWE Ach, die arme Frau hat doch schon genug Probleme, da muss ich doch nicht gleich mit einer Anzeige um die

Ecke kommen. Man sagt doch viel, wenn man aufgeregt ist. Aber das hier ...

GERALD Wir werden das überprüfen. Das geht so nicht. Arme Frau hin oder her.

BERND Sie hat eine ziemliche Wut, weil sich Kai-Uwe noch nicht bei ihrem Mann hat blicken lassen.

GERALD Hm. *(Senkt die Stimme.)* Er hat ihm nicht mal eine Karte geschrieben? Oder Blumen ins Krankenhaus geschickt?

BERND *(aufgebracht)* Also bitte, Herr Staatsanwalt, er hat ihm das Leben gerettet, umgekehrt wird ein Schuh draus!

KAI-UWE *(feierlich)* Ich habe ihm das Leben gerettet. Und Anita auch. Er hat mir und Anita wirklich viel zu verdanken.

GERALD Hmmm. Aber eine klitzekleine Karte?

KAI-UWE Er hatte die beste medizinische Versorgung. Ich habe mich im Krankenhaus erkundigt! Und außerdem, was bringt ihm eine Karte, wenn er im Koma liegt.

GERALD Er lag ja nicht die ganze Zeit im Koma.

KAI-UWE Ich hab ihm das Leben gerettet. Ich und Anita! Und Jens war auch dabei.

GERALD *(schnauft)* Ist ja gut.

BERND Ich bin mir ziemlich sicher, dass es seine Frau war. Eine sehr emotionale Person. Schnell mit Vorwürfen und Beleidigungen. Kurze Lunte.

GERALD Geb ich so weiter. *(Sieht zur brennenden Yacht.)* Was für eine Verschwendung.

KAI-UWE So eine Schönheit.

JENS Wir werden das angemessen zelebrieren. Ich habe da schon ein paar Ideen.

KAI-UWE Das waren wirklich zehn schöne Jahre. Die Nächste wird mir sicherlich nicht mehr so ans Herz wachsen können.

JENS Ja, sie war etwas ganz Besonderes.

KAI-UWE Ich hab auf keiner so viel Zeit verbracht. Und was ich alles noch habe ändern und anpassen lassen. Da steckte ein Teil von mir drin. Vielleicht kann man sie nachbauen. Oder gibt es das Modell noch?

JENS Ich schau schnell nach. *(Tippt auf seinem Telefon herum.)*

KAI-UWE Diese Frau da, die weiß, wo es einem wehtut. Ja, das weiß sie.

BERND *(leise)* Aber so oder so zahlt die Versicherung, dann hast du bald eine neue Yacht. Auch wenn es nicht dasselbe sein wird.

KAI-UWE Ein schwacher Trost, aber ja.

GERALD Ich sehe mal zu, was ich von der Feuerwehr in Erfahrung bringen kann, und die Kollegen sichern die Überwachungsaufnahmen. Wäre ja gelacht, wenn wir da nicht ganz schnell mit Resultaten um die Ecke kommen würden. *(Geht ab.)*

KAI-UWE *(ruft ihm nach)* Ich brauche Polizeischutz, bis ihr sie habt!

GERALD *(im Abgehen)* Kriegst du! Ich schick dir 'ne Streife!

KAI-UWE Gut. Ich glaub, ich fahr dann auch mal nach Hause.

BERND Nimmst du mich ein Stück mit, mein Fahrrad steht noch an der Philharmonie. Dann nehm ich von dir aus ein Taxi.

KAI-UWE Ich bring dich schnell. Ich muss eh auf andere Gedanken kommen.

JENS Ach so, eine Sache noch. Wie regeln wir das mit Sergej?

KAI-UWE Stimmt, da brauchen wir einen kleinen Text, richtig?

BERND Und der Familie solltest du schreiben. Das kann ich dir morgen aufsetzen.

JENS Ich bereite was vor. Langjähriger Mitarbeiter ...

KAI-UWE ... und Freund. Schreib Mitarbeiter und Freund. Das klingt besser.

JENS Gehörte zur Familie?

KAI-UWE Super. Anita schickt dir ein paar Eckdaten. Du kannst sie anchatten, sie ist im Homeoffice jederzeit erreichbar.

JENS Mach ich. Also dann.

KAI-UWE Jo, wir sehen uns. Komm, Bernd.

BERND *(schnappt sich seine Alditüte)* Bis die Tage dann! Ach so, und schreib bei Sergej noch das Übliche rein, von wegen »Wir sind in Gedanken bei seinen Liebsten«. Und lass durchblicken, dass wir die Beisetzung zahlen.

JENS Vielleicht kannst du irgendwas spenden? Hatte er Hobbys? Was war ihm wichtig?

KAI-UWE Pfff, keine Ahnung ... Ich hab jetzt nicht so viel mit dem geredet ... Mit Yachten hat er sich ausgekannt. Na ja und mit der Jagd ... Ah ich weiß. Er hat mal von seinem Aquarium erzählt.

JENS Ein Tierfreund. Sehr gut. Spende in seinem Namen ans Tropen-Aquarium, mit kleiner Gedenkplakette. Wie viel?

KAI-UWE Hundert?

JENS Hundert ist gut.

Die drei Männer nicken sich zum Abschied zu. BERND legt KAI-UWE den Arm um die Schultern und geht mit ihm zu dessen Wagen. JENS macht sich noch ein paar Notizen und fotografiert die Löscharbeiten.

AIKIDO DIARIES

Von Brigitte Helbling
Horn

»Der Autor ... hat sich mit vielerlei Theorien auseinandergesetzt, die möglicherweise geeignet wären, Aikido zu verstehen und weiterzuentwickeln. Schlussendlich ist er zu der Erkenntnis gelangt, dass Aikido sich in Zukunft nur in Form einer Kunst weiterentwickeln kann ...« Kenjiro Yoshigasaki, *Aikido, Kunst und Lebensweg*

Im Sommer, wenn ich vom Training nach Hause komme, ist es noch hell. Jetzt ist Winter, dunkel und neblig. Eis auf dem Gehweg. An der Horner Rennbahn wird gebaut, Brachland rechts, Bauzaun links, vorn an der großen Straße das Rauschen des Verkehrs. Kids vor der Kebabbude, Pfiffe, Gelächter. Von der U-Bahn bis zu mir sind es zehn Minuten, sieben, wenn ich die Abkürzung durch die Grünanlage nehme. Mach ich nie, nicht im Winter, nicht in der Nacht. »He, Lady, warte doch mal.« Meint die Stimme mich? Ruft da ein Mensch in Not? Ha ha, der war gut. Eben noch im Training sagte Pierre: »Wenn ihr angegriffen werdet, dann denkt daran: Im Aikido ist der erste Impuls niemals Abwehr, Widerstand, sondern vielmehr: Zuwendung. Heißt den Angreifer willkommen. Euer Grundgefühl sollte sein: Hallo! Schön, dass du da bist!«

***

Vor ein paar Monaten hat mir Baba ein Buch geschenkt. Kenjiro Yoshigasaki: »Aikido, Kunst und Lebensweg«.

»Ich hab's doppelt«, sagte sie, »und du willst doch die Prüfung machen.«

Danke. Gefreut hab ich mich schon. Baba ist cool. Zur Prüfung hab ich nichts gesagt. Das Buch legte ich zu Hause auf den Tisch. Es ist ordentlich dick, sämtliche Angriffe und Techniken, die wir im Aikido üben, sind mit Bild und Text beschrieben. Kurz blätterte ich darin, dann ließ ich es bleiben. Wozu nachlesen, was ich in der Praxis schon nicht verstehe?

***

Ein paar Abende später nahm ich mir das Buch wieder vor. Gleich als Erstes sprang mich ein Satz an, in dem der Sensei von der neuen Realität schreibt, die sich mit Aikido auftun wird.

»Jede Kunst«, schreibt er, »erschafft eine Realität, die nicht einfach eine Kopie der Welt ist.«

***

Kenjiro Yoshigasaki war der Lehrer von Pierre. Der Lehrer von Kenjiro Yoshigasaki war Koichi Tohei. Der Lehrer von Koichi Tohei war O-Sensei Morihei Ueshiba *himself*, der Begründer von Aikido. Nach einem ereignisreichen Leben widerfuhr O-Sensei in einem Garten in Ayabe eine Erleuchtung. Der Boden unter seinen Füßen bebte, goldener Nebel umfing ihn, er blickte in das Uhrwerk des Universums und wusste, dass im Herzen von Budo, von japanischer Kampfkunst, nicht Kampf liegt, sondern ewiger Frieden. *Well.* Aikido ist voll von solchen Widersprüchen. Siegen, ohne zu kämpfen. In der Entspannung liegt die Kraft. Pierre benennt diese Elemente einfach, ohne groß darauf einzugehen. Er gehört auch nicht zu denen, die ständig davon reden, ob Aikido im Straßenkampf etwas taugt oder nicht.

Finde ich gut.

Von einer neuen Realität war bei Pierre bisher ebenfalls nicht die Rede.

Interessieren würde die mich schon.

***

Im Internet gibt es ein Video von Pierre, wie er mit seinem Sensei trainiert. Pierre ist jünger, und eifrig. Yoshigasaki guckt freundlich, bewegt sich wie ein Delphin im Meer, lächelnd. Als er noch lebte, kam er regelmäßig für Lehrgänge nach Hamburg. Ich hab ihn immer verpasst, und jetzt ist es zu spät. Vor zwei Jahren ist der Meister gestorben, an Krebs.

***

Während ich das hier schreibe, sitze ich an meinem Arbeitstisch in Horn. In meinem Rücken hängt ein Plakat von Yoda, dem Jedi-Meister aus Star Wars. Yoda ist ein Geschenk von Gudrun. Normalerweise sehe ich ihn nicht, nur bei Video-Calls guckt er mir über die Schulter. Die IT-Kollegen, mit denen ich zu tun habe, sind bei seinem Anblick immer gleich super entspannt.

***

Und die Kolleginnen. Nur gibt es die in meinem Bereich kaum. Ich hab im Job so viel mit Kerlen zu tun, dass ich manchmal vergesse, dass ich nicht selbst einer bin.

***

Die alten Aikido-Lehrer sterben oft an Krebs. Auch O-Sensei Ueshiba starb an Krebs. Leberkrebs. Bei Yoshigasaki war es Bauchspeicheldrüsenkrebs. Im Training lernen wir, uns auf einen Punkt zu konzentrieren, der eine Handbreit unter dem Nabel liegt. Von diesem Punkt aus verbindet sich unser Körpergeist mit der ursprünglichen Energie, dem Geist des Universums.

Manchmal frage ich mich, ob diese ganze Konzentration auf den Unterbauch vielleicht auch nachteilige Wirkungen hat, wie zum Beispiel die Herausbildung von Krebszellen?

***

Mir ist etwas zugestoßen, und das will ich jetzt sortieren. Babas Buch spielt mit rein. Meine Prüfung. Gudrun, die Sache mit dem Hausmeister. Goldregen! Gar nicht so einfach, da durchzublicken. Vorläufig ist alles noch ein ziemliches Durcheinander.

***

»Ich glaube nicht, dass wir vom Aikido Krebs bekommen können«, sagte Sam. »Dafür sind wir schlicht nicht gut genug.«

Sam ist unter uns Schülerinnen und Schülern derjenige, der am höchsten graduiert ist: Zweiter Dan. Einmal die Woche übernimmt er das Training. Er ist sehr genau in seinen Anleitungen, ganz anders als Pierre, der mehr allgemein von Körperlinien und Ki-Ausdehnung spricht.

Die beiden ergänzen sich prima, finde ich.

Wir standen in der Pause auf dem Vordach des Vereinshauses, wo unser Dojo eingemietet ist. Unten auf dem Platz rannten die Fußballerinnen herum, und seitlich hinter ihnen lag der Schanzenpark mit seinen Joggern und Fahrradfahrern und den vielen Büschen, wo Alkis Wasser lassen und die Drogendealer ihren Geschäften nachgehen.

»Machst du dir ernsthaft Sorgen, dass du von Aikido Krebs kriegen könntest?«, fragte Baba.

»Nein«, behauptete ich.

»Wäre auch unsinnig«, sagte Sam. »Schließlich waren die ganzen japanischen Aikidomeister Kettenraucher, früher jedenfalls. Wenn überhaupt, dann kommt der Krebs bei denen vom Rauchen.«

»Wäre das dann nicht eher Lungenkrebs?«

Die Frage stellte Baba. Sie war mir aber auch durch den Kopf gegangen.

***

Seit der Pandemie arbeite ich drei- bis viermal die Woche im Homeoffice. Anfangs fand ich das blöd, aber inzwischen mag ich die Zeit, die ich dadurch gewinne, vor allem vormittags. Einzig der Mittag mit den Kollegen fehlt mir. Meine Firma ist in Eimsbüttel, in der Osterstraße, und da gibt es jede Menge coole Lokale mit Mittagstisch. In Horn dagegen ist das Angebot überschaubar. Außerdem mag ich nicht alleine in die Kneipe gehen. Also bleibe ich meist zu Hause, futtere Reste vom Vortag und stricke an meinem Schal.

Das mit dem Stricken kam ebenfalls mit der Pandemie. Gudrun brachte mich drauf, nachdem ich ihr einmal zu oft vorgejammert hatte, wie unglaublich nervös mich die ganze Sache machte. Ich hab sie erst ausgelacht. Ich und Stricken? Aber dann hab ich ein paar Anleitungen auf Youtube studiert und mir Materialien besorgt. Die gute Nachricht: Stricken ist lernbar. Auch für jemanden wie mich mit zwei linken Händen. Man ärgert sich zwar auch, aber immerhin nur über Maschen statt über die Maskenpflicht. Versteht mich nicht falsch. Masken sind okay. Aber wenn sich deine Brille dauernd beschlägt, dann sind sie auch ein Problem. Ich werde zwar nicht angesteckt, laufe aber blind durch die Welt: Wo bitte liegt der Vorteil?

In Sachen Schal hab ich mir ein Ziel gesetzt. Zwei Meter lang soll er werden! 138 Zentimeter hab ich schon geschafft. Die Farben sind wunderschön: Strohgrün und Lachsrosa.

Yoda-Farben, okay?

***

»Und was ist jetzt mit deiner Prüfung?«, fragte Sam auf dem Vordach.

In mir kroch eine kleine Wut hoch. Ich packte sie zurück in das Loch, wo sie hergekommen war. Deckel drauf, und Tschüss.

»Ich weiß nicht«, sagte ich.

»So wie ich das sehe, fehlt bei dir nicht mehr viel«, sagte Sam. »Aber die Ansage, dass du sie machen willst, muss schon von dir kommen.«

»Ist es nicht Pierre, der mir sagt, dass ich sie machen soll?«, fragte ich.

»Bisher war das so«, sagte Sam. »Aber du kennst doch Pierre. Er ändert öfter mal die Regeln.«

Das stimmt.

Eins steht fest.

Wenn es im Deckeln von Wut einen Dan gäbe, dann hätte ich ihn längst.

***

Natürlich will ich den Dan machen. Irgendwann. Mir gefällt die Vorstellung, einen schwarzen Gürtel zu tragen und den schwarzen Rock, den bei uns nur die höher Graduierten anziehen dürfen.

Die Prüfung ist ein Schritt dorthin. Mehr nicht. Ganz einfach.

So kann man das sehen.

Fällt mir nicht gerade leicht.

***

Nach dem Training unterhielt ich mich mit Baba über den Stress, der im Dojo immer aufkommt, wenn es um Prüfungen geht. Ich wollte zur U-Bahn, sie schob neben mir ihr Rad, das aussieht, als hätte sie es auf einem Schrottplatz gefunden.

»Ich finde nicht, dass da besonders viel Stress aufkommt«, sagte sie. »Prüfungen sind doch ohnehin lachhaft. Wie lange bist du jetzt beim Aikido?«

Ich rechnete nach. »Acht Jahre.«

»Und die Prüfung ist was, deine dritte?«

»Die vierte.«

»Du kennst das also schon.«

»Ja. Trotzdem.«

»Trotzdem was?«

Das wusste ich auch nicht.

Vielleicht liegt es an der Pause, die durch den Lockdown gekommen war. Als wäre alles auf null gefahren worden, und plötzlich denkt man über Dinge nach, über die man sonst nie nachgedacht hat.

***

Außerhalb des Jobs sehe ich niemanden so oft wie die Leute vom Aikido. Es ist aber nicht so, als würden wir uns ständig verabreden. Jenseits des Dojos leben alle ihr eigenes Leben.

Das war schon beim Zumba so.

Zumba war Gudruns Idee gewesen. »Wir sollten mal was für unsere Beweglichkeit tun«, sagte sie und schrieb uns für den Anfängerkurs im Fitnesscenter am Wandsbeker Marktplatz ein.

Meinetwegen. Es war immer einfacher mitzugehen, wenn Gudrun wieder einen ihrer Einfälle hatte. Im Kurs waren viele Frauen und ein Mann, Rolf. Eh ich mich versah, waren Rolf und Gudrun ein Paar, stapften durch unsere Wohnung und packten Gudruns Sachen in Kisten, um nach Münster zu ziehen. Der Alltag danach war deutlich anstrengender, als ich erwartet hatte. Gudrun hatte mich zwar oft genervt, aber mit ihr kam auch eine gewisse Struktur in mein Leben. Vielleicht bin ich deswegen beim Zumba geblieben. An der Begabung lags jedenfalls nicht. Irgendwann hat mich ein Kollege dann zum Aikido mitgenommen, und da hat es mir deutlich besser gefallen.

Gudrun lebt noch immer in Münster, und mit Rolf ist sie auch noch zusammen. Sie arbeitet in Teilzeit bei der Gemeinde, kümmert sich um ihre beiden Kinder, verkauft das Gemüse aus dem Garten auf dem Markt und schreibt Gedichte.

Ab und zu telefonieren wir. Ich freue mich immer darüber. Es gibt nicht viele Menschen in meinem Leben, die mich schon so lange kennen wie sie.

***

Vielleicht könnte man sagen, Gudrun hat sich eine neue Realität geschaffen? Ganz ohne Kampfkunst oder andere Künste, nur mit Sex und Biologie.

Gedichte hatte sie davor schon geschrieben.

***

»Aikido ist eine Kunst, mit Gefahr umzugehen«, lese ich in Yoshigasakis Buch. Unter Gefahren werden aufgelistet: Unfälle, Naturkatastrophen, Geisteskrankheiten, Krebs. Schwangerschaft kommt nicht vor. Ha ha. Nach der Darstellung des Senseis geht es darum, diese einzelnen Gefahren als ein Gesamtes, eine Einheit zu erkennen.

»Das allerdings ist nur möglich, wenn Sie Ihr Leben als eins mit dem Universum begreifen. Das nennt man Meditation.«

***

Beim Meditieren verwandelt sich mein Kopf in einen Ballsaal voller labernder Gedanken. »Schieb sie einfach sanft beiseite«, sagt Pierre.

Manchmal gelingt mir das, meistens nicht.

***

Blöde Situation im Hausflur. Ich kam gerade vom Einkaufen und wartete unten auf den Aufzug. Als die Türen aufgingen, stand da der neue Hausmeister mit seinem Schiebewagen. Nutze ich die Gelegenheit, dachte ich, und spreche ihn auf seinen morgendlichen Laubbläsereinsatz an. Ich meine: Sieben Uhr fünfzehn? Bisschen früh, oder? Er reagierte null, schob einfach den Wagen in Richtung Ausgang.

Ich so, Hallo?, und stellte mich ihm in den Weg.

Vielleicht war's ein Versehen, vielleicht auch nicht, jedenfalls rumste der Wagen direkt gegen meine Hüfte. Beinah hätte ich meine Tüten fallen lassen.

Ich schrie den Kerl an: »He!«

Er blieb stehen, starrte mich an, murmelte irgendetwas und war weg.

***

Das Murmeln klang wie »'tschuldigung«. Oder wie: »Dumme Kuh«. Was von beidem, war nicht auszumachen, jedenfalls nicht von meiner Warte aus.

***

Abends sah ich einen blauen Fleck an der Stelle, wo mich der Hausmeisterwagen getroffen hatte. Ich überlegte, ob ich ihn fotografieren sollte, als Beweismittel, falls die Geschichte sich irgendwann wiederholte und ich den Kerl anzeigen wollte, wegen tätlichem Angriff oder so.

Im Aikido erzählte ich den andern von dem Vorfall.

»Ein Foto wird dir nicht viel bringen«, meinte Baba. »Du machst Kampfsport, da gehen doch eh alle davon aus, dass du blaue Flecken hast.«

»Kampf*kunst!*«, sagte Hito grinsend, der seit Langem wieder mal ins Training gekommen war.

***

Hito ist Halbjapaner. Und ein echter Künstler. Aktuell fährt er oft auf Messen. Dort verkauft er Bonsai-Sets, die er selbst entworfen hat, mit Samen und hübschen kleinen Pappbehältern zum Selberfalten, die aus einer besonderen Papiersorte, Papier aus Stein, gemacht sind. Als Hitos Geschäftsidee noch in der Testphase war, hat er uns welche geschenkt. Meinen hab ich zu Hause gleich in Betrieb genommen, ich war neugierig, was daraus wird. Jetzt wächst aus dem Behälter richtig ein kleines Pflänzchen, das gerade so aussieht, als wolle es ein Mini-Baum werden.

»Wie geht's deiner Pappel?«, fragt mich Hito, wenn wir uns sehen.

»Prima«, sage ich und fühle mich ein bisschen stolz.

Ich dachte immer, ich hätte keinen grünen Daumen, aber im Fall von Bonsais scheint das nicht zu stimmen.

***

Meine Mutter hatte einen grünen Daumen. In ihrem Garten wuchs und gedieh alles. Die Samen von Pflanzen, die besonders gut kamen, sammelte sie für die nächste Saison. Noch Jahre, nachdem sie nicht mehr da war, tauchten an den unmöglichsten Orten im Haus Samentüten auf, von ihr selbst beschriftet.

Zebratomaten.

Stangenbohnen.

Kapuzinerkresse.

***

Ich beschloss, Papa anzurufen.

Er war in Andalusien, am Meer, in den Ferien.

»Wie geht's dir denn so?«, fragte er, nachdem er mir etwas länger von der spanischen Leichtigkeit des Seins vorgeschwärmt hatte.

Ich erzählte ihm von der Sache mit dem Hausmeister.

»Krass«, sagte Papa.

Und dann: »Warum hast du ihn nicht einfach mit deinem Aikido plattgemacht?«.

Das hatte ich mich auch schon gefragt.

Sagte ich Papa aber nicht.

***

»Ein Angriff schafft eine starke Verbindung zwischen zwei Menschen. Geben Sie nach, indem Sie die Ausrichtung des Angreifers annehmen. Überraschen Sie ihn dann mit einer neuen Situation, die er nicht erwartet hat und auf die er reagieren muss. Auf diese Weise wird eine Technik zu einer Folge von Tun und Nicht-Tun, von Kontrolle und Nicht-Kontrolle.«

So Yoshigasaki.

Was zum Teufel meint er damit, unser Sensei?

***

»Und, wie geht's so mit den Männern?«, fragte Gudrun. Die Frage stellt sie bei jedem zweiten Telefonat. Mindestens.

Meist lenke ich ab, aber diesmal, ich weiß nicht, warum, erzählte ich ihr von der Sache mit dem Hausmeister.

»Klingt ganz nach Sven«, sagte Gudrun.

»Wer bitte ist Sven?«

»So heißt doch unser Hausmeister.«

Gudrun ist schon ewig weg, aber für sie ist es immer noch »unser« Haus.

»Der Hausmeister ist neu. Und ich weiß auch nicht, wie er heißt, okay? Also nerv mich nicht deswegen.«

»Wie sieht er denn aus?«, wollte Gudrun wissen.

»Wie Brad Pitt in dem Hollywoodfilm von Tarantino.«

Das stimmte zwar nicht, aber es zeigte Wirkung. »Sexiest man alive«, hatte Gudrun Brad Pitt früher immer genannt, nicht als Einzige, logischerweise. Jetzt kreischte sie ins Telefon, bis ihr aufging, dass ich sie auf den Arm genommen hatte.

»Das war nicht nett von dir, Lara«, sagte sie.

»Stimmt«, sagte ich zufrieden.

»Wer weiß«, überlegte sie, »vielleicht steht er ja auf dich, und wollte auf die Weise auf sich aufmerksam machen?«

»Ha ha«, konterte ich leicht erschüttert. »Ich hab ihn an dem Tag zum ersten Mal gesehen.«

»Du ja. Aber er hat dich vielleicht schon seit einer Weile im Blick. Möglicherweise weiß er längst alles über dich. Überleg doch mal: Haben Hausmeister nicht die Schlüssel zu den Wohnungen, für die sie zuständig sind?«

Falls sie sich damit hatte rächen wollen, war ihr das gelungen.

***

Haben Hausmeister die Schlüssel zu unsern Wohnungen?

Mir fiel ein Film ein, den ich mal im Spätabendprogramm gesehen habe, und in dem ein Typ mit Spucke ein Haar über die Schranktür klebt, um nachprüfen zu können, ob sie in seiner Abwesenheit geöffnet wurde.

Das wäre eine Maßnahme, möglicherweise leicht übertrieben, wo die einzige Grundlage dafür eine Behauptung von Gudrun war, mit der sie mich ärgern wollte.

***

Ein Dojo ist ein Ort der Stille.

Unser Dojo ist das Gegenteil. Wenn wir die Fenster Richtung Sternschanzenbahnhof auflassen, dann kriegen wir den ganzen Betrieb drumherum mit. Die Falafelbuden, die Alkis auf der Parkbank, die Straßenmusiker, die bei warmem Wetter ihre Musikanlage aufdrehen. In diesem Jahr kamen erstmals wieder die Holzverschläge vom Weihnachtswunderland dazu. Süßer die Glocken nie klingen, dazu das Gewusel von Menschen, die dicht an dicht stehen, als hätte es die

Angst vor Ansteckung und die spooky leeren Straßen nie gegeben.

***

»Hört auf die Stille hinter den Geräuschen«, sagt Pierre während der Meditation gerne, draußen derweil S-Bahn-Quietschen, Musik, fröhlicher Feierbetrieb.

»Ich weiß auch nicht, wie das gehen soll«, sagt Baba.

Ich glaube ihr nicht ganz. Baba ist fast so lange im Verein wie Sam. Ich vermute, sie will schlicht diejenigen unter uns trösten, die keine Stille hinter den Geräuschen hören.

Ich selbst bin mir gar nicht sicher, ob ich diese Stille hören will.

Die Vorstellung ist mir irgendwie unheimlich.

***

Einmal habe ich in der Pause auf dem Vordach versucht zu beschreiben, wie es mir geht, wenn ich in die Stille des Universums hineinlauschen soll.

Die Leere darin.

»Leer ist das Universum ja nicht unbedingt«, lachte Hito. »Du bist doch der Star-Wars-Fan.«

Ja, schon. Aber ist das nicht was anderes?

»Ich glaube, wenn einer wie Yoshigasaki von Universum redet, meint er nicht das, was wir darunter verstehen«, sagte Sam. »Jedenfalls nicht Star Wars. Eher die Allgegenwart eines kosmischen Geistes, aus dem alles hervorgegangen ist und in den alles wieder eingehen wird. Da kommt die Stille her. Und da diese Idee von Geist vorsprachlich ist, kann man ihn auch nicht mit Worten beschreiben. Die Verbindung will erfahren sein, und auf dieser Erfahrung baut alles andere auf.«

»Und, funktioniert das für dich?«, fragte Baba.
»Na ja«, sagte Sam und lachte. »Ich arbeite daran.«

***

Hm.

***

Hm.
Hm, hm, hm.
Hmmmmmmmmmmm...

***

Nicht lange nach dem Telefonat mit Gudrun machte ich Mittagspause im Homeoffice. Strahlende Herbstsonne, also trug ich meine Erbsenpasta raus zum Balkontisch. Kaum saß ich da, ging unten im Hof der Laubbläser los.

Als hätte er auf mich gewartet.

Ist das überhaupt erlaubt? Gibt es in Hamburg nicht so was wie Mittagsruhe? Ich stand auf, stellte mich ans Geländer.

»He, du Penner! Es ist Mittagszeit! Gib mal ein bisschen Ruhe!«

Der Lärm unten hörte augenblicklich auf.

In meinem Blickfeld erschien der Hausmeister. Im Mittagslicht glich er tatsächlich Brad Pitt. Ein bisschen jedenfalls. Minus die Ausstrahlung eines Filmstars, der bei Tarantino ja auch nur so tut, als sei er ein schlichter Chauffeur und Handyman.

Brad Pitt in Gewöhnlich.

Er starrte zu mir hoch, ich starrte zu ihm runter. Wie in dem Kinderspiel, wer schaut zuerst weg? Er – ha!

Dann sah er wieder hoch, grinste und warf mir eine Kusshand zu.

OMG.

Ich setzte mich so hin, dass er mich nicht mehr sehen konnte. Und dann dachte ich:

Wenn dir wirklich was an mir liegt, lässt du deinen Laubbläser jetzt aus.

***

30 Sekunden. Dann ging das Ding wieder an.

***

Es geht um Harmonie. Es geht darum, Widerstand zu vermeiden. Widerstand bedeutet Kollision. Kollision führt zur Verhärtung. Nimm die Ausrichtung des anderen ein, und sofort sieht alles anders aus. Naheliegendes Beispiel: laubblasende Hausmeister. Statt sie wie eine Spießer-Rentnerin vom Balkon aus zu beschimpfen, könnte ich beim nächsten Lärm-Auftritt auch einfach runtergehen und eins werden mit dem Gerät. Das sich dann selbstständig aus dem Verkehr zieht.

Problem gelöst!

Die neue Realität von Yoshigasaki ist eine Science-Fiction-Welt.

»Falsch«, lachte Baba. »Der Laubbläser zieht sich nicht aus dem Verkehr. Er stört dich ganz einfach nicht mehr, weil du endlich die Stille hinter den Geräuschen hören kannst.«

Na super.

Okay – daran könnte ich arbeiten, oder? Genau wie an der Prüfung, die alle immer von mir sehen wollen. »Lass dir Zeit«, sagte Pierre zwar neulich, aber ich vermute, dass er das nicht wirklich so meint.

***

Die Sache mit dem Hausmeister ließ mir keine Ruhe. Jeden Laubbläsereinsatz im Hinterhof nahm ich persönlich. Und kam mir dabei lächerlich vor. Wenn Brad nicht am Rumlärmen war, war er am Rauchen. Auf der kleinen Bank vor der Haustür, als würde er auf mich warten.

Ich überlegte, bei der Hausverwaltung eine Beschwerde einzureichen. Eine Beschwerde weswegen? Sehr geehrte Hausverwaltung, mir gefällt nicht, wie der Typ mich angrinst. Hm. So was brauchte ich gar nicht erst abzuschicken, die Antwort konnte ich mir ausmalen. Und die Alternative? Umziehen. Auf nach Eimsbüttel! In eine bezahlbare Dreizimmerwohnung mit Balkon unweit der Osterstraße. Genau.

Träum weiter, Lara.

Und dann stand er eines Nachts in meiner Wohnung.

Ich hatte ihn nicht reingelassen.

Ich hatte ihn nicht mal reinkommen hören.

Was machte er da?

Er faselte etwas von einer Fensterdichtung, die erneuert werden müsse.

In meinem Traum war mir vollkommen klar, dass das nur ein Vorwand war.

Ein Vorwand wofür?

Und wie zum Teufel war er reingekommen, wo meine Tür doch fest verschlossen war?

***

Es reicht, dachte ich am nächsten Morgen. Gudrun, diese Hexe, hatte mir etwas eingeredet. Zeit, ihren Behauptungen auf den Grund zu gehen.

***

»Haben Sie denn Ihren Schlüssel verloren?«, fragte meine Nachbarin.

Sie stand in ihrer geöffneten Tür, freier Blick auf ihr Wohnzimmer, gelbe Couch mit fluffigen Kissen drauf, graubrauner Flokati-Teppich, an der Wand das gerahmte Poster eines Nashorns. Es roch nach Rauch, kaltem Kaffee, Altfrauenparfüm. Ich schüttelte den Kopf.

»Ich weiß nicht, was Sie mit dem Hausmeister haben«, sagte meine Nachbarin. »Für mich ist er ein Schritt in die richtige Richtung. Eigensinnig, klar. Die Schuhe, zum Beispiel, ich weiß nicht, ob die Ihnen aufgefallen sind.«

»Ich hab nichts mit dem Hausmeister«, wehrte ich ab. »Ich hab mich nur gefragt, ob Hausmeister die Schlüssel zu unseren Wohnungen haben. So grundsätzlich.«

»Ich denke eher nicht«, sagte sie. »Die Hausverwaltung, die hat die Schlüssel. Falls etwas mit der Wohnung ist. Ein Kabelbrand in der Wand, zum Beispiel. Oder es stirbt jemand und keiner merkt es und dann liegt da eine Leiche und stinkt vor sich hin. Das passiert nicht nur alten Menschen, wissen Sie? Sie leben doch auch allein, nicht wahr?«

Mir fiel wieder ein, warum ich dieser Nachbarin lieber aus dem Weg ging.

»Neulich in Hammerbrook, zum Beispiel«, holte sie aus, »das war kein Rentner, das war ein junger Mann. Der war abends noch unterwegs, kam nach Hause und dann – zack, tot.«

»Hm«, sagte ich.

»Herzstillstand«, sagte sie. »Den hat auch keiner vermisst. Die Kollegen, mit denen er unterwegs war, haben sich erst Tage später gefragt, warum man nichts mehr von ihm hört.«

»Mir könnte das nicht passieren«, sagte ich. »Allein schon wegen meines Jobs. Das würde auffallen, wenn ich mich bei der Arbeit nicht einlogge.«

Meine Nachbarin schaute mich nachdenklich an. »Ferien«, sagte sie dann. »Angenommen Sie haben Urlaub genommen. Alle denken, Sie sind für drei Wochen auf Norderney, dabei liegen Sie tot in Ihrer Wohnung.«

»Sie sollten Krimis schreiben«, sagte ich.

»Tu ich schon«, sagte sie zufrieden. »Wollen Sie mal einen lesen?«

Noch bevor ich ablehnen konnte, hatte sie mir ein Taschenbuch von einem Stapel neben der Tür in die Hand gedrückt.

***

Zurück in meiner Wohnung entdeckte ich den Bonsai auf dem Fußboden. Er sah aus, als hätte er versucht, seinem Steinpapierbehälter zu entkommen. Eine winzige Wurzel hing über dem Behälterrand. Bonsai auf der Flucht.

Hatte ich ihn versehentlich runtergeschubst?

Ganz bestimmt nicht.

Lag es am Wind?

Die Fenster waren alle zu.

Poltergeister?

Hmmm ...

Die Zahnfee?

***

»Falls Sie tagsüber komische Geräusche hören in meiner Wohnung«, sagte ich zu meiner Nachbarin, die verwundert schien, mich so schnell wieder vor ihrer Tür zu sehen, »kommen Sie ruhig mal klingeln; kann ja sein, dass da jemand ist, wenn ich nicht da bin.«

Im selben Moment, wo ich ihn sagte, machte der Satz für mich schon keinen Sinn mehr.

Meiner Nachbarin, das war ihr anzumerken, ging es ähnlich.

Sie nickte und linste mich dabei an, als wäre ich nicht ganz dicht.

***

»Deine Pappel steckst du einfach wieder in den Behälter, redest ihr gut zu und gibst ihr bloß nicht zu viel Wasser«, sagte Hito. »Das wird schon. Bonsais können einiges ab. Nur ertränken lassen sie sich nicht gerne.«

»Wie ist das überhaupt passiert?«, fragte Baba. »Hast du in deiner Wohnung Fußball gespielt?«

Wir standen mal wieder auf dem Vordach. Unter uns wurde in echt Fußball gespielt, die Jugendmannschaft des FC Hammonia.

»Natürlich nicht«, sagte ich und sah dabei zu den Zuschauerbänken neben dem Fußballfeld. Kurz blieb mir das Herz stehen.

Dort unten saß einer, der sah aus wie –

Nein, doch nicht.

***

»Im Extremfall bleibt nur noch die Lösung zu töten«, las ich in dem Buch von Yoshigasaki Sensei.

Und ich so: *What???*

***

»Wo steht das?«, fragte Pierre.

Ich zeigte ihm die Stelle in der Ausgabe des Buches, das bei uns im Dojo-Schrank liegt.

»Ach so«, sagte Pierre. »Das meinst du. Das ist das Kapitel, wo Yoshigasaki darüber schreibt, wie wichtig es ist, Widerstand gar nicht erst aufkommen zu lassen. Ganz schön anspruchsvoll, finde ich. Gerade wenn man angegriffen wird, ist doch die erste Reaktion Angst. Oder Wut. Beides frisst Energie. Beides bedeutet Blockade, Kollision, und wenn man da nicht einen Ausweg findet, ist ganz schnell jemand tot.«

»Das klingt, als hättest du Erfahrung«, lachte Baba.

Pierre blätterte eine Seite weiter, wo eine Grundform beschrieben wurde.

»Sieh mal an«, sagte er. »Das haben wir schon lange nicht mehr gemacht.«

Eine ganze Stunde lang übten wir also, wie man das Ki des Gegners aufnimmt, seinen Kopf an die Schulter führt, das Ki absorbiert und dann, Kotegaeshi, den Arm weiter nach oben streckt, während ein Seitenschritt, Sayu Undo, seinen Körper fallen lässt. Kontrolle. Nicht-Kontrolle. Kontrolle. Nicht-Kontrolle. Leicht und natürlich verschwindet der Angreifer in dem Loch, das sich unter ihm aufgetan hat.

Im Prinzip.

»Nicht deine Technik«, sagte Pierre am Ende zu mir.

Das kann er laut sagen.

Hatte er ja auch.

***

Beim Umziehen machte Sam den Fehler, mich einmal mehr nach meiner Prüfung zu fragen.

»Hast du dich jetzt entschieden?«

Ich hätte schreien können.

Ich atmete tief durch.

»Ja«, sagte ich.

»Und?«, fragte Sam.

Hallo! Schön, dass du da bist!

»Ich mach sie nicht«, sagte ich.

Sam sah mich an. Ich sah ihn an.

»Jetzt lass sie doch«, sagte Baba. »Wenn sie nicht will, dann will sie nicht.«

Sam nickte.

In mir breitete sich ein Gefühl aus, als hätte ich einen Sieg errungen.

Warm. Leicht. Befreit.

Erstaunlich.

***

Auf dem Weg zur U-Bahn hielt das Wunder an. Ich kam mir vor wie neugeboren. Baba auf ihrem Schrottrad war in die andere Richtung gefahren, mir recht, ich wollte mit niemandem reden.

In der Bahn setzte ich meine Kopfhörer auf.

25 Minuten bis zur Horner Rennbahn.

Ich mag meinen Stadtteil, er passt zu mir. Wir sind beide nicht besonders flashy, aber funktionabel. Und optimierbar; wer ist das nicht.

Kurz vor dem Aussteigen, im Augenwinkel, sah ich –

Richtig. Ihr habt es erraten.

***

»He, Lady!«, rief hinter mir die Stimme.

Wer ist hier die Lady.

Ich antwortete nicht, sah mich nicht um. Ging einfach weiter, im selben Tempo, Richtung nach Hause.

»Warte doch mal!«

Das Grinsen in der Stimme, vertraut.

Fies.

Was nun?

Wollen wir mal sehen, sprach in mir der neue Übermut und bog ein in die Grünanlage, nahm die Abkürzung, die ich im Winter nie nehme, und nie in der Nacht. Eis auf den gestampften Wegen. Meine Winterschuhe haben ein Profil, als ginge es auf den Himalaya. Um mich ein Leuchten, nicht golden, aber nah dran. Der Trick besteht darin, nicht über den Irrsinn nachzudenken, dem man gerade folgt.

Meine Schritte im knirschenden Laub.

Sonst war nichts zu hören, gar nichts.

Doch.

Eine Amsel?

Ich blieb kurz stehen, lauschte.

Als sie schwieg, war die Stille grenzenlos, universell.

Ich setzte meinen Weg fort.

Am andern Ende der Anlage war wieder die Straße. Vierspurig, nicht sehr befahren. Dort stand er, lehnte am Stromkasten, wartete auf mich.

Und ich, sah ihn an –

Schön, dass du da bist!

– sah, wie er sich in Bewegung setzte, heftig, rannte beinah und dann –

***

Im wirklichen Leben, da sind sich alle einig, kann man die Techniken, die wir im Dojo üben, vergessen. Das, was dahintersteht, bringt dich eventuell weiter. Oder auch nicht.

***

– rutschte er aus auf dem Eis zwischen uns, was für Schuhe trägt der denn, Slippers!, meine Güte, verliert zappelnd den Halt, stürzt, fällt Richtung Fahrbahn, wo ein Golf zu schnell auf ihn zu, und ein Teil von mir steht da und glotzt wie im Kino, während der andere auf die Fahrbahn springt mit Himalaya-Schuhen dem Golf direkt vor die Stoßstange, der Fahrer hinter der Frontscheibe offener Mund starrt auf meinen Kotegaeshi-Arm, meine Fingerspitzen, die ihm den Weg zeichnen, eine leuchtende Kalligrafie in der Nacht, über die Straße, auf die Gegenseite, wo ein Toyota gerade noch, und der Renault dahinter zart geschrammt, und der Golf, der sich dreht, sich schüttelt, sich fängt, kurvt zurück in die richtige Spur rote Rücklichter die im Nebel verschwinden –

– und Brad, oder wie immer er heißt, wieder auf dem Gehsteig, richtete sich auf, in seinen lächerlichen Schuhen, eine Hand an der Schulter, aua, und streckte mir mit der andern die Tasche entgegen –

– meine Tasche, in der Bahn vergessen –

– und sah mich an, nicht fies, außer Atem –

he.

Hey. Danke!

***

In der Nacht wachte ich auf und konnte nicht mehr schlafen. Ich stand auf, holte mir ein Bier aus dem Kühlschrank, wanderte damit zu meinem Bonsai. An einem seiner Äste hing eine Blütenknospe. Blutrot. Eine Blutpappel. Das muss ich Hito, dachte ich, setzte mich in den Sessel, griff nach meinem Strickzeug, blickte nach draußen, in die Nacht, zu den Sternen, in das pralle Leben im Universum –

Welche Farbenpracht!

Das Bier schmeckte hervorragend.

Ich strickte und der Schal spulte sich leicht und flüssig von den Nadeln wie eine wollene Yoda-Haut, wie ein lebendiges Wesen.

Noch ein Wunder.

Auf dem Fensterbrett lag das Taschenbuch meiner Nachbarin, auf dem Cover eine düster-graue Landstraße.

Titel: »Sirenen im Nebel«.

Falsch.

Da waren keine Sirenen, niemand kam und sammelte Verletzte und Tote ein, fuhr zerknüllte Autokörper zur Seite, malte mit Kreide auf den Asphalt, keine Ambulanzen am Straßenrand, ADAC-Abschleppwagen, Polizeiautos, Stöhnen und Rufen und die Beamtin, die Aufnahmen macht, nichts von all dem –

Was dann.

Kalligrafien in der Nacht, ein Autoballett, ein Golf, der weiterfährt, als sei da nichts gewesen. Später. Unsere Bierflaschen auf dem Küchentisch, ein halb voller Aschenbecher, und jetzt –

»Hey.«

Eine Gestalt in der Tür.

Brad.

Nicht-Brad.

Wundert euch das?

Keine neue Realität. Das nun nicht gerade.

Die alte; von mir aus kann sie bleiben.

DER DOM UND DAS MÄDCHEN

Von Kai Hensel
Heiligengeistfeld

Jetzt kommt eine Liebesgeschichte. Keine richtige Liebesgeschichte, am Ende gibt's ein Verbrechen, auch kein richtiges Verbrechen, obwohl man alles, was danach passierte, den Menschen, der ich heute bin, nicht verstehen kann, wenn man nicht ... Ich muss anders anfangen.

1

In Hamburg gibt es ein Volksfest, den Hamburger Dom, benannt nach einem mittelalterlichen Dom, der schon lange nicht mehr steht. Dreimal im Jahr findet es auf dem Heiligengeistfeld in St. Pauli statt. Obwohl es als größtes Volksfest des Nordens gilt, ist es, anders als das Münchner Oktoberfest, außerhalb Hamburgs kaum bekannt. Dabei gibt es hier alles, was der Besucher von einem großen Volksfest erwartet: Achterbahnen, ein Riesenrad, Würstchenbuden, Schießstände und, und, und ... Für Kinder ist der Dom die größte Attraktion der Stadt, und war es erst recht 1991, ein Jahr, in dem Handys und Internet noch unbekannt waren und in dem diese Geschichte spielt (keine richtige Geschichte, die Sache ist wirklich passiert).

Im Sommer 1991 konnte unsere Familie nicht in den Urlaub fahren; unsere Oma war schwer krank. Rückblickend frage ich mich, warum meine Eltern nicht wenigstens mich ins Ferienlager geschickt haben. Meine Schwester mit ihren neun Jahren war wohl zu klein, aber ich war immerhin zwölf. Wahrscheinlich war es, als bei meiner Oma der Krebs entdeckt wurde, für eine Anmeldung zu spät. Es war ein heißer Sommer, alle unsere Freunde waren in die Ferien gefahren. Also saßen wir vor dem Fernseher, lasen im Garten, planschten im Pool und langweilten uns.

Der Besuch des Doms war immerhin ein Ereignis. Lichter, Lachen, laute Musik, Geruch von Grillfleisch und gebrannten Mandeln – auf dem Dom herrschte schon nachmittags großes Gedränge. Regelmäßig gingen Kinder verloren und irrten weinend durch die Menge, Mütter riefen besorgt. Fast immer ging die Sache so aus, dass ein Erwachsener das Kind auf die Schultern nahm, damit es von dort seine Eltern ausfindig machte, oder ein Karussell es ausrief (»Die kleine Tanja sucht ihre Mutti!«). Wiedersehen, in die Arme schließen, ein bisschen Tränen, Schimpfe – und alles war wieder gut.

An diesem Nachmittag ging, nach etwa einer Stunde, auch ich verloren. Ich war ein unabhängiges, dabei manchmal verträumtes Kind und neigte zum Verlorengehen. Ich glaube, es waren die gigantischen Teddys der Losstände, die mich anzogen, vielleicht auch die kippenden Pferde am Schießstand; jedenfalls sah ich auf einmal meine Eltern und Schwester nicht mehr. Mein Herz klopfte. Ich war kein kleiner Junge mehr, aber behütet in einem der besseren Viertel Hamburgs aufgewachsen. Allein unter so vielen Menschen, ohne Orientierung an einem Ort, den ich nicht kannte – diese Situation war neu für mich.

»Suchst du jemanden?«

Das Mädchen stand neben der Geisterbahn »Gruselhöhle«. Sie hatte lange schwarze Haare, blasse Haut und große blaue Augen. Sie trug ein weißes, etwas schmutziges Kleid und Springerstiefel.

»Nur meine Eltern«, sagte ich und versuchte, cool zu wirken.

»Angst?«

»Werden schon irgendwo sein.«

Sie hatte eine Zahnlücke, rechts oben, das weiß ich bis heute. »Komm mit.«

Sie führte mich hinter die Geisterbahn und kletterte eine Leiter hoch. Ich kletterte hinterher; hinter den Holzwänden hörte ich Heulen, Zischen und das Rumpeln der Wagen.

»Pass auf die Kabel auf«, sagte sie.

Wir kletterten ganz nach oben, bis zwischen die Köpfe zweier Monster. Auf einem Gitterrost blieben wir stehen und sahen uns um: Wir hatten einen guten Blick über das Heiligengeistfeld, bis zum Riesenrad und den Achterbahnen. Neben uns blinkten Glühbirnen, unter uns fuhren die Wagen ein Stück die Außenfassade entlang, bevor sie wieder im Innern verschwanden. Meine Familie stand beim »Enzian-Express«, meine Schwester saß auf den Schultern meines Vaters und sah sich suchend um.

»Da sind sie!« Meine Coolness war weggeblasen, viel zu schnell kletterte ich die Leiter hinunter. Ich lief zu ihnen, erst Umarmung, dann Vorwürfe: »Du kannst doch nicht einfach weglaufen ...«

Ich blickte mich um. Neben der Geisterbahn stand das Mädchen und lächelte spöttisch.

2

Die nächsten Tage waren heiß und langweilig. Mein Vater arbeitete in der Kanzlei, meine Mutter fuhr zur Oma ins Krankenhaus oder kümmerte sich um den verwaisten Garten mit der Katze. Nach vier Tagen tat ich etwas, das ich noch nie getan hatte: Ich sagte meiner Schwester, ich würde einen Freund besuchen, setzte mich in die S-Bahn und fuhr allein in die Stadt. Natürlich war ich schon vorher allein S-Bahn gefahren, aber nicht so weit, nicht mit Umsteigen in Altona und Sternschanze und schon gar nicht, ohne meinen Eltern etwas zu sagen.

Ich fand das Mädchen hinter der Geisterbahn. Sie saß auf der Türschwelle eines Wohnwagens und las Comics.

»Ach, du«, sagte sie ohne Überraschung.

Sie hieß Sarah und war dreizehn. Ich war zwölf und hieß Malte.

»Klingt wie ein Bier«, sagte sie.

Wir schlenderten über das Heiligengeistfeld. Sie kannte Schausteller hier und dort, wir aßen Fischbrötchen, Schoko-Bananen und fuhren im Piratenschiff, alles umsonst.

»Dein neuer Freund?«, fragte der Mann, der die Sicherheitsstange runterdrückte, und zwinkerte.

»Hat seine Eltern verloren.«

»Stimmt gar nicht«, sagte ich.

»Siehst aber so aus.«

Wie sah ich aus? Hübsch, das wusste ich. Ich hatte rotblonde Locken, braune Augen und sommerbraune Haut mit Sommersprossen. Leider trug ich auch Leinenshorts, ein T-Shirt mit Marvel-Aufdruck und flache Stoffschuhe. Sarah trug an diesem Tag ein kariertes Männerhemd mit breitem Gürtel, graue Leggings und ihre Springerstiefel. Neben ihr sah ich wohl wirklich aus wie ein kleiner Junge, der seine Eltern verloren hat. Im »Voodoo-Jumper« wurde mir schwindelig, die Gondel schleuderte uns hin und her, sie winkte lässig einem Bekannten zu.

»Und jetzt?«, fragte ich, als wir wieder vor ihrer Geisterbahn standen. Rote Lichter blinkten in den Augen der Monster, eine Hexe schwenkte ihre Krallenhand, aber die Wagen standen still. Ein dicklicher, unrasierter Mann hockte im Kassenhäuschen und wartete auf Kunden.

»Schon mal gefahren?«, fragte sie.

»Haben wir letztes Mal nicht geschafft.«

Die Wahrheit war: Unsere Eltern hatten uns Geisterbahnen verboten. Dafür, meinten sie, seien wir noch zu jung. Natürlich sagte ich das nicht.

Sarah zog mich an der Hand zu den Wagen. Ein junger Mann, er mochte um die zwanzig sein, stand an der Absperrung und kaute Kaugummi. Sarah redete leise auf ihn ein, zeigte aufs Kassenhäuschen, ich sollte von dort wohl nicht gesehen werden. Der Mann nickte, wir setzten uns in einen Wagen. Eine Düse stieß zischend Dampf aus, wir fuhren ins Dunkle.

Särge. Knochen. Stroboskoplicht und Geisterheulen. Eine Riesenspinne mit grünen Augen. Gefangene reckten ihre Hände durch Gitterstäbe. Mehr Dampf und Knochen. Knarrende Schienen, der Wagen ächzte zur oberen Ebene. Türenschlagen, Sonnenlicht, scharfe Kurve. Wir fuhren außen an den Monstern vorbei, bevor es zurück ins Dunkle ging. Ein Skelett schnellte aus einem Sarg. Ein Kannibale grinste mit wulstigen Lippen. Rumpelnd ging es nach unten. Ein bisschen *Piff*, ein bisschen *Puff*, ein Vampir winkte - schon waren wir wieder draußen. Wir stiegen aus, Sarah achtete wieder darauf, dass uns der Mann im Kassenhäuschen nicht sah.

»Und?« Zum ersten Mal hörte ich in ihrer Stimme eine Spur Angst.

Ich wollte nicht unhöflich sein. Ich wollte auch nicht lügen. »Das Skelett im Sarg war okay«, sagte ich, aber verbarg meine Enttäuschung schlecht.

Die Gruselhöhle war null gruselig.

3

Von nun an fuhr ich täglich zum Dom. Meiner Mutter log ich vor, ich ginge zu Friedrich, meinem besten Freund, obwohl der mit seinen Eltern in der Adria segelte. Fast immer traf ich Sarah vor dem Wohnwagen, manchmal auch am Eingang der Gruselhöhle mit dem jungen Mann, der Hanno hieß und ihr Bruder war. Der misslaunige Ältere im Kassenhäuschen war ihr Vater. Manchmal kam er heraus, schimpfte über irgendwas und holte eine Dose Bier aus dem Wohnwagen. Sarah und ich schlugen die Zeit auf dem Heiligengeistfeld tot, aßen Currywurst, fuhren im 3D-Simulator oder Autoscooter, wo immer sie jemanden kannte. Wenn wir genug hatten, setzten wir uns auf den Gitterrost hinter den Monsterköpfen, lehnten die Rücken aneinander und redeten über das Leben. Sarah wusste viel über das Leben, fast alles, wie mir schien. Sie war auf Jahrmärkten groß geworden. Seit sie denken konnte, reiste sie von Stadt zu Stadt. Zur Schule ging sie selten, heute glaube ich, sie konnte kaum lesen. Aber sie durchschaute Menschen und Dinge, sagte »Die Regierung verarscht uns« oder »Hannover ist geil« – Sätze, hinter denen sich eine Welt auftat, von der man in Othmarschen nichts wusste. Bald fand ich es nicht mehr schlimm, mich wie ein kleiner Junge zu fühlen. Mit Sarahs Weltweisheit (»Die Blonde am Schießstand ist eine *Butch*«) konnte ich sowieso nicht konkurrieren.

Die Familie – Vater, Bruder, eine Mutter gab es schon lange nicht mehr – lebte in diesem einen Wohnwagen. Das war ungewöhnlich, die meisten Schausteller mieteten für die Zeit der Jahrmärkte Wohnungen oder wenigstens Zimmer. Aber dafür warf die Gruselhöhle nicht genug ab; tatsächlich sanken die Einnahmen von Jahr zu Jahr. Außer ihnen gab es noch einen alten Polen, Jakub, der mit ihnen reiste, auf- und abbaute, den LKW fuhr und ständig etwas in der Höhle reparierte – kein Tag, an dem er nicht schweißte, lötete, klebte, flickte, umwickelte. Die Gruselhöhle war alt, »mindestens dreißig Jahre«, sagte Sarah. Das war für ein Karussell, »Fahrgeschäft« im Profi-Jargon, nicht zwingend viel. Im »Rotor« kleben Jung und Alt seit Generationen an derselben Wand. Die »Wilde Maus«, eine auf der ganzen Welt populäre Achterbahn, gibt es nahezu unverändert seit den Zwanzigerjahren. Eine Geisterbahn jedoch muss mit der Zeit gehen. Technik veraltet, gegen manche Effekte stumpft das Publikum ab. Anderes – etwa ein schwarzer Kannibale mit Wulstlippen – wird als anstößig empfunden. Eine Geisterbahn muss mithalten und sich von Zeit zu Zeit neu aufstellen; sonst wird sie von der Spuk- zur Lachnummer, schlimmstenfalls zum Ärgernis. Die Gruselhöhle hielt nicht mit, machte sich nicht einmal die Mühe. »Wir brauchen eine neue Bahn«, klagte Sarah. »Die alte könnten wir noch verkaufen, Jakub sagt, in Polen gibt's einen Markt.« Aber der Vater wollte nicht verkaufen, zu den »Polacken« schon gar nicht. Er hatte sein Leben mit der Gruselhöhle verbracht, kannte jede Hexe und jedes Gespenst. »Die Gruselhöhle hat Seele«, sagte er. Bloß wollten von dieser Seele immer weniger Besucher etwas wissen. Das alles begriff ich damals sicherlich nicht so klar, wie ich es heute schreibe. Aber das Wesentliche – dass die Wagen die meiste Zeit leer standen, dass Sarah außer dem Kleid, zwei Hemden und ihren Comics kaum etwas besaß, dass der Vater zu viel trank, der Bruder grimmig in ein Loch starrte, wo seine Zukunft hätte sein müssen – begriff auch ein Zwölfjähriger, der sonst vom Leben wenig wusste.

An einem Nachmittag, der Tag war besonders heiß, saßen wir im Schatten hinter dem Wohnwagen und studierten die Prospekte von Geisterbahnbauern aus Deutschland, England, USA. »Zombie-Thriller« ... »Layers of Fear« ... »Ghost Trip« ... Prunkvolle Bahnen mit drei und vier Ebenen und modernster Technik: Dolby Surround, Laser, Hologramme, computergesteuerte Animationen – »Schrecken in höchster Vollendung« versprach ein Prospekt, »A new dimension of nightmare«. Und dann war da das »Haunted Horror Dungeon«: Vier Ebenen mit Panikkurven und Vertigo-Freefall. Dreißig horizontal und vertikal schwenkende Waggons (»Chaises«). Neunundzwanzig Meter hoch, vierundvierzig Meter breit. Ganze vier LKW brauchte der Transport. »Haunted Horror Dungeon« war die Königin der Geisterbahnen, keine konnte sich mit ihr vergleichen, nicht in den Prospekten, nicht auf dem Heiligengeistfeld. Mit angehaltenem Atem blätterten wir durch die Seiten, machten uns auf besonders schaurige Details aufmerksam: Hier ein Mafiagangster am Fleischerhaken, dort die runzligen Brüste einer Replikantin. Unter dem Prospekt berührten sich unsere Knie.

»Wie viel kostet die?«, flüsterte ich.

»Eine Million«, flüsterte sie zurück.

Eine Million! Der Preis erschien mir astronomisch, und bis heute weiß ich nicht, ob sie ihn sich nur ausdachte. Man brauche, erklärte sie, nicht das ganze Geld auf einmal, eine Anzahlung reiche. Es gab eine Versicherung für die Gruselhöhle und eine für den Vater. Falls ihm oder der Bahn etwas zustieße ...

Plötzlich Schnaufen, Schritte ... Der Vater stand vor uns, mit rotem Kopf und Bierdose in der Hand. »Ist der Bengel schon wieder hier?!«

Sarah versuchte, die Prospekte unter dem Wohnwagen zu verstecken, aber zu spät. Er sah sie, riss sie ihr aus der Hand. Er erkannte, um was es sich handelte, sein Kopf wurde noch roter, er ballte die Faust. »Bringst du das Mädchen etwa auf schmutzige Ideen?! Du ...«

Die Prospekte kamen von Hanno, aber was nützte mir das jetzt?

»Lauf!«, schrie Sarah.

Ich lief, so schnell ich konnte, stolperte über ein Kabel, stürzte, rappelte mich hoch, taumelte weiter ...

Hinter mir schwenkte der Vater seine Faust: »Lass dich bloß nie wieder blicken!!«

4

»Was ist mit dir?«, fragte meine Mutter.

»Nichts«, sagte ich, blieb auf meinem Bett liegen und starrte an die Decke.

»Du hast doch was.«

»Ich hab gar nichts.«

»Heute Morgen habe ich Friedrichs Mutter getroffen. Sie sind gestern zurückgekommen.«

»Schön für sie.«

»Du hast immer gesagt, du gehst zu Friedrich. Aber er war gar nicht hier.«

»Ein anderer Friedrich. Kennst du nicht.«

»Lügst du?«

Ich schwieg. Meine Mutter seufzte und ging zur Tür. »Du weißt, du kannst immer mit uns über alles reden.«

»Tür zu.«

Vier Tage fuhr ich nicht zum Dom. Vier lange Tage lag ich auf dem Bett, aß kaum, dachte an Sarah, ihren Vater, das fehlende Geld und wusste keinen Ausweg.

Friedrich kam vorbei. Wir spielten im Keller Tischtennis, ich verlor und sagte, die Regierung verarscht uns. Friedrich blickte mich verwirrt an, er war ein Kind und begriff nichts.

Wir besuchten die Oma im Krankenhaus. Sie lag in ihren Kissen wie ein verdorrtes Gespenst, ich wusste gleich, wo ich sie platzieren würde, hinter die Linkskurve auf der zweiten Ebene, da wäre der Schock am größten. Meine Mutter flüsterte mir ins Ohr, ich solle nicht so hinstarren, sie tat heiter und sagte immer wieder, wie sie sich auf Weihnachten freue, wenn Oma wieder gesund sei und wir alle zusammen vor dem Baum säßen.

Im Fernsehen sahen wir eine Spielshow, die Siegerin gewann ein Traumhaus für eine Million Mark. Der Showmaster überreichte ihr den Gutschein, eine Kapelle spielte, Konfetti regnete von der Decke, die Siegerin weinte vor Glück. Ich stellte mir vor, dass ich der Showmaster war und Sarah die Siegerin, eine blitzend neue Geisterbahn für eine Million Mark, ich überreiche ihr den Gutschein. Gespenster heulen, Schädelknochen regnen von der Decke, weinend fällt sie mir um den Hals. Aber das war Unsinn! So eine Show gab es nicht! Die Versicherungen mussten zahlen, wenigstens die für die Gruselhöhle, einen anderen Ausweg gab es nicht. Aber dafür, hatte Sarah erklärt, dürfte es nicht nach Brandstiftung aussehen, das habe einer vom Kettenkarussell in Delmenhorst gemacht, der säße jetzt im Knast. Der Mond schien in mein Dachzimmer, ich lag wach und grübelte über Zerstörungsplänen, die die Versicherung überlisteten: Ein Autoscooter bricht durch die Absperrung und rast mit hoher Geschwindigkeit in die Höhle ... Ein Kind kotzt in den Kannibalenkessel, das Gemisch entzündet sich, die Stichflamme schlägt hoch ... Hoffnungslos, keiner meiner Pläne konnte funktionieren. Ich wälzte mich hin und her, fühlte Sarahs Hand in meiner, ihr Knie an meinem Knie. Ich liebte sie, das war klar. Aber ich wollte sie nicht lieben, ich wollte sie retten.

5

An einem schwülen, dunstigen Mittwochmittag kam ich am Dom an. Alles war noch geschlossen. Die Tür zum Wohnwagen stand offen, aber ich sah niemanden. Ich kletterte die Leiter hoch zu unserem Ausguck zwischen den Monsterköpfen. Von dort hatte ich den Wohnwagen im Blick und würde Sarah sehen, ohne dass ihr Vater mich entdeckte. Ich wollte ihr vorschlagen, dass sie zu mir nach Othmarschen kommt und ein neues Leben beginnt, mit Schule und neuen Kleidern. Ich wollte ihr sagen, dass ich, auch wenn sie sich gegen Othmarschen entscheidet, wofür ich jedes Verständnis hätte, immer für sie da sein will, dass ich, sobald ich älter bin, arbeite und Geld verdiene ... Ich hielt auf der Leiter inne. Aus dem Innern drangen Geräusche, Knacken und Atmen. Ich kletterte weiter die Leiter hoch bis zur zweiten Ebene, dort gab es einen Einstieg. Ich brauchte einen Moment, um mich an die Dunkelheit zu gewöhnen, nur hier und da fiel Sonnenlicht durch die Ritzen. Hexen und Geister hingen leblos an ihren Stangen, ich rempelte gegen den Kannibalen und tastete mich weiter in die Dunkelheit. Zuerst sah ich Sarah. Sie stand unter einem Galgen, blass wie eine untote Elfe, und hielt den Saum ihres weißen Kleids hoch. Sie trug kein Höschen. Ihr Vater stand etwa zwei Schritte entfernt, hielt sich mit einer Hand am Richtblock fest, starrte ihr zwischen die Beine und rubbelte mit der anderen Hand an sich herum. Sarah sah mich, schrie auf und ließ ihr Kleid fallen. Ihr Vater fuhr herum, wurde rot, dann blass, dann griff er nach der Axt auf dem Richtblock. Er roch nach Schnaps, sein Dödel hing aus der Hose wie ein schiefer Joystick.

»Du ... du ...«, keuchte er.

Sarah klammerte sich an ihrem Vater fest, er schüttelte sie ab und kam mir nach. Er holte mit der Axt aus, ich ging hinter dem Kannibalen in Deckung. Er stolperte, zerriss Spinnweben, prallte gegen den Galgen, der splitternd brach, und schlug mit dem Kopf auf die Schienen. Er richtete sich auf, Blut tropfte ihm von der Schläfe, und sank zurück auf die Knie. Er hielt sich den Magen und seinen Dödel.

»Ihr geht jetzt weg ...«, keuchte er. »Alle ... geht ihr weg ...«

Er sah nicht gefährlich aus, rülpsend und blutend neben dem zersplitterten Galgen, eher traurig. Aber Sarah zitterte vor Angst.

»Du darfst niemandem was sagen«, flüsterte sie.

»Dein Vater darf so was nicht mit dir machen.«

»Mein Bruder bringt ihn um.«

»Das schadet deiner Entwicklung. Du musst zur Beratungsstelle.«

Der Vater sackte zur Seite, wenige Sekunden später schnarchte er. Wir sahen uns an. Wir konnten ihn nicht neben der Schiene liegen lassen, bald würden die ersten Wagen fahren. Wir würden es niemals schaffen, ihn die Leiter hinunterzubekommen.

»In den Sarg«, sagte ich.

Ich räumte das Skelett aus dem Sarg, wir packten den Vater bei Händen und Beinen und legten ihn hinein.

»Die Schnapsflasche!«, rief Sarah.

Sie holte die halb leere Schnapsflasche, wir stellten sie in den Sarg und schlossen den Deckel. Sarah holte von unten einen Werkzeugkasten, wir richteten den Galgen auf, fixierten ihn mit Gewebeband und richteten eine Dampfdüse so aus, dass die Passagiere die geklebte Stelle später nicht bemerken würden, hoffentlich. Der Vater grunzte und wälzte sich im Sarg, wir tackerten den Deckel zu und drapierten das Skelett. Es war ja kein richtiger Sarg, nur dünnes Sperrholz, später würde er sich mit Leichtigkeit befreien können. Erst einmal hofften wir, dass er ein paar Stunden Ruhe geben würde. Im Sarg kippte die Flasche um, am Kopfende sickerte eine Pfütze heraus, Sarah wischte sie notdürftig mit dem Ärmel trocken. Jakub rief von unten, wir kletterten die Leiter hinunter. Er grinste, als er uns sah, verschwitzt und aufgeregt; er stellte sich sonst was vor.

»Und wo ist der Herr Papa?«, fragte er.

Wir zuckten die Schultern, wir hatten ihn beide nicht gesehen. Er murmelte etwas von Alkohol macht Kopf kaputt, drückte Knöpfe und zog Hebel. Augenblicke später flammten die Glühbirnen auf, drang Heulen und Zähneklappern aus den Lautsprechern: Die Gruselhöhle erwachte einen weiteren Tag zum Leben.

Mittwoch war Familientag mit ermäßigten Preisen (ist er heute noch). Der Dom füllte sich früher als üblich, viele Familien mit kleinen Kindern kamen. Ich lief an den Ständen vorbei, betäubt und planlos. Die Szene in der Gruselhöhle hämmerte in meinem Kopf, ich sah Sarah mit erhobenem Kleid, ihren Vater davor, der sich zwischen den Beinen rubbelte, sie brauchte dringend eine Beratungsstelle, ich wahrscheinlich auch. Vor allem aber brauchte ich Geld. Ich musste die Gruselhöhle kaufen, das war die einzige Hoffnung. Ich steckte alles Geld, das ich dabeihatte – ungefähr sechs Mark –, in einen Münzschieber, gewann aber gerade genug Chips für ein Feuerzeug in Form eines Eiffelturms. Ich wollte es meiner Oma schenken, damit sie, wenn sie Weihnachten wieder zu Hause war, die Kerzen am Baum anzünden konnte. Ich lief hierhin und dorthin, verlor die Orientierung und stand nach ein oder zwei Stunden wieder vor der Gruselhöhle.

Das Geschäft lief etwas besser als sonst. Wagen rumpelten, Türen klapperten, Jugendliche johlten, Kinder kuschelten sich in die Arme ihrer Eltern. Jakub saß im Kassenhäuschen, hielt besorgt nach dem Vater Ausschau. Hanno kümmerte sich abwechselnd um die Wagen und das Steuerpult; gerade heute hätten sie den Vater dringend gebraucht.

Sarah sah ich nirgends. Ich wollte gerade zum Wohnwagen gehen, da hörte ich von oben Geschrei. Ein Wagen kam aus der Tür, zwei Kinder klammerten sich an ihre Eltern, alle schauten entsetzt. Ein zweiter Wagen kam, Jugendliche johlten und riefen: »Geiler Grusel!« Wieder schlug die Tür auf – aber kein Wagen kam heraus, sondern ein Zombie, wie ihn der Dom noch nicht gesehen hatte. Sein Haar war blut- und schweißverkrustet, ein Auge geschwollen, Sabber tropfte ihm vom Mund. Das Unterhemd war eingerissen, die eingenässte Hose stand offen, der Dödel hing heraus. Er taumelte über die Schienen, von unten großes »Ah!« und »Oh!«, es gab ja kein Geländer. Hinter ihm kam der nächste Wagen heraus, rammte den Zombie, und entgleiste. Funkenflug, Schreie, der Zombie stemmte sich gegen den Wagen, schimpfte und sabberte. Ein weiterer Wagen kam durch die Tür, es gab einen Auffahrunfall, der Zombie reckte die Faust, verlor das Gleichgewicht, kippte von den Schienen und schlug klatschend aufs Pflaster.

Ich erinnere mich an vollkommene Stille. Obwohl das nicht sein kann, die Musik an den anderen Ständen und Fahrgeschäften lief ja weiter. Auch die Erstarrung, an die ich mich erinnere, kann nur meine eigene gewesen sein. Die Menge wurde dichter, von überall strömten Schaulustige herbei. Ich sah den Vater nur Bruchteile von Sekunden, den geplatzten Schädel, den Blutsee, dann wurde ich abgedrängt. Die Szene davor – von seinem Erscheinen auf den Schienen bis zum Knall aufs Pflaster – konnte nicht länger als eine halbe Minute gedauert haben. In meiner Erinnerung dauert sie eine Ewigkeit.

Ich lief nicht weg. Ich stand in der Menge, wurde hin und her gestoßen, bald hörte ich eine Sirene und Lautsprecher. Meine Hand umfasste den Eiffelturm in meiner Hosentasche. Ich wusste, was ich tun musste. Und ich wusste, ich hatte nicht viel Zeit.

6

Die nächsten Tage lag ich fiebernd im Bett, mit Schweißausbrüchen und Herzklopfen. »Sommergrippe«, sagte meine Mutter, machte mir Brennnesseltee und lauwarme Wickel. In Wahrheit wartete ich auf das Eintreffen der Polizei. Doch die Polizei kam nicht. Stattdessen gab es große Berichte im

Hamburger Abendblatt, im Radio, im Regionalfernsehen: Tragisches Unglück auf dem Hamburger Dom, Vater Alkoholiker, Kinder verwaist, Aufruf zu Spenden ... Die Kamera fuhr über die ausgebrannte Gruselhöhle, die Polizei ging von Kurzschluss aus. Meine Mutter schlug die Hände vors Gesicht: »Mein Gott! Das ist doch die Stelle, wo wir dich gesucht haben!«

Kein Zeuge hatte einen zwölfjährigen Jungen in kurzen Hosen gesehen, der die Leiter zur Gruselhöhle hinaufgeklettert war, kurz bevor das Feuer ausbrach.

Nach einigen Tagen ging es mir besser, ich konnte aufstehen und in den Garten gehen. Aber ich beschloss, nie wieder im Leben Glück zu empfinden. Der Dom endete, die Ferien endeten, die Oma starb. Meine Schwester und ich standen am Sarg, sie flüsterte: »Hast du schon mal eine Leiche gesehen?« Ich nickte und schüttelte schnell den Kopf.

Das neue Schuljahr begann, Friedrich und ich spielten wieder Tischtennis, ich gewann so oft wie früher. Die Lehrer waren mit meinen Leistungen zufrieden, beklagten sich nur, dass ich hin und wieder abwesend wirkte, nicht neben, sondern über den Dingen stand. Ich wurde dreizehn, ich wurde vierzehn, und was meine Eltern und Mitschüler erstaunte, was sie sogar bewunderten, war mein Gleichmut, meine Abgeklärtheit. Nichts brachte mich aus der Fassung, immer schien ich ein paar Zentimeter über dem Alltag zu schweben. Keine Symptome von Pubertät, Rebellion, die Zweifel und Krisen meiner Altersgenossen wehten an mir vorbei. Es war, als hätte ich alles, was sie durchlitten, vor langer Zeit hinter mir gelassen. Ich wurde fünfzehn, sechzehn, ich demonstrierte nicht, sprühte keine Graffiti, trank Alkohol nur aus Höflichkeit und nahm keine Drogen. Mit siebzehn hatte ich meine erste Freundin, Christina. Mit ihr ging ich, zum ersten Mal seit dem Sommer 1991, auf den Dom, sie hatte sich das gewünscht.

Es war Dezember, der Winterdom. Der ist traditionell etwas größer als der Sommerdom, mit Glühweinständen und zusätzlichen Fahrgeschäften. Ich dachte nicht mehr oft an damals. Die Erinnerung hatte die Ereignisse ins Reich des Unwirklichen, ja Surrealen gerückt. Wir gingen an den Schießständen und Zuckerbuden vorbei, sie hatten sich in all den Jahren kaum verändert. Für einen Moment kam mir der Gedanke, ich hätte alles nur geträumt.

Dann blieb mein Herz stehen.

»Haunted Horror Dungeon« – die Geisterbahn war größer als nahezu alles, was es sonst auf dem Dom zu sehen gab. Vier Ebenen. Lange Schlange an der Kasse, alle paar Sekunden rauschte eine Chaise ins Innere.

»Wollen wir rein?«, fragte Christina.

»Also Geisterbahn, na ja ...« Ich hoffte, dass sie das Beben in meiner Stimme nicht hörte.

»Die soll echt gut sein.«

»Lass uns erst mal ...«

»Och, bitte!«

Wie konnte ich mich da wehren? Ich stellte mich in die Schlange. Immer näher kam ich dem Häuschen, in dem eine junge Frau in weißer Steppjacke saß – blass, mit langen schwarzen Haaren und blauen Augen. Mit jedem Schritt schlug mein Herz höher. Ich wollte fliehen, eine Ausrede erfinden, verzeih mir, Christina, lass uns Riesenrad fahren, Achterbahn, was immer du willst ...

»Zwei Chips, bitte.«

Ich schob den Zehnmarkschein unter der Scheibe durch. Die Frau hatte die Chips schon in der Hand, sah mir ins Gesicht, erstarrte einen Augenblick ... dann schob sie die Chips unter der Scheibe durch – zusammen mit dem Zehnmarkschein. Meine zitternden Finger nahmen alles an mich, ich wollte einen Dank stammeln, doch schon sah sie hinter mich, zum nächsten Kunden. Ich ging zurück zu Christina und hoffte, dass sie von meiner Aufregung nichts bemerkte. Wir stiegen die Stufen hoch und setzten uns in eine Chaise. Mehrere junge Männer halfen beim Ein- und Ausstieg, drückten Stangen herunter, es war ein richtiges kleines Unternehmen. Jakub sah ich nicht. Hanno, inzwischen mit Vollbart, führte hinter einer Glasscheibe die Aufsicht.

Wir fuhren in die Dunkelheit. Christina drückte sich an mich, ich legte meinen Arm um sie, die Chaise schwenkte nach links, rechts, oben und unten, Gespenster sprangen uns an, wir schwebten in die zweite, die dritte Ebene, Panikkurve, Vertigo-Freefall, Christina juchzte … Ich zog sie an mich und küsste sie, wie ich sie noch nie geküsst, wie ich kein Mädchen je geküsst hatte.

»Ich liebe dich«, flüsterte ich, während ein Laserhologramm ihr Gesicht grün und blau färbte. »Ich liebe dich …«

7

Das alles ist über fünfundzwanzig Jahre her. Christina und ich sind längst verheiratet, wir haben selten Streit, nie ernste Krisen. Unsere Kinder sind wohlgeraten und der Stolz ihrer Großeltern, die uns oft besuchen. Wir haben auf dem Grundstück meiner Oma gebaut, großzügig mit Pool, gerade zur richtigen Zeit, als die Zinsen niedrig waren. Mein Vater hat sich aus der Kanzlei zurückgezogen, ich führe sie mit zwei Partnern, die ähnliche Vorstellungen und Grundsätze haben wie ich. Manchmal, wenn ich vor einer wichtigen Entscheidung stehe, öffne ich mein Portemonnaie, in dem ich den Zehnmarkschein aufbewahre. Ihn auszugeben oder in Euro zu tauschen, war nie eine Option. Ich halte den Schein zwischen den Fingern, spüre seine Stimme, seine Kraft. Meist sagt er: »Trau dich.« Und meist behält er recht.

Immer noch wirke ich manchmal abwesend, eher über als neben den Dingen stehend. Mein Leben erscheint mir dann wie ein langer, heiterer Epilog. Als läge alles Wichtige hinter mir, als hätte ich die Aufgabe meines Lebens in diesem Sommer 1991 bereits erfüllt. Und als sei alles Gute, was mir seitdem widerfährt, der Lohn für die eine, richtige Entscheidung, die ich damals getroffen habe, als Zwölfjähriger in kurzen Hosen, mit einem Feuerzeug in der Tasche.

Bleibt mir noch etwas zu wünschen? Höchstens, dass meinen Kindern eine ähnliche Erfahrung geschenkt wird. Wahrscheinlich ist das nicht, ein Vater kann wenig dafür tun. Sie war ein Geschenk damals und wäre es heute ebenso – ein sachter Stoß, ausgeführt von einer höheren, gütigen Macht.

Letztes Jahr waren Christina und ich mit den Kindern auf dem Dom. Unser Jüngster – er heißt Friedrich, wie sein Taufpate – war elf und ist manchmal etwas verträumt. Wir waren kaum zweihundert Meter gegangen, da war er auf einmal verschwunden. Christina gerät leicht in Panik, »oh Gott, unser Sohn ist weg, hoffentlich passiert ihm nichts« ... Ich gab unseren Töchtern Geld für kandierte Äpfel, legte den Arm um Christina und sagte: »Keine Sorge, der Junge kommt schon zurück.«

DIE ENTEIGNUNG

Von Robert Brack
Ottensen

Klara schreibt: »Dienstag, 28. November 1922. Ich werde in die Kommunistische Partei eintreten, um meine Schuld zu sühnen. Ich werde gegen die Unterdrücker kämpfen, um Rache zu üben. Ich werde so lange kämpfen, bis ich nicht nur mich, sondern die ganze Welt reingewaschen habe von dem Makel, dem Kainsmal, das alle zeichnet ...«

Sie wischt eine Träne aus dem Gesicht und schreibt weiter: »Ich fühle nichts mehr, mein Herz ist gestorben, meine Seele erstarrt.«

Der Tisch in ihrer Dachkammer passt nur knapp neben das Bett. Sie müsste die Waschschüssel auf den Boden stellen, um die Kleiderkiste zu öffnen. Ein Nagel an der Tür wartet auf ihren Mantel. Durch die Luke dringt kalte Luft, zusammen mit dem Kreischen der Räder der ersten Verbindungsbahn, die von Altona nach Hamburg rattert.

Neben ihrem Tagebuch liegen eine Zigarre, eine Zigarette, eine Schachtel Zündhölzer. Sie greift nach der Schnapsflasche, nimmt einen Schluck, muss husten, schreibt: »Ich sollte eine Zündschnur hineinstecken, es bräuchte eine Brandbombe, ein Fanal! Für ... Nein! Ich werde deinen Namen nicht mehr schreiben. Vielleicht sollte ich ihn weiter vorne ausradieren.«

Manchmal zucken Blitze über ihre Zimmerdecke. Dann fährt eine Tram über die nahegelegene Kreuzung. Der Morgen bricht an. Bald werden Dampf und Rauch der Industriebahnen über das Dach wabern. Schon sind Schritte auf dem

Pflaster der verwinkelten Straßen zu hören. Oft klingt es metallisch, wenn die Vorbeigehenden sich Nieten unter die Sohlen genagelt haben. Auch sie soll in die Fabrik gehen. »So wie jeden Tag, bis in alle Ewigkeit, amen.« Das sagte sie zu Hedy, als sie sich zum ersten Mal bei ihr unterhakte. Lachend.

* * *

Klara schrieb: Mittwoch, 1. November. Was für ein Glück ich doch habe. Man hat mir geglaubt, dass ich 18 Jahre alt bin! Wieso auch nicht? Ich fühle mich erwachsen, es sind nur noch wenige Monate bis dahin. Nun werde ich Arbeiterin sein. Kein Heimchen am Herd wie jene, die ich hinter mir gelassen habe in dieser traurigen, piefigen Stadt. Durch seine Arbeit wird der Mensch zum Menschen. Die Menschin doch auch, oder? (Was für ein lustiges Wort!) Die Unterkunft fand ich dank eines Hinweises der Zeitungsfrau in der Hauptstraße. Ich fragte sie, welche Zeitung die Arbeiter lesen. Sie hielt mir die »Volkszeitung« und das »Echo« hin, ich entschied mich für das »Echo«. Dann fragte ich, wo ich ein Zimmer finden könnte. Sie kniff die Augen zusammen: Neu hier? Keen Geld? Aber anständig? Ich nickte. Wenn du das Echo liest, geh man zu Stühr. Sie nannte eine Adresse. Dat is'n Piependreher! Ich wusste nicht, was sie damit meinte, traute mich aber nicht zu fragen.

Mit meinem Tornister auf dem Buckel stapfte ich los. Mein Gott, was für ein Tohuwabohu in diesem Ottensen! Das Viertel ist eine einzige Industrie. Kleine Güterzüge rumpeln durch die Straßen, die Tram kommt quer, die Fuhrwerke blockieren, da kann dir schnell mal ein Fass über den Fuß rollen oder eine Kiste mit übel riechenden Tierhäuten pendelt vor deinem Gesicht. Puh!

Und alle Straßen und Gassen sind krumm! Die Häuschen und Buden stehen sich gegenseitig im Weg. Man schickte mich um tausend Ecken. Die Adresse schien falsch zu sein, aber den Namen Stühr kannte man. Die Hedy wohnt da hinten, sagte einer. Neben einem niedrigen Durchgang ein Schriftzug: »Detailverkauf durch den Thorweg«.

Dann stand ich vor dem Schiebefenster. Eine Frau unklaren Alters, die viele Schürzen trug, beäugte mich. Schlagartig hatte ich ein schlechtes Gewissen, weiß der Himmel, warum. Sie fragte mich aus: Woher? Aus einer anderen Stadt. Allein? Jawohl. Arbeit? Noch nicht. Geld? Ich will arbeiten. Hm. Übrigens verkaufte sie Zigarren. Das waren die »Details«. Ich hielt das »Echo« hoch: Die Zeitungsfrau sagte, weil ich das lese, soll ich hier fragen. So? Sie war skeptisch. Dann sagte sie mit schiefem Grinsen: Die Zeitungen haben die Welt nur verschieden interpretiert, näch? Also erwiderte ich: Es kommt aber darauf an, sie zu verändern. Sie nickte ernst und führt mich über eine steile Treppe ins Dachgeschoss. Da waren mehrere Verschläge und ein größerer Raum voller Männer, die eng zusammenhockten. Einer redete ununterbrochen vor sich hin. Ich merkte erst später, dass er den anderen aus einem Buch vorlas. Es war kalt hier oben. Durch eine offene Dachluke wehte der Wind. Trotzdem roch es nach Männerschweiß und einer mir unbekannten Würze. Die Alte präsentierte mich kurz. Nur der alte Stühr schaute auf. Sie sagte einige Worte, die ich nicht verstand. Er nickte knapp. So kam ich unter die Zigarrendreher. Die Würze kam von den Tabakblättern, die sich in einer Nische stapelten.

Meine Bude liegt gegenüber unterm Giebel. Es ist so eng und die schräge Decke so niedrig, dass ich mir sofort zwei blaue Flecken und eine Beule am Kopf holte. Aber ich bekam ein Federbett, einen Krug und eine Waschschüssel. Bin ich nicht ein Glückskind? So schnell schon Fuß gefasst!

Frau Stühr will das Geld im Voraus für eine Woche. Bloß nicht im Nachhinein, meinte sie, weil es doch so rasch an Wert verliert.

Am Abend lernte ich Hedy kennen, und bin ganz verschossen in sie. ~~Aber pssst!, nicht weitersagen!~~ Sie hat eine Haut wie Porzellan, mit winzigen Sommersprossen, braune Augen und Locken mit einem Glanz wie frische Kastanien. Fast könnten wir als Schwestern durchgehen. Mit ihren schlanken Händen versteht sie es, flink eine ›Piepe‹ aus Tabakresten zu drehen. Wegen ihr werde ich mir noch das Rauchen angewöhnen.

Hedy ~~(ich schreibe so gern ihren Namen!)~~ lachte, als ihre Mutter das mit dem »Echo« erzählte: Mir hättest du schon die Volkszeitung zeigen müssen! Sie hält es mit den Spartakisten, was ihre Eltern für einen Irrweg halten.

Klara schrieb: Donnerstag, 2. November: Hedy (wieder!) hat mich am nächsten Morgen in die Fabrik mitgenommen. Dort wurde ich sofort eingestellt. Ich hätte es dir nicht empfohlen, wenn du kein Klassenbewusstsein gehabt hättest, sagte Hedy, es wird wahrscheinlich Streik geben. Oje, dachte ich, habe ich da einen Fehler begangen? ~~Für ein hübsches Gesicht ein unwägbares Risiko gewählt?~~ Aber ist die Lage nicht überall schwierig? Und der Kampf der Arbeiter nicht unausweichlich?

Hedy ~~(ach!)~~ hat mir genau erklärt, worum es geht: Die Karlmann-Zigarettenfabrik will die Inflation ausnutzen, um die Löhne zu drücken. Ganz einfach, indem sie sie nicht erhöhen. Aber damit stoßen sie die Arbeiter ins Elend – und es sind vor allem Arbeiterinnen. Hedy steht an der Maschine und sorgt dafür, dass der Tabak ›fließt‹. Ich bin Novizin und mit dem Sortieren und Verpacken beschäftigt. Es ist eine schweißtreibende Hetze, denn die Maschinen bestimmen den Takt.

Dann auch noch der Weg zur Arbeit! Wir gehen eine Stunde zu Fuß. Bis weit nach Bahrenfeld. Dort wurde eine Militärkaserne zur Fabrik umfunktioniert. Wir werden gedrillt auf dem Exerzierplatz des Kapitalismus – so hat Hedy es ausgedrückt.

Deshalb bin ich jetzt unendlich müde, nach meinem Arbeitstag. Die dicke Daunendecke wartet. Hoffentlich werden meine kalten Füße schnell wieder warm. ~~Wo schläft Hedy?~~

Klara schrieb: Sonntag, 5. November. Ich bin wirr. Es ist zu viel passiert. Diese Stadt ist mein Schicksal, aber ich mag mein Schicksal nicht mehr. Ich durfte Schutzengel spielen, obwohl ich Teuflisches im Schilde führte. Ich wollte mich wegwerfen. Stattdessen habe ich einen anderen Menschen aufgesammelt. Man könnte meinen, es gäbe da oben doch jemanden, der lenkend eingreift. Aber zu meinen Gunsten?

Hätte ich sie fragen sollen? Es drängte mich so! Am Sonnabend ist die Schicht eine Stunde früher zu Ende. Das wurde erkämpft. Es war also noch hell, als wir uns auf den Heimweg machten. Leider träufelte ein Nieselregen auf uns herab, der sich anfühlte, als bestünde er nicht nur aus Wasser, sondern auch aus Ruß. Schmierig klebte er auf der Haut. Die Gaswerke sind nicht weit.

Die Frage lag mir auf der Zunge, ich hatte sie immer wieder geprobt, während ich die beschädigten Zigaretten aussortierte, eine Arbeit, bei der einem die Tränen kommen, weil man so genau hinschauen muss. Die Frage: Wie wäre es, wenn wir uns einen schönen Abend machten? Oder: Hätten wir uns nicht einen schönen Abend verdient? ~~Oder: Führ mich aus, Hedy!~~ (Oh, das wäre zu schön!)

Beinahe hätte ich es gesagt. Weil sie so zugewandt war. Sie fragte mich aus, sie wollte etwas über mich wissen. Wo kommst du her? Das ist doch egal. Ist es weit weg? Unendlich weit. Weggelaufen? Geflüchtet! Warum? Wegen der gottverdammten Provinz, dem Mief, der Enge, der Kleingeistigkeit und vor ... Vor wem? Dem Mann! Und da lachte sie: Ein Mann oder mehrere? Alle! Was hast du denn gegen Männer?

Was sollte ich dazu sagen? Zumal sie mir jetzt mit Edgar kam. Wenigstens einen braucht man schon, findest du nicht? Wie kann sie mich bei dieser Frage so schelmisch anschauen? Weiß nicht, hab ich gemault.

Weiß nicht

Weiß nicht

Weiß nicht

Und deshalb bin ich am Abend losgezogen. Allein.

Ja.

Du musst nur über die Grenze gehen, dann hast du alle Freiheit. In der Gegend, die dem Heiligen Paulus gewidmet ist, heißen die Straßen sogar danach: Kleine Freiheit, Große Freiheit. Dort haben sie so viele bunte Lichtergirlanden über die Straße gehängt, dass einem schon vom Gucken duselig wird und das Herz schneller pocht. Aber natürlich sind die Bilder und Plakate mit den schönen Frauen für die Männer gemalt. Du musst schon um drei, vier Ecken gehen, um in einer Seitengasse den »Damenklub« zu finden. Die Adresse stand im »Ratgeber der Freundinnen«. Kein Schild über der Tür, keine schönen Frauen in der Vitrine. Und drinnen?

Oh, mein Gott!

Ich hatte ja gar nicht genug Geld! Nach einem Glas war es schon fort. Und das hat mich ... ich musste doch ... da wurde ich zur ...

Zuerst die Dünne mit der Federboa und der endlos langen Zigarettenspitze. Als ich ihr sagte, ich würde diese Dinger stopfen, lachte sie hochnäsig. Dann die Hagere mit der Reitgerte. Die stolperte bald über ihre Lackstiefel. Die Dicke mit den tonnenschweren Brüsten unterm Seemanns-Jumper, geriet nach dem dritten Rum in schwere See ... da bin ich ausgebüxt ...

Und in der gottverdammten Dunkelheit vom Weg abgekommen. Plötzlich stand ich am Wasser. Lastkähne, aufgestapelte Holzbohlen und wieder Kisten mit vergammelten Tierhäuten. Die sind mein Fluch! Da habe ich mich erst mal ausgekotzt.

Du musst flussabwärts gehen, sagte ich mir, das ist deine Richtung ... Dann eine Treppe hoch und noch eine und höher ... und da lag er und stöhnte vor sich hin.

Ich beugte mich über ihn und erkannte ihn erst, als er ihren Namen murmelte.

Er stöhnte. Hedy?

Ihr Vater. Zusammengebrochen. Kraftlos. Er war nicht mehr ganz bei sich. Ich half ihm auf.

Hedy?

Kommen Sie, ich bring Sie nach Hause.

Er hing an meiner Schulter wie ein Sack Kartoffeln.

Hedy, ich musste es tun ...

Seien Sie still, ich bring Sie nach Haus.

Sie zahlen mit Dollars ... Das ist unsere Chance ...

Laufen, bitte! Los doch! Die Beine bewegen!

Hedy ...

Ich bin nicht die Hedy!

Trotzdem musste ich mir sein Geständnis anhören: Mutter wird es schon noch verstehen ... Das Geständnis eines ehrlichen Mannes, der in schweren Zeiten zum Schmuggler wurde und sich dafür schämt.

Im Hinterhof kam er wieder zu sich und wunderte sich über seine Begleitung. Führte mich zum Fenster von Hedys Stube und klopfte leise. Sie fragte: Edgar? Er stöhnte: Ich ... Vater. Da hat sie sich beeilt. Kam raus und schaute mich verwundert an.

Ich habe ihn gefunden, er lag auf dem Weg ...

Puh! Was für eine Fahne!

Das bin doch ich! (So ehrlich, ach Gott!)

Sie starrte mich an. Und ich sie. Sie trug ein weißes Nachthemd.

Ich sagte: Ein Gespenst geht um in Altona – das Gespenst der Schönheit.

Sie schnaubte ein Lachen und schleppte ihren Vater nach drinnen.

Ich stieg taumelnd die Treppe hinauf und fiel aufs Bett. Träumte davon, sie sei gekommen und habe mich zugedeckt, ~~mir einen Kuss auf die Stirn gehaucht.~~

Am Abend: Den Sonntag verbrachte ich im Bett mit Goethes »Werther«. Den hatte ich drüben im Regal der Piependreher gefunden. Denn sonntags ist es still auf dem Dachboden. Da liegen Fummelbrett und Schneidemesser brach, da wird kein Tabakleim gerührt. Da stehen Wickelformen und Formenpressen ordentlich im Regal, hängen die Arbeitsschürzen schlaff an den Haken. Keine groben, behaarten Männerhände trennen die Stängel von den Blättern, pusten Wasserstaub darüber, schneiden ovale Deckblätter und füllen sie mit Feinschnitt, während das Schweißwasser von den trüben Scheiben der Dachluken tropft. Keine schweren Männerleiber hocken dicht an dicht und wickeln und rollen ihre Piepen, deren Wert täglich verbrennt, verbrennt, verbrennt.

Und ich wundere mich, wie ein Mann über einen anderen Mann schreiben kann, der Gefühle hegt, wie sie nur eine Frau empfinden kann gegenüber einer Frau.

Klara schrieb: Mittwoch, 8. November: Ist es nicht beinahe Verrat, wenn eine sich dem einen zuwendet? Sollte die Gemeinschaft der Liebenden besser keine Unterschiede machen? Zumal er Kommunist ist. Edgar. Wäre die Liebe eine freie Assoziation, dann wären alle Kommunisten! Aber irgendwas wurde vergessen im Laufe der Geschichte ... die Freiheit der Liebe. Was für ein Gefühl! Allgemein verbreitet würde es gewiss die Mauern sämtlicher Festungen zum Einsturz bringen. Aber Edgar redet nur von Klassenkampf. Das ist mir recht.

Vielleicht werden wir streiken. Damit der Karlmann uns für unsere Schufterei in seiner »Zichtenbude« (wie Edgar sich ausdrückt) mehr Geld gibt, denn sein Wert verbrennt, verbrennt, verbrennt. Ich würde Edgar gerne die Haare vom Kopf sengen, damit sein Blondschopf aufhört, Hedy zu betören, ihm die Augen ausstechen, die so blau blau blau leuchten, und den Mund zerfetzen, weil er so liebreizend grinsen kann, der Schuft. Ist er nicht wunderbar? Ach, Hedy, du bist wunderbar, er doch nur ein dummer Kerl!

Und doch weiß er sehr viel. Zum Beispiel, dass die Fabrik neue Automaten bekommen soll, die uns ersetzen werden. Weil Karlmann Kapital gemacht hat. Im Ausland. Der sitzt auf Bergen von Dollars, hat in New York an der Börse goldene Spekulatius gebacken. Das wird uns teuer zu stehen kommen! Was geschieht mit den Arbeitern, wenn eine Maschine den Tabak besser ins Papier stopfen kann? Dann packen und stapeln wir nur noch Kisten – bis eine Maschine besser packen und stapeln kann. Und wer raucht die Zichten, wenn wir sie nicht mehr kaufen können? Dafür gibt's dann auch eine Maschine. Wir bauen eine Fabrik, die nicht der Produktion, sondern der Konsumtion gewidmet ist. Und wehe dir, Kapitalist, wenn die Maschine streikt. So wie wir ... bald!

Die Piependreher können nicht streiken. Sie sind Ausbeuter ihrer selbst. Und doch droht ihnen das gleiche Schicksal. Sagt Edgar. Sagt Hedys Vater. Steht im »Echo«. In der »Volkszeitung«. Denn die Hütten und Buden und Katen und Schuppen, die geschäftigen Hinterhöfe mit ihren Detailverkäufen sollen verschwinden. Karlmann kauft das Areal. Karlmann hat Großes vor. Zigaretten bringen Geld, aber Zigarren bringen viel mehr Geld. Und deshalb sollen die Piependreher auch ans Fließband. Und da, wo jetzt noch ihre Buden sind, soll eine große Manufaktur entstehen. Gleich neben dem Bahnhof, für den Abtransport in alle Welt – oder zum Hafen. Da wird die Schellfischbahn zum Zigarren-und-Zichten-Zockel-Zug. Sagte Edgar. Denn bislang fährt dieses Bähnchen, beladen mit Kisten voll Fisch, vom Hafen durch einen Tunnel zum Güterbahnhof. Und leer geht's wieder zurück. Aber wenn der Karlmann erst mal seine Industriebahn von Bahrenfeld zum Bahnhof gelegt hat und die einstigen Wickelmacher und Roller geknechtet in seiner Manufaktur am Fließband ihre Piepen sortieren, dann kann die Schellfischbahn sich auch beim Rücktransport nützlich machen – »Karlmanns Tabakwaren erobern die Welt!« Denn, sagt Edgar, es nützt nichts, wenn man ein paar Dollars beim Schmuggel im Freihafen verdient, man muss die Ware en gros in die Welt verkaufen ... Spekulatius backen an den Terminbörsen.

Wirklich, ich kann Edgar nicht leiden. Immer wenn er vor der Fabrik so redet, hängen die Frauen an seinen Lippen. Hedy findet ihn umwerfend, wenn er von Umsturz spricht. Ich würde ihn gerne vom Sockel stürzen, den Helden der Proletinnen. Denn die gucken ihn manchmal an, als wäre sein Flugzettel nur ein Feigenblatt. Sie reißen es ihm aus den Händen. Sie wollen ihn ohne sehen. Aber er fällt und fällt und fällt und schlägt auf und sein Gipskopf zerplatzt und sein Torso bricht und der Rest ... wird zu Staub. Schön wär's, meine liebe Klara, aber wie willst du das anstellen? (Psst! Das darf keiner lesen!) ~~(Oho! Mich trifft keine Schuld, ich bin nur verliebt!)~~

Und was sagt Hedys Vater dazu, der Ober-Piependreher? Ein solches Handwerk kann man nicht industrialisieren! Entgegnet Hedy (das hat sie von Edgar abgelauscht): Aber ein solches Viertel kann man mit Devisen kaufen! Zumal, wenn die Politik damit sympathisiert. Die sozialen Demokraten haben sich mit den liberalen Demokraten vermählt ... und polieren das goldene Kalb, das man leider nicht essen kann, weshalb die Proleten hungern.

Oho, ich bin kein Prolet, sondern Handwerker, hat Hedys Vater sich empört. Wir sammeln Geld, wir gründen eine Genossenschaft in unseren Häusern! Edgar bekam einen Lachanfall. Aber Hedy hat ihn angefunkelt. Sofort hat er aufgehört und wurde bitterernst.

Da ist mir etwas aufgegangen: Nicht nur der Torso und was darunter sitzt, ist ihrem Leibe zugewandt, nein, der Gipskopf hegt Gefühle, es schlägt ein Herz in seiner Brust, und zwar für sie. Ich hasse dieses Herz. Man sollte es herausoperieren und in Formalin einlegen beim Apotheker. Dann kann sie es gelegentlich besuchen und anglotzen. (Ich bin sehr böse, es tut mir leid, nein, doch, nein.)

Klara schrieb: Dienstag, 14. November: Ich liege in meinem Bett und kritzle, kritzle. Die Kerze flackert, weil sie drüben ihre Luken aufgeschoben haben. Na, vielen Dank auch für den Luftzug! Sie drehen und wickeln ihre Piepen im Schein von Petroleumfunzeln bis spätabends. Sie brauchen das Papier mit den Zahlen drauf, immer mehr davon. Und sogar jetzt noch liest da einer, während ich mich unter die Daunen kuschle: »Buddenbrooks«, daraus wollen sie etwas lernen, die armen wackeren Piependreher. Vom Geldsammeln sind sie übrigens abgekommen, wer will schon Geld haben in diesen Zeiten, wenn es nicht in Amerika hergestellt wurde? Sie heben Dollars auf, die sie im Freihafen erschmuggelt haben. Aber um derart viele Dollars zu sammeln, wie der Karlmann sie hat, bräuchten sie tausend Jahre.

Verzeih mir, Edgar, ich war ungerecht zu dir (gut, dass du es nicht weißt). Denn sie ist es, die man hassen müsste (wenn man könnte, ja, man sollte!). Hedy, das Flittchen. Und schlimmer noch: Verräterin. Edgar, Edgar, du ahnst ja nichts.

Wir hatten Versammlung in der Zigarettenfabrik. Natürlich hat's der Chef verboten. Aber als die Tschakos aus der Kaserne anrückten, sagten sie zum jungen Karlmann, es sei das »verbriefte Recht des Arbeiters, sich zu versammeln«. Es gibt hier Sozialisten unter der Polente, ach du meine Güte! ~~Ich lach mich tot~~.

Der junge Karlmann (die Worte Stenz, Stutzer und Stießel wurden für ihn erfunden) nahm es mit Humor. Spannte seinen Schirm auf (es regnete nämlich schon wieder, und eisig, eisig blies der Wind) und schaute sich um, musterte mit schiefem Grinsen seine Arbeiterinnen. Ich streckte ihm die Zunge raus. Da blieb sein Blick an Hedy kleben.

Ich stieß ihr den Ellbogen in die Seite und spuckte aus, als Aufforderung an sie, es auch zu tun. Und was macht sie? Guckt zurück. Ich trete ihr auf den Fuß. Sie stößt mich weg. Na schön, also höre ich Edgar zu, der auf einem Stapel Kisten steht und gegen Ausbeutung und Spekulantentum wettert. Und er fordert Streik. Und Unterstützung für die Piependreher. Gemeinsam kämpfen usw. Es wird ein bisschen geklatscht, aber die Hände sind klamm. Eine ruft: »Wir wollen Geld, sonst nichts.« Da fängt er noch mal von vorne an und erklärt den Mechanismus des Kapitals. Da gehen manche schon. Ich fand's spannend. Darüber habe ich dann Hedy vergessen.

Als ich mich umdrehe, steht sie unterm Regenschirm von Philipp (so heißt der junge Karlmann) und scherzt mit ihm. Lehnt an der Fabrikmauer und zeigt Knie. Lässt sich sogar 'ne Zichte in den Mund schieben, das Flittchen. Und ich schreie: Hedy! Und sie winkt lässig, als wollte sie eine Fliege verscheuchen. Ich steh im Regen und du unterm Schirm!, schreie ich, weil mir nichts Besseres einfällt. Aber Frauen haben keine Macht, nicht mal über Frauen. Aber Männer über Männer.

Nämlich: Zum Glück kommt mir der alte Karlmann zu Hilfe. Sein Daimler hält vor dem Tor und hupt. Der Alte wackelt mit dem Zeigefinger, da muss der Sohnemann spurten. Und tritt dabei in eine sooo tief Pfütze, dass ich lachen muss. Und Hedy lacht auch. Und sie hat gut lachen, denn sie hat ja noch den Schirm in der Hand. Das fällt dem jungen Karlmann jetzt auch auf. Er dreht sich kurz um, macht dann aber eine abwehrende Handbewegung – jetzt noch mal durch die Pfützen zurück? Bah!

Hedy steht vor mir, und ich schimpfe sie aus. Verräterin, ~~Schlampe!~~ Deute zu Edgar, aber der ist gar nicht mehr da, nur noch die Kisten stehen da rum. Und Hedy lacht. Ich werde fuchsteufelswild, sage seltsame Dinge wie: Du hast ihm dein Knie gezeigt! Ist das etwa Verrat, fragt sie kokett. Jawohl! Wir sprechen von Streik und Lohn, und du schmiegst dich an den Klassenfeind! Verrätst deinen Freund ... und mich!

Als ich merke, was ich gesagt habe und wie, wird mir komisch. Denn Hedy lächelt so, wie sie mich noch nie angelächelt hat, und sie sagt: Du bist so ein süßes Ding, weißt du das? Der Mann, der dich mal kriegt, kann sich glücklich schätzen! Aber ich will doch gar keinen Mann, sage ich weinerlich. Und da beugt sie sich zu mir und gibt mir einen Kuss auf die Wange.

Ich bin erstarrt. Sie dreht sich um und stolziert davon, unter ihrem Schirm. Und wiegt die Hüften, und ich weiß, dass sie sich über mich lustig macht. Und da werde ich wütend und ich denke: Wenn ich ein Mann wäre, wenn ich ein Mann wäre, dann würde ich dich ...

Bin ich aber nicht.

Klara schrieb: Freitag, 17. November. Vielleicht bin ich es doch! Es ist nur eine Frage von Mut, oder? Kraft? Pah, so einer wie Philipp hat doch keine Kraft, eher einen Willen. Ich aber auch. Heute wollte Hedy in der Mittagspause hoch ins Kontor, um den Schirm zurückzugeben. Ich sagte: Bist du verrückt geworden! Sie fragt: Wieso? Ich sage: So schmeißt du dich an ihn ran. Sie: An wen denn, er ist doch gar nicht da. Ich: Woher weißt du das? Sie: Jedenfalls hab ich ihn nicht gesehen. Na also, sage ich, dann behalte doch den Schirm. Sie schaut mich scheel an: Als Faustpfand? Nee, als Schirm, sage ich. Da glotzt sie nachdenklich. Tastet mein Gesicht ab. Ich weiß nicht, wie lange, es kam mir lange vor. Mein Gesicht war nackt vor ihrem Blick. Ich erschauerte. Dann jaulte die Sirene und die Pause war zu Ende.

Die ganzen krummen, schlecht gestopften, eingerissenen Zichten, die heute aussortiert wurden, stammten alle von mir.

Auf dem Nachhauseweg hält der Daimler neben uns. Oh nein, sagt Hedy. Sie hält den Schirm über uns beide.

Einen schönen Schirm haben Sie da, Fräulein, sagt Philipp Karlmann.

Weil es regnet, entgegnet Hedy.

Wo haben Sie den her?, fragt er.

Gestohlen! Von einem Dieb!, rufe ich, vielleicht ein wenig zu schrill.

Da muss ich wohl die Polizei rufen, lacht er.

Nun bleiben wir stehen. Blöderweise.

Hedy sagt: Es steht einem Mann schlecht an, zwei Damen den Schirm wegzunehmen, wenn es regnet.

Dann steigt doch ein!

Das ziemt sich nicht, Herr Bourgeois, sagt Hedy, und ich horche auf.

Er lacht amüsiert. Ich trete vor und sage: Sie beuten uns aus, Herr Bourgeois, und machen sich überdies auch noch lustig über uns!

Nun steigt doch endlich ein. Er öffnet die hintere Tür.

Hedy klappt den Schirm zusammen, zieht die Wagentür auf und wirft ihn auf den Rücksitz.

Ich gehe lieber ohne Schirm in die Fabrik, sagt sie und wendet sich ab.

So wie jeden Tag, bis in alle Ewigkeit, amen, sage ich, hake mich bei ihr ein und wir schreiten aus.

Männer, sage ich hochmütig, ob Bourgeois oder Proletarier, haben wir doch gar nicht nötig.

Vielleicht, sagt sie.

Als wir zu Hause ankamen, waren wir bis auf die Haut durchnässt. Hedys Mutter braute uns zwei Grogs und wir wickelten uns in Decken und setzten uns vor den Ofen. Als meine Hand sich durch einen Schlitz stahl, um ihre Haut zu spüren, sprang Hedy auf und rannte weg.

Klara schrieb: Samstag, 18. November. Sie ist noch vor mir aufgebrochen, und in der Fabrik hat sie sich ferngehalten, war zum Feierabend schon verschwunden. War es ein Fehler, den Mann zu spielen? Tat ich das denn? In der Pause sah ich sie mit Edgar. Sie standen dicht beieinander. Wieso darf ein Mann den Mann spielen, die Frau aber nicht?

Aber ich habe mich über alles getäuscht.

Es gibt eine Klasse von Menschen, denen wird immer wieder alles weggenommen. Wenn du zu dieser Klasse gehörst, hast du keine Chance. Merk dir das gefälligst.

Männer oder Frauen, ganz egal, auf die Klasse kommt es an.

Es ist nämlich bekannt geworden, dass die Häuser, in denen wir leben, tatsächlich gekauft wurden. Von einer amerikanischen Firma. Und ratet, wem diese Firma gehört? Den Leuten, die im Daimler sitzen. Es geht gerade um unter den Piependrehern, dass sie enteignet werden. Ach, würden unsere Häuser uns doch selbst gehören, klagen sie, ach, würden … ach, würden …

Jetzt sitzt Edgar mit ihnen drüben unterm Dach, und sie jammern und brabbeln und schimpfen und kakeln, und irgendwann ruft er: Ja wollt ihr denn in einer Bretterbude im Schrebergarten vor euch hinwerkeln, ihr kleinbürgerlichen Fantasten? Wir streiken für euch, aber ihr müsst auch was tun.

Da wird es still und sie tuscheln.

Ich schleiche auf Zehenspitzen hinüber und horche.

Nicht übertölpeln …, höre ich, … keine Kapitulation … widerstehen … ein Kampf auf Leben und Tod … Kriegserklärung … eine Antwort … Entführung … Wer nichts hat, muss alles wagen!

Der letzte Satz kam aus Edgars Mund. Mutig. Entschlossen.

Doch dann klopft er an meine Tür. Tritt ein, erhobenen Hauptes, und bricht zusammen, unterdrückt ein Schluchzen. Klara, sagt er, Klara, hilf mir. Und schiebt seine Hand unter meine Decke (zum Glück liege ich angezogen darunter).

Das kann ich nicht, sage ich entschieden. Niemals, wirklich nicht.

Er fasst meine Hand. Ich rutsche in die äußerste Ecke. Er schaut überrascht auf, lacht verschämt und sagt heiser: Ich will doch sie. Weißt du, wo sie ist? Hat sie dir was gesagt? Ich flehe dich an …

Ich lasse ihm meine Hand. Er ist verzweifelt.

Wieso ich?

Dir erzählt sie doch alles.

Mir?

Sag schon!

Ich weiß nichts.

Wo ist sie mit ihm hin?

Mit wem denn?

Philipp! Ich hab doch gesehen, wie sie zu ihm eingestiegen ist.

Was? Mir wird eiskalt, ich werde stumm, starr.

Er spuckt mich mit Worten an ... spricht von Unmoral, missbrauchter Freiheit, Käuflichkeit, Hurerei, Schwäche, Falschheit, Hörigkeit, Sodom und Gomorrha, und meint doch nur das Besitzrecht der Männer ... bla-bla, spuck-spuck, schluchzschluchz.

Ich sage kein Wort. Schaue an ihm vorbei ins Nichts. Bis er endlich geht.

Klara schrieb: Sonntag, 19. November. Sie sagt, sie hätte ihm nur den Schirm zurückgegeben. Im Gegenzug hätte er sie in ein Lokal eingeladen. Er hat sie wieder zurückgebracht, noch vor Mitternacht. Es ist nichts passiert, sagt sie.

Wirklich nicht?

Klara ...

Wirklich nicht?

Klara.

Wirklich nicht?

Klara!

Sie schaut mich durchdringend an. (Huh! Ihre Augen!) Ich will ihr glauben.

Klara schrieb: Donnerstag, 23. November: Wir hatten die Bänder abgeschaltet, die Maschinen abgewürgt, die Automaten zum Schweigen gebracht, uns in der Fabrik verschanzt. Die Piependreher und ihre Frauen brachten uns Verpflegung,

Decken, Zeitungen. Wir sagten: Wir kämpfen auch für euch. Im »Echo« stand, wir seien illegal, weil wir nicht mit ihrer Gewerkschaft gehen. Die »Volkszeitung« jubelte. Die Spartakisten verteilten Zettel: Stürzt den Tabak-Baron! Enteignet den Enteigner! Wir wollen doch nur mehr Geld und dass die Piependreher weiter ihre Piepen drehen können. Dafür blieben wir über Nacht.

Wo war Hedy? Edgar suchte sie. Ich suchte sie.

Klara schrieb: Freitag, 24. November: Der Daimler fuhr vor. Darin sitzen der Junior und der Senior, ein »Rechtsverdreher« (wie Edgar den Advokaten nennt) und ein »Linksverdreher« (wie Edgar den Gewerkschaftler nennt). Sie sagen unserem Komitee, wir hätten das Gesetz gebrochen, dem Karlmann das Eigentum genommen. Wir sagen, er hat uns um Lohn betrogen, weil sein Geld nichts wert ist. Wir wollen Dollars, davon hat er genug! Sie holen die Tschakos aus der Kaserne. Die sagen jetzt auch, wir seien Diebe, wir hätten dem Karlmann die Fabrik gestohlen. Und dann heben sie ihre Knüppel und knüppeln uns raus. Ich habe noch nie so viele Tschakos gesehen. Wo war Hedy?

Wir alle haben blaue Flecken, Platzwunden, wir hinken und stolpern den langen Weg von Bahrenfeld zurück in unser jämmerliches Budenviertel. Wir sind wütend. Kein Lohn wegen Sachbeschädigung, heißt es. Wir versammeln uns im Hinterhof bei den Stührs. Wir kriegen Suppe. Dann gehen alle nach Hause. Nur Edgar und ich bleiben übrig. Er fragt: Wo ist Hedy? Und ich: Ist das alles, was dir jetzt einfällt? Und er: Sie betrügt mich doch! Ich: Wie kann sie dich betrügen? Hast du ihr Geld bezahlt, damit sie dir treu sein muss? Dollars?

Ich bin so wütend. Alle nehmen allen alles weg und behaupten, es sei ihr Eigentum! Er: Hast du denn gar keine Gefühle? Und ich: Meine Gefühle gehen dich nichts an, genauso wie

Hedys Gefühle dich nichts angehen! Er: Als die Karlmanns kamen, war sie plötzlich verschwunden. Ich: Sie kann gehen, wohin sie will. Er: Kann sie nicht. Sie hat uns verraten! Ich: Das Gegenteil ist der Fall. Du willst ihr die Freiheit nehmen, das nenne ich Verrat! Du kämpfst gegen das Eigentum und willst sie als Eigentum? Fass dich mal an den Kopf oder woanders hin, Mann! Die Sklaverei der Frau soll wohl erhalten bleiben? Er: Ist das ihre Freiheit, dass sie mit dem Karlmann geht? Ich: Wenn sie das will, darf sie das (als ich das sage, wird mir beinahe schlecht, aber ich schaue ihn trotzig an). Er: Du weißt also, dass sie es tut. Ich: Was sie tut, ist ihre Sache. Er: Und du, tust du's auch? Hast du auch so ein schickes neues Kleid? Ich: Was ich tue, ist meine Sache. Er: Du warst auch bei dem Karlmann! Ich: Und wenn's so wäre, was geht's dich an! Er: Ihr seid alle Huren! Ich: Die werden wenigstens dafür bezahlt! Sie verleihen sich. Andere verkaufen sich für nichts. Kerle wie du sind Diebe an der Frau! Da drehte er sich um und ging.

Klara schrieb: Montag, 27. November. Schneeregen, die Fabrik bleibt geschlossen. Ich liege im Bett. Drüben murmelt der Vorleser von den Buddenbrooks ... Hanno wurde enterbt, das Vermögen zerrinnt ..., während die Hände der Piependreher über die Fummelbretter gleiten, den Tabak in die Formen pressen, die Blätter schneiden und das Wasser drüberpusten. Sie wollen jetzt in Luxus machen. Nur noch für die Reichen produzieren. Den besten Tabak. Das gibt zehnmal mehr Gewinn, heißt es. Aber das Geld ist zehnmal weniger wert geworden, meine Herren! Ihr braucht Dollars, damit lässt sich leben.

Stiefelgetrappel im Hof. Rufe, Schreie. Die Stiefel trampeln die Treppe hinauf. Was ist? Die Tschakos!

Sie stießen die Tür auf, stürmten herein, rissen mir die Decke vom Leib, suchten unter dem Bett, schmissen die Schüssel von der Kommode und wühlten herum. Brüllten durcheinander: Wo ist er? War er hier? Wurde er gesehen? Kennst du ihn? Wo hat er sich versteckt? Sie fanden die grünen Scheine unter meinem Kopfkissen. Was ist das? Wo hast du die her, Flittchen? Wem gehören die? Hat er dir das zugesteckt?

Nein, das ist Geld, das gehört mir. Das hat eine ehrliche Diebin für mich gestohlen! Das sage ich nicht, denn das würden sie nicht verstehen. Sie trampeln wieder hinaus. Ich glätte die Scheine und schiebe sie unters Kissen. Meine Fingerspitzen gleiten darüber und es knistert.

Dann kam der Schrei. Frau Stühr schrie aus ihrem Schiebefenster hinaus in den Hof. Kreischend, schrill. Dann schlug das Fenster zu. Eine Tür rumste. Schritte. Ich rannte nach unten. Auf dem Tisch in der Küche liegt das »Echo«: »Brutaler Mord! Spartakisten-Terror!« steht auf dem Titelblatt. »Sohn eines Tabak-Magnaten gemeuchelt ... Leichenfund im Tunnel der Schellfischbahn ... Toter blockierte Waggons ... zunächst Unfall ... aber erwürgt ... offenbar im Güterbahnhof auf den Waggon geworfen, um das Verbrechen zu vertuschen ... Täter im Spartakisten-Milieu ... Drohungen gegen ehrwürdige Altonaer Familie ... Fahndung nach ...«

Edgar.

Wo ist Hedy?

Weggelaufen. Sie hat geschrien, nicht ihre Mutter.

Da! Der alte Stühr hält mir einen Zettel hin. Edgars Hand ... »Wenn du das liest, bin ich nicht mehr ... es hat keinen Sinn, ALLES!«

Such sie, bitte, sagt der alte Stühr. Bring sie zurück, schnell!

Ich gehe los und finde sie nicht.

Ich gehe noch mal los und finde sie nicht.

Ich komme zurück, hole die grünen Scheine.

Heiliger Paulus, weißt du, wo sie ist?

Große Freiheit, kleine Freiheit, keine Freiheit, keine Hedy.

Dienstag, 28. November: Ein Tschako hat sie gefunden. Er sah einen Schatten, der da nicht sein durfte. Hinter der Milchglasscheibe der Karlmann'schen Fabrik. Der Schatten bewegte sich. Das Morgenlicht fiel durchs Oberlicht und warf den Schatten auf das Glas. Der pendelte hin und her an einem Strick.

»Verdächtige nimmt sich das Leben«, schreibt das »Echo«.

»Opfer des Klassensystems«, schreibt die »Volkszeitung«.

Die Stührs weinen. Alle anderen schweigen.

Ich auch.

Wie kann man sich das Leben nehmen und es dabei verlieren?

ALLES!

Das war gelogen. Edgar ist noch. ~~Ohne Sinn~~. Er hat sich gestellt. Nun hockt er in einer Zelle in der Kaserne bei den Tschakos.

Ich schweige und schreibe. (Bitte entschuldige die feuchten Flecken auf dem Papier.)

Dies ist ein Nachtrag; die Vereinbarung wurde einseitig aufgehoben:

Samstag, 25. November: Am Samstag kam Edgar wieder. Gegen Mittag. Polterte die Treppe hoch, riss die Tür auf, ohne anzuklopfen, und schrie mich an: Ist sie hier? Dir fehlt nur noch der Tschako auf dem Kopf bei deinen Manieren, entgegnete ich. Da fing er an zu brüllen: Du steckst mit ihr unter einer Decke! Dann kamen Beleidigungen. Ich schaute ihm trotzig ins Gesicht. Da drehte er sich um und trampelte zu den Piependrehern, brüllte den alten Stühr an: Wo ist deine Tochter, das Flittchen? Wo ist sie, diese Bürgerhure!? Da standen die Männer auf und schmissen ihn die Treppe hinunter.

Als ich das später Hedy erzählte, sagte sie: Das geschieht ihm recht. (Ihm war ja nichts passiert.)

Er lungerte noch eine Weile im Hof herum, dann verschwand er.

Hedy kam am frühen Abend. Schlich die Treppe hoch. Unter jedem Arm ein Karton. Die deponierte sie bei mir. »Nicht aufmachen!«

Beim Abendessen beruhigte sie ihre Eltern: Ich werde schon Arbeit finden. ~~Na ja~~. Ich durfte mitessen und sagte lieber nichts. Die Eltern schwiegen. Worüber soll man reden, wenn die Tage im eigenen Haus gezählt sind und keine andere Bleibe in Sicht? Hedy warf mir Blicke zu, die so gar nicht zu den sorgenvollen Mienen ihrer Eltern passten. Es war beinahe kindisch, als wären wir Geschwister.

Und das sagte sie dann auch, als wir oben die Kleider aus den Kartons nahmen: »Ich sagte, ich nehme noch eins für meine Schwester, die ist genauso groß und gebaut wie ich. Meine Zwillingsschwester.«

Das war der Moment, wo alles erklärt war. Wir zogen die Kleider an und taten kurz so, als würden wir zusammenkleben wie Siamesische Zwillinge. Die Mäntel waren nicht so schick und die Schuhe auch nicht, aber wir kamen uns so mondän vor wie Asta Nielsen.

Du packst das Glück beim Schopf, wenn es sich dir anbietet, oder etwa nicht?

Wir packten uns beide am Schopf, aber das war erst später.

Erst mal schlichen wir aus dem Haus.

Nahmen die Tram, die uns ins Reich des Unheiligen Paulus transportierte.

Kleine Freiheit. Große Freiheit.

Die bunten Bars, das Kabarett, das mitternächtliche Tanzcafé.

Ich fragte sie nicht, woher die vielen grünen Scheine in ihrer Handtasche kamen.

Sie sagte: Überall wo wir im Licht stehen, fällt ein Schatten auf uns. Sie meinte die Blicke der anderen. Siamesische Zwillinge sind fast nirgendwo erwünscht. Für solche unnatürlichen Ausprägungen des Menschseins ist die Freiheit sehr klein bemessen. Zumal: Mützen und Zylinder, Fräcke und Jackette kennen keine Etikette! Das haben wir gereimt.

Sogar überlegt, ob eine von uns das nächste Mal mit einem Zylinder kommen soll. Da stopfen wir die Karnickel rein und lassen sie verschwinden, sagte Hedy, einen nach dem anderen, bis sie alle weg sind.

Das Licht war zu hell. Wir gingen ins Dunkel.

Kino.

Der Film war kurz und der letzte Kuss kam sehr bald.

Und schon wieder ging das Licht an.

Ich kenne einen Ort, da gibt es keine Karnickel, sagte ich.

Eine Insel?, hauchte Hedy ängstlich.

Genau.

Ich nahm ihre Hand und führte sie in den Klub.

Grüne Scheine, große Freiheit.

Wir scherzten mit der Federboa, zogen die Reitgerte aus dem Lackstiefel, trösteten den Matrosen-Jumper und tanzten den schlechtesten Tango der Welt. Eine Flasche fiel zu Boden und drehte sich. Ihr Mund war das schönste Pfand der Welt.

Sonntag, 26. November: Als der Morgen graute und wir das Grauen grauenvoll fanden, nahmen wir ein Zimmer nebenan. Der Hauch von Gaze, der noch zwischen uns schwebte, verschwand und wir klebten aneinander wie Siamesische Zwillinge.

Wir blieben den ganzen Tag dort, die ganze Nacht. Die grünen Scheine wirkten Wunder. Man behandelte uns wie Damen und brachte Speis und Trank.

Ich werde nie mehr etwas anderes trinken als Sekt, sagte Hedy.

Ich werde nie mehr in die Fabrik zurückgehen, sagte Hedy.

Es ist ganz einfach, sagte Hedy, denn diejenigen, die Geld haben, passen nicht gut darauf auf.

Ich sagte: Ein Gespenst geht um in diesem Zimmer, das Gespenst der Schönheit.

Sie sagte: Und das Gespenst der Freiheit.

Keine Schönheit ohne Freiheit (sagte ich)

Keine Freiheit ohne ... (sie brach ab)

(grüne Scheine) (das sagte keine)

So fand ich meine Hedy und verbarg sie vor den anderen.

Zwei Nächte, einen Tag.

Montag, 27. November: Sie hat geschrien und ist weggelaufen. Wieso ist sie nicht zu mir gekommen? Was hat es mit uns zu tun, wenn ein Spartakist einen Kapitalisten erwürgt? Ein Mann einen anderen Mann? Und was hat die Fabrik damit zu tun, in der du dich aufgehängt hast? Fühltest du dich schuldig? Weil er glaubte, du seist bei diesem armseligen Regenschirm gewesen? Hättest dich von ihm bezahlen lassen? Unsinn! Du hast ihn bestohlen. Du warst doch mit mir! Aber mit deiner Tat hast du mich verleugnet. Dich ausgelöscht und mich dazu. Und deshalb sage ich deinen Namen nicht mehr. Du bist nicht, du warst nicht, du konntest niemals sein.

Klara liest: »Dienstag, 28. November 1922. Ich werde in die Kommunistische Partei eintreten, um meine Schuld zu sühnen.« Sie greift nach der Zigarette und zündet sie an. Sieht zu, wie der blaue Dunst zur Decke steigt. Raucht. Drückt die Kippe auf ihrem Handrücken aus.

Sie reißt die Blätter aus ihrem Tagebuch und schichtet sie übereinander. Nimmt die Zigarre, zündet sie an. Mit der Glut entfacht sie den Scheiterhaufen auf dem Tisch. Sieht zu, wie die Blätter sich schwärzen, die Schrift verschwindet, die Worte zu Asche zerfallen. Dann greift sie nach ihrem Tornister und verlässt das Zimmer.

AUTORINNEN UND AUTOREN

Ingvar Ambjørnsen, geboren 1956 in Tønsberg, Norwegens kneipenreichster Stadt, aufgewachsen in Larvik, lebt seit 1985 in Hamburg. Nicht vollendete Gärtnerlehre und mancherlei Jobs in Industrie und Psychiatrie. Erste Buchveröffentlichung 1981, seitdem zahlreiche Romane und Auszeichnungen, etwa der Brage-Preis, der deutsch-norwegische Willy-Brandt-Preis und der Norwegische Buchhändlerpreis. Mit seinen »Elling«-Romanen gelangte Ingvar Ambjørnsen zu Weltruhm; sie wurden in 30 Sprachen übersetzt, und die Verfilmung *Elling* war 2002 für den Oscar als bester fremdsprachiger Film nominiert. Zuletzt erschien der Roman »Echo eines Freundes« (2019).

Zoë Beck, geboren 1975. Schule und Studium in Deutschland und England. Schriftstellerin, Übersetzerin (u. a. Amanda Lee Koe und Sally Rooney), Verlegerin (CulturBooks, mit Jan Karsten), Synchronregisseurin für Film und Fernsehen. Für ihre Kriminalromane wurde Zoë Beck mit zahlreichen Preisen ausgezeichnet, unter anderem mit dem Friedrich-Glauser-Preis, dem Radio-Bremen-Krimipreis und zweimal mit dem Deutschen Krimipreis. Aktuelles Buch: »Memoria« (2023).

Timo Blunck, geboren 1962 in Hamburg, ist Musiker, Sänger, Komponist, Produzent und Autor. Ab 1981 war er Bassist der international erfolgreichen Avantgarde-Punkband *Palais Schaumburg.* Zur gleichen Zeit gründete Blunck mit Detlef Diederichsen die Band *Die Zimmermänner,* mit denen er heute noch aktiv ist. Nach Stationen in England und den USA betreibt Blunck seit 2001 in Hamburg die Firma BLUT, die Musik für Filme, Events und Werbung produziert. Seinem Romandebüt »Hatten wir nicht mal Sex in den 80ern?«, zu dem es auch ein begleitendes musikalisches Soloalbum gab, folgte zuletzt der Roman »Die Optimistin« (2021).

Robert Brack, geboren 1959 in Fulda, lebt seit 1981 in Hamburg. Seit 1988 veröffentlicht er Kriminalromane mit politischem und/oder historischem Hintergrund, darunter »Und das Meer gab seine Toten wieder« über einen Hamburger Polizeiskandal im Jahr 1931, der zur Auflösung der Weiblichen Kriminalpolizei führte, und »Blutsonntag« über die dramatischen Ereignisse während eines Aufmarschs der Nationalsozialisten am 17. Juli 1932. Seine zuletzt erschienenen Bücher »Dammbruch« und »Blizzard« handeln nicht nur von einer Sturmflut und einer Schneekatastrophe, sondern auch von Ereignissen der deutschen Vergangenheit, die ihre Schatten bis in die Gegenwart werfen. Robert Brack wurde mit dem Deutschen Krimipreis und dem »Marlowe« der Raymond-Chandler-Gesellschaft ausgezeichnet. Aktueller Roman: »Schwarzer Oktober« (2023) über den kommunistischen Aufstand 1923 in Hamburg-Barmbek.

Bela B Felsenheimer, geboren 1962, ist Schlagzeuger, Gitarrist, Komponist, Sänger, Schauspieler, Synchron- und Hörbuchsprecher, war Comicbuch-Verleger und hatte eine eigene Radiosendung. Bekannt ist er vor allem als Mitglied der Punkrock-Band *Die Ärzte.* 2019 erschien sein Romandebüt »Scharnow«.

Frank Göhre, geboren 1943, aufgewachsen im Ruhrgebiet, lebt in Hamburg. Der Autor der inzwischen legendären Kiez-Trilogie wurde dreimal mit dem Deutschen Krimipreis ausgezeichnet, zuletzt für seinen Krimi »Verdammte Liebe

Amsterdam« (2020), für den er auch den Stuttgarter Krimipreis erhielt. Frank Göhre gab das Gesamtwerk des Schweizer Autors Friedrich Glauser neu heraus und schrieb seinen Lebensroman »Mo«. Gemeinsam mit Alf Mayer veröffentlichte er Bücher über Ed McBain und Elmore Leonard. Zu seinen Drehbucharbeiten zählen »Abwärts« und »St. Pauli Nacht« (Deutscher Drehbuchpreis, verfilmt von Sönke Wortmann). Aktuelles Buch: »Harter Fall« (2023).

Brigitte Helbling, geboren 1960, arbeitet seit 1987 freiberuflich als Kulturjournalistin mit Schwerpunkten Comics, Literatur, Essay und verantwortete seit 2000 als Theaterautorin rund zwei Dutzend Theatertexte. Die Stücke entstehen meist in engem Austausch mit dem freien Theaterkombinat MASS & FIEBER/MASS & FIEBER OST. Bisher sind von Helbling drei Romane erschienen, zuletzt »Meine Schwiegermutter, der Mondmann und ich« (2022).

Kai Hensel, geboren 1965, arbeitete nach dem Abitur zunächst als Werbetexter, dann als Comedy-Autor und als Drehbuchschreiber für zahlreiche Fernsehserien und fürs Kino. Seine Theaterstücke »Klamms Krieg« und »Welche Droge passt zu mir?« wurden auf etlichen deutschen Bühnen gespielt und in zahlreiche Sprachen übersetzt. Er schrieb Reisereportagen unter anderem aus Russland, Mexiko und Iran. Für sein Werk wurde Hensel mit dem Deutschen Kurzkrimi-Preis, dem Deutschen Jugendtheaterpreis und dem Schiller-Förderpreis ausgezeichnet, sein Roman »Sonnentau« war für den Glauser-Preis nominiert. Aktueller Roman: »Wo ist Valentin?« (2023).

Nora Luttmer, geboren 1973, studierte Südostasienkunde mit dem Schwerpunkt Vietnam in Passau, Hanoi und Paris.

Heute lebt sie in Hamburg und arbeitet als Autorin, Journalistin und Vermittlerin für kulturelle Bildung in der Kinder- und Jugendarbeit. Ihre ersten Kriminalromane um den Hanoier Kommissar Ly spielen in Vietnam, für »Schwarze Schiffe« wurde sie 2014 für den Glauser-Preis in der Sparte Debüt nominiert. Derzeit schreibt sie für den Rowohlt Verlag an ihrem dritten Band um die Hamburger Ermittlerin Bette Hansen. Für ihre Kurzgeschichte *Die Ameisenstraße* hat sie die Bistrobesitzerin Tante Lien aus ihrem Kriminalroman »Dunkelkinder« (2018) noch einmal aufleben lassen. Aktuelles Buch: »Schwarzacker« (2023).

Till Raether, geboren 1969 in Koblenz, aufgewachsen in Berlin, arbeitet als Autor und freier Journalist in Hamburg, unter anderem für »Brigitte Woman«, »Merian« und das »SZ-Magazin«. Er studierte Amerikanistik und Geschichte in Berlin und New Orleans und war stellvertretender Chefredakteur von »Brigitte«. Seine Kriminalromane über den hochsensiblen Kommissar Adam Danowski, zuletzt »Hausbruch« (2021), wurden von der Kritik gefeiert und mehrfach für Preise nominiert. Aktuelles Buch: »Die Architektin« (2023).

Jasmin Ramadan, geboren 1974, studierte Germanistik und Philosophie in Hamburg. 2009 gelang ihr mit ihrem Debüt »Soul Kitchen«, der Vorgeschichte zu Fatih Akins gleichnamigem Film, der Durchbruch. Es folgten zahlreiche Kurzgeschichten und vier weitere Romane. 2020 eröffnete sie auf Einladung von Philipp Tingler mit einem Auszug aus »Auf Wiedersehen« den Wettbewerb um den Bachmann-Preis. Jasmin Ramadan lebt als freie Schriftstellerin in Hamburg und schreibt die taz-Kolumne »Einfach gesagt«. Aktuelles Buch: »Auf Wiedersehen« (2023).

Katrin Seddig, geboren 1969 in der DDR, lebt seit 1994 in Hamburg und veröffentlichte sechs Romane, diverse Erzählungen und Essays in Anthologien, Zeitungen, Zeitschriften und Magazinen. Seit 2013 ist sie Kolumnistin bei der taz. Für ihr Werk erhielt sie mehrmals den Förderpreis für Literatur der Stadt Hamburg sowie 2020 den Hubert-Fichte-Preis und das Calwer Hermann-Hesse-Stipendium. Aktueller Roman: »Nadine« (2023).

Tina Uebel, geboren 1969 in Hamburg, ist Schriftstellerin, freie Journalistin, Reisende, Literaturveranstalterin und Mitbetreiberin des Clubs »Nochtspeicher« in Hamburg. Seit 1993 veröffentlichte sie zahlreiche Kurzgeschichten und Reisereportagen, sowie fünf Romane und drei Reisen- bzw. Expeditionsberichte. Für ihr Werk wurde sie 2012 mit dem Hubert-Fichte-Preis ausgezeichnet. Aktueller Roman: »Dann sind wir Helden« (2021).

Matthias Wittekindt, geboren 1958 in Bonn, aufgewachsen in Hamburg. Nach einem Studium der Architektur und Religionsphilosophie in Berlin und London hat er u. a. als Architekt, als Regisseur und als Theater- und Hörspielautor gearbeitet. Seine Werke wurden mit dem Kurd-Laßwitz-Preis und dem Berliner Architektenpreis ausgezeichnet. Seit 2011 konzentriert er sich ganz auf seine von der Kritik hochgelobten Kriminalromane, mit denen er zweimal den Deutschen Krimipreis gewann. Aktuelles Buch: »Die rote Jawa« (2022).

JOHNNY TEMPLE (HG.)
USA Noir

14 packende Geschichten der besten amerikanischen Noir-Autoren, mit Joseph Bruchac, Lee Child, Michael Connelly, Jeffery Deaver, Barbara Demarco-Barrett, Maggie Estep, Jonathan Safran Foer, J. Malcolm Garcia, William Kent Krueger, Dennis Lehane, Joyce Carol Oates, Asali Solomon, Luis Alberto Urrea und Don Winslow. Übersetzt von Jan Karsten. CulturBooks Verlag 2019. Paperback. 344 Seiten. 15,00 Euro. ISBN 978-3-95988-102-9

THOMAS WÖRTCHE (HG.)
Berlin Noir

13 Originalgeschichten von Rob Alef, Max Annas, Zoë Beck, Katja Bohnet, Ute Cohen, Johannes Groschupf, Kai Hensel, Robert Rescue, Susanne Saygin, Matthias Wittekindt, Ulrich Woelk, Michael Wuliger, Miron Zownir. Paperback. CulturBooks Verlag 2018. 336 Seiten. 15,00 Euro. ISBN 978-3-95988-101-2

AURÉLIEN MASSON (HG.)
Paris Noir

12 exklusive Geschichten der besten Pariser Noir-Autoren. Mit Salim Bachi, Didier Daeninckx, DOA, Jérôme Leroy, Dominique Mainard, Laurent Martin, Christoph Mercier, Patrick Pécherot, Chantal Pelletier, Jean-Bernard Pouy, Hervé Prudon und Mark Villard. Übersetzt von Zoë Beck, Jan Karsten, Martin Spieß und Karen Gerwig. Paperback. CulturBooks Verlag 2017. 344 Seiten. 15,00 Euro ISBN 978-3-95988-024-4